LE CULOT DE FLETCH

GREGORY MCDONALD	*ŒUVRES*
FLETCH	*J'ai Lu* 1705***
FLETCH, À TABLE	*J'ai Lu* 1737***
LE CULOT DE FLETCH	*J'ai Lu* 1812***

GREGORY MCDONALD

LE CULOT DE FLETCH

TRADUIT DE L'AMÉRICAIN
PAR IAWA TATE

ÉDITIONS J'AI LU

Ce roman a paru sous le titre original :

FLETCH'S MOXIE

1

– Steve... qu'est-il arrivé à Steve? murmura la femme assise dans un fauteuil de toile face au récepteur de télévision.

Soudain, elle se pencha en avant. Ses yeux n'avaient pas quitté l'écran depuis que Fletch était entré dans le pavillon. Il n'y avait personne d'autre. Ou la femme parlait seule, ou elle s'adressait à l'écran sur lequel évoluaient des images exsangues, délavées par l'aveuglante réverbération venue de la plage, en dépit du ciel couvert.

– Il s'est passé quelque chose, annonça la femme d'une voix sourde, angoissée. Mon Dieu! Steve...

A vingt mètres du fragile abri de toile, derrière le rempart des caméras, projecteurs, réflecteurs et girafes, Fletch discernait, grandeur nature, l'animateur et les invités de l'émission *The Dan Buckley Show*, tels qu'on pouvait les voir sur l'écran.

A droite était assis Dan Buckley, en pantalon blanc, espadrilles, chemisette à col ouvert. Même à distance on devinait, collé sur son visage bien nourri, le masque inaltérable de l'urbanité. A côté de lui, drapée dans un peignoir blanc au moelleux suggestif, on reconnaissait Moxie Mooney, la jeune star en pleine ascension, nette, désirable, provocante de pureté, parfaite, telle qu'en elle-même arrachée à sa table de maquillage pour les besoins de l'interview. Son voisin portait un complet trois-pièces gris anthracite, une cravate bordeaux et des richelieus noirs. Steve Peterman était l'agent de Moxie, son manager et le directeur de production du film.

En contraste flagrant avec le maintien élégant des deux autres, Peterman était avachi sur son siège, la tête penchée de côté.

Fletch consulta sa montre.

La brise soulevait mollement les deux pans du rideau bigarré qui servait de toile de fond au plateau de l'émission. Au delà, la plage dévalait jusqu'à la mer grise, à peine plus grise que la paroi du ciel crayeux verrouillant l'horizon du golfe du Mexique. Autour du petit plateau qu'il cernait sur trois côtés s'en trouvait un autre, infiniment plus vaste, car le *Dan Buckley Show* était enregistré sur les lieux mêmes du tournage du *Cauchemar d'une nuit d'été*, le film dans lequel Moxie Mooney et Gerry Littleford se partageaient la vedette. D'étranges caravanes étaient dispersées dans un désordre qui n'était qu'apparent, on voyait des huttes coiffées de chaume synthétique. D'énormes câbles noirs sinuaient partout sur le sable. Çà et là, inclinées comme des pistes de danse mobiles abandonnées pendant la morte-saison, gisaient des plates-formes en planches. Plus loin, à une échelle gigantesque, se dressait une nouvelle forêt fantastique : praticables, réflecteurs, caméras, girafes, entre lesquels, indifférente au déroulement du *Dan Buckley Show*, se mouvait l'équipe du film.

– Il s'est passé quelque chose, répéta la femme dans un murmure rauque.

Fletch posa son jus d'orange sur le buffet. Sans bruit, il vint se placer derrière la femme, toujours inconsciente de sa présence. Il regarda l'écran.

Moxie riait aux éclats en plan moyen. Elle tourna la tête à gauche, comme pour solliciter l'avis de

Steve Peterman ou lui passer le relais. Ses traits se figèrent. Son rire s'étrangla dans sa gorge. Toute trace de gaieté reflua de son visage comme de l'eau sur du sable. Elle arqua un sourcil.

Un travelling arrière élargit le champ. Buckley se pencha afin de découvrir l'origine du brutal changement d'expression de sa voisine. Ses yeux s'arrondirent. Un point c'est tout. Ses yeux s'arrondirent, mais la stupeur ne marqua même pas sa bouche.

La caméra reculait toujours. Steve Peterman entra dans le champ. Malgré la posture de sa tête, il regardait droit devant lui, c'est-à-dire en plein dans l'objectif, sans sourire ni ciller, avec ces yeux fixes et vides qui signifient toujours la même chose. Un filet de sang coulait du coin droit de sa bouche, dégoulinait le long de sa joue, contournait l'oreille et filait se perdre sous son col. Impossible d'incliner le cou à cet angle, à moins d'être l'homme caoutchouc ou d'avoir une vertèbre brisée.

La femme assise dans le fauteuil de plage sous le pavillon de toile hurla. S'étant levée d'un bond, elle hurla derechef. Sur la plage, tout le monde se retourna, y compris les techniciens de l'émission. La femme plaqua ses mains sur sa bouche.

Fletch la prit par le bras. Doucement, sans la brusquer, il la fit pivoter vers lui. Seuls les yeux refusèrent de suivre le mouvement : l'écran les tenait captifs.

– Venez, dit-il. C'est l'heure de la pause.

– Steve, balbutia-t-elle. Que lui est-il arrivé?

– Du café. Voilà exactement ce qu'il vous faut.

Le plan quadrangulaire de l'écran réduisait aux dimensions factices d'une dramatique la tragédie qui venait de se produire à quelques mètres. Il fallait détourner son attention de l'une et de l'autre. De la plage et de la télé.

– Venez. Venez donc.

– Steve! cria-t-elle.

Il l'obligea à marcher. Comme elle heurtait le fauteuil, il le bouscula du pied.

– Allons-y. Allons faire l'inventaire du bar.

– Mais non. Steve...

Son visage plongea dans ses mains. Fletch passa le bras autour d'elle et l'entraîna. Ils sortirent du pavillon. Ils remontèrent la pente sablonneuse jusqu'à l'aire cimentée du parking. Des caravanes, encore des caravanes.

– Franchement, fit-il sur un ton encourageant, il n'y a rien d'autre à faire pour l'instant. Steve n'a pas encore besoin de vous.

2

– Steve Peterman est bien votre mari?

Il avait pris soin d'éviter l'imparfait, qui aurait pourtant été plus approprié, mais il voulait la ménager.

Son corps défait tassé sur la chaise pliante, le visage livide, les yeux traqués, elle acquiesça...

– Je suis Marge Peterman.

Il avait déniché ces deux chaises de camping et les avait installées derrière une caravane pour éviter à Marge Peterman le spectacle du va-et-vient des véhicules. Il était retourné dans le pavillon pour chercher deux cafés, l'un noir et l'autre avec du lait et du sucre. Elle avait accepté le noir. Il avait posé l'autre gobelet sur le sol, là où elle n'aurait qu'un geste à faire pour s'en saisir, puis il s'était assis face à elle, affable, déférent, attentif.

Une demi-heure auparavant, Fletch arrivait sur le lieu du tournage du *Cauchemar d'une nuit d'été*. Sa carte de journaliste au *Global Cable News* lui avait donné accès au plateau. Moxie Mooney enregistrait une émission de télévision. Le vigile avait orienté Fletch vers le pavillon d'accueil où des rafraîchissements devaient être servis plus tard, en l'honneur de l'équipe de télévision et de la presse.

Là, il n'avait trouvé qu'une femme solitaire en train de regarder son mari sur un écran vidéo.

A présent, Fletch et la femme en question étaient assis l'un en face de l'autre à la lisière du parking, cachés aux regards par une caravane.

Elle avait bu son café d'un trait, puis déchiqueté sans hâte le gobelet de styromousse. Les petits fragments s'étaient accumulés sur ses genoux et jonchaient le sol autour d'elle. Des miettes pour les oiseaux.

– Je veux savoir. Quand se décidera-t-on à m'expliquer? demanda-t-elle.

Rien ne l'empêchait d'envoyer balader cet inconnu plein de sollicitude et d'aller aux nouvelles, mais elle s'en gardait bien. Elle en avait vu suffisamment pour savoir qu'il valait encore mieux se ronger les sangs un moment que d'en avoir le cœur net tout de suite.

– Respirez à fond, dit Fletch.

Docile, elle prit une profonde inspiration qui se disloqua en un sanglot.

L'ambulance arriva la première, signalée par le clignotement discret de son gyrophare bleu. Les flics ne tarderaient plus. Ils firent leur entrée en ordre dispersé, un premier véhicule, sirène muette, vitesse de croisière, puis deux autres, sirène hurlante, vitesse de pointe, dérapages contrôlés, jets de sable sous les roues, comme s'ils répétaient devant les caméras. De l'arrière du second bolide émergea une femme en uniforme, la quarantaine solide.

– S'ils le conduisent à l'hôpital, je veux l'accompagner, déclara Marge Peterman.

Fletch opina du chef. L'ambulance tardait à remonter. Plus rien ne pressait pour Steve Peterman.

– Je veux être assise à côté de lui dans l'ambulance.

Fletch acquiesça de nouveau.

A quelques pas de là, une petite foule avait envahi le plateau du *Dan Buckley Show*. Les techniciens du film, ceux de l'émission, les journalistes, les photographes, tous avaient été comme aimantés par la scène sur la plage. Le mouvement refluait déjà. Ceux qui revenaient marchaient la tête basse, les épaules remontées. Nul ne parlait.

Fletch n'entendait ni l'ample rumeur du golfe ni le gazouillis des oiseaux dans les palmiers. Un avion qui venait de quitter Fort Myers passa à la verticale et l'effleura de son vrombissement assourdissant.

Une jeune fille pâle, en short et bain de soleil, apparut à l'angle de la caravane où elle se figea, indécise. Comme elle jetait par-dessus son épaule un regard désemparé, un gros homme la rejoignit, un posemètre en bandoulière. Il s'arrêta et fixa, pensif, le dos de Marge Peterman. Puis ce fut au tour d'un jeune policier. Il fit halte à côté des deux autres, rejeta sa casquette en arrière et considéra la femme assise; son regard ne tarda pas à se reporter sur la route : il regrettait sans doute que la circulation fluide ne requît point l'habileté d'un jeune flic ardent à la tâche et soucieux de couler des jours paisibles.

Dan Buckley fit son apparition. Il les dévisagea tour à tour. Ses yeux reconnurent le dos de Marge Peterman. Il n'hésita pas longtemps. Il s'avança vers elle, paisible comme un homme qui marche au combat, et lui posa la main sur l'épaule.

– Dan...

Fletch se leva pour lui offrir sa chaise.

– Madame Peterman... Marge, n'est-ce pas?

Elle fit oui, dans un battement de paupières. Buckley s'assit et se pencha, prenant appui des coudes sur ses cuisses.

– Il semblerait que votre mari... il semble que Steve soit mort. Je suis désolé.

Aucune expression toute faite sur son visage, aucune trace de tension ou d'ennui. Derrière le voile léger d'une mélancolie de circonstance, ses traits demeuraient irrévocablement modelés en forme de défi. Quoi qu'il advienne, proclamait cette physionomie énergique, aussi longtemps qu'il y aurait des *Dan Buckley Show*, les lendemains chanteraient pour tout le monde. Si je devais recevoir pareil choc, plût à Dieu que le coup me fût assené d'une patte aussi professionnelle, songeait Fletch, admiratif.

Marge Peterman leva des yeux éperdus.

– Comment ça, « il semble »? (Sa voix chavira.) Est-ce qu'il a seulement « l'air » mort?

Les mains de Buckley emprisonnèrent les siennes.

– Il est mort, Marge. Steve est mort.

L'espace d'une seconde, le visage de la femme se révulsa. Elle fondit en larmes, arracha ses mains à l'étreinte de Buckley pour s'en couvrir la face.

– Mais pourquoi? bredouilla-t-elle. Comment est-ce arrivé?

Le regard de Buckley croisa celui de Fletch et courut se perdre le long d'un câble à haute tension qui traversait le parking. Il garda le silence.

La jeune femme au bain de soleil s'approcha de Marge Peterman. Elle lui toucha l'épaule.

– Venez. Je vous emmène.

Marge se leva, chancela et se laissa entraîner. Le gros homme lui prit le bras. Ils louvoyèrent entre les caravanes jusqu'à l'entrée du parking. Fletch et Buckley les suivaient des yeux.

– Que s'est-il passé au juste? demanda Fletch.

Buckley le regarda comme s'il le voyait pour la première fois.

– Et vous, qui êtes-vous? rétorqua-t-il tandis que sa tête redescendait lentement pour permettre à son regard observateur de faire l'inventaire de la tenue de Fletch. (Lacoste, long short de toile brute, pas de chaussures, même pas de sandales.) L'ambassadeur des Bermudes?

– Dans certaines circonstances, dit Fletch, j'apporte du café aux gens.

Buckley avisa les morceaux de gobelet répandus sur le ciment.

– On l'a poignardé, dit-il. L'arme était plantée entre ses omoplates. Sur mon plateau! Devant les caméras!

– En tout cas, il a fait preuve d'une grande discrétion, observa Fletch.

Buckley n'écoutait pas. Il avait de grandes mains, posées sur ses genoux comme des bananes invendues. Les yeux fixés sur ses ongles, il semblait perdu dans ses pensées.

– Comment a-t-on pu assassiner quelqu'un dans ces conditions? C'est de la folie...

– C'est ainsi, dit Fletch. Autant vous faire à cette idée.

Buckley lui jeta un coup d'œil distrait.

– Apportez-moi donc un café, mon vieux, vous seriez gentil. Noir, sans sucre.

– Noir, sans sucre. Comptez sur moi.

Fletch redescendit le parking sur toute sa largeur, dépassa la guérite déserte du vigile, se glissa au volant de sa voiture de location et quitta les lieux.

3

Son premier coup de fil fut pour *Global Cable News* à Washington D.C. Sans se faire prier, on lui passa le directeur de production de service. « Oui, monsieur Fletcher. Tout de suite, monsieur Fletcher. » Il en fut ainsi depuis le standard jusqu'au bureau de la production.

Fletch se trouvait depuis peu propriétaire d'un paquet d'actions de *Global Cable News*. Dix jours auparavant, il avait fait la tournée des locaux administratifs et des studios de la chaîne à Washington. Il avait proclamé à qui voulait l'entendre qu'il était journaliste et qu'à ce titre, il se pouvait bien qu'ils eussent de ses nouvelles un jour ou l'autre.

– Monsieur Fletcher, comment allez-vous? demanda le producteur de service.

Fletch regarda le plancher pourri et souillé de sable, dans la véranda du petit supermarché d'où il téléphonait. Il regarda ses pieds sales. A l'époque où il était journaliste à plein temps, aucun grossium ne lui avait jamais donné du « monsieur Fletcher ». Quand il s'agissait de lui trouver un nom, en ce temps-là, ils témoignaient tous d'une folle imagination.

Qui avait changé? Pas lui, en tout cas.

Pas lui. Que la liberté de la presse fût un mythe au service d'intérêts financiers, ça, il n'en avait jamais douté, mais la sensation de pouvoir que procurait le fric était nouvelle pour lui. Et quelle sensation! Grisante, étourdissante. Il décida sur-le-champ de tout mettre en œuvre pour bannir cette ivresse du cœur des hommes, à commencer par le sien. Dans quel monde vivait-on, où le premier va-nu-pieds un peu culotté pouvait retenir l'attention d'un directeur de production avant même d'avoir commencé à parler, sous prétexte qu'une poignée d'actions dépassait de sa poche?

– A qui ai-je l'honneur, je vous prie?

– Jim Fennelli, monsieur Fletcher. Nous avons fait connaissance la semaine dernière, vous vous souvenez? Le chauve, avec les côtelettes.

– Fennelli. Parfaitement. (Fennelli ressemblait à une balle de coton crevée laissant dépasser deux touffes latérales.) Fennelli, le champion de la lutte anti-chewing-gum.

– C'est bien moi! (Il y eut un bref roucoulement au bout du fil.) Un paquet par jour et votre salaud de dentiste pourra tapisser son palais d'or jusqu'au tombeau, à la santé de vos caries.

– Le *Dan Buckley Show*, ça vous dit quelque chose?

– Je pense bien. Ce ringard a tourné la tête de ma belle-mère!

– Ils enregistraient à Bonita Beach, cet après-midi. Sur le tournage d'un film intitulé *Cauchemar d'une nuit d'été*.

– L'île de Prospero en Floride (1)! Non, je vous jure. Ils ne savent plus quoi inventer.

Fletch en resta coi. Dût-il vivre cent ans, le formidable bric-à-brac qui tenait lieu de culture générale au journaliste américain moyen resterait

(1) Fennelli s'autorise cette allusion à *La Tempête* en raison de la similitude entre le titre du film et *Le Songe d'une nuit d'été*. Ce n'est pas la même pièce, mais c'est toujours Shakespeare!

pour lui une source de stupeur. Ça et la manière dont il s'en servait.

– J'ai fait une boulette?

– Rassurez-vous. Outre Buckley lui-même, se trouvaient sur le plateau Moxie Mooney et Steve Peterman, son agent.

– Et alors? Franchement, monsieur Fletcher, s'il s'agit de faire un peu de pub pour une amie à vous, nous pouvons toujours l'envisager. Vous êtes peut-être intéressé au succès du film? Parce que, franchement, rien de ce qui concerne Moxie Mooney ne laisse le public indifférent et, pour une fois, le public n'a pas tort. Au fait, où se trouve Bonita Beach? Au nord de Naples (1)?

– Plutôt au sud de Fort Myers (2). Appelez-moi Fletcher, je me sentirai plus à l'aise.

– Trop loin. Nous enverrons une équipe de Miami. Un sou est un sou, n'est-ce pas? Ce n'est pas un actionnaire qui me contredira.

– Dites à vos grouillots de Miami de se manier le train. Steven Peterman a été assassiné.

– Qui?

– Peterman. Steven Peterman. J'ignore s'il faut écrire Steven avec *v* ou *ph*. Mais le téléspectateur s'en fout, pas vrai?

– Rappelez-moi qui est ce type.

– Un ami de Moxie Mooney. Son agent, en quelque sorte. Le producteur de *Cauchemar d'une nuit d'été*. Si vous voyez ce que je veux dire.

– Un quidam parfaitement anonyme se fait occire. Bon. En quoi ça nous concerne?

– Attendez de connaître les détails.

– Mon père habite justement à côté de Naples. C'est un coin charmant.

– Le type anonyme s'est fait poignarder sur le

(1) Naples : petite ville de la côte ouest de la Floride.
(2) Fort Myers : importante base militaire.

plateau du *Dan Buckley Show*, pendant le tournage de l'émission. Les caméras ont tout enregistré.

Il y eut un long silence. Puis :

– Là, on tient peut-être quelque chose. Pour l'instant, personne ne sait qui a fait le coup. Pour être fixé, il leur suffit d'examiner les rushes. C'est l'affaire de quelques heures. Un peu court, le suspense. Remarquez, je ne dis pas que ça ne vaut pas la peine d'essayer.

– Nom de Dieu, je vous répète qu'on a poignardé ce type en pleine émission!

– D'accord, mais ce n'était pas du direct. Ça nous laisse une petite chance.

– Tout de même. Les principaux suspects sont ses voisins immédiats : Moxie Mooney et Dan Buckley.

Nouveau silence. Les cellules grises de Fennelli travaillaient comme un régiment de pendules. Equipe technique? Présentateur? Angles de prises de vues? Angle d'attaque du commentaire? Réception électronique?

Le supermarché longeait l'unique voie d'accès à la plage de Fort Myers. Depuis qu'il était au téléphone, Fletch avait déjà vu passer plusieurs véhicules en provenance de Bonita Beach. Comme il filait à l'anglaise, il avait entendu les haut-parleurs de la police inviter tout le monde à se présenter dare-dare au commissariat central de Fort Myers. Les mesures de sécurité sont très strictes sur un lieu de tournage. On n'entre pas sans délivrer son identité. Par conséquent, les flics devaient être en possession de la liste complète de ceux qui se trouvaient sur place au moment du crime. Parmi tous ces noms figurait celui du meurtrier.

Fennelli venait d'achever son petit inventaire personnel.

– A quelle heure l'accident s'est-il produit?

– Trois heures trente-trois.

– On le passe tout de suite sur l'antenne?

– Allez-y, mais soyez sûr qu'*Associated Press* a déjà lâché le morceau.

– On ne pourrait pas faire un peu de mousse?

– Je vous demande pardon?

– Vous avez un tuyau exclusif?

Une Lincoln Continental immaculée passait sur la route. Fletch reconnut Moxie Mooney, assise à côté du chauffeur. Impossible de distinguer le visage des autres passagers.

– J'ai ce qu'il vous faut, dit-il. Un des deux principaux suspects est en train de prendre la tangente.

– Sans blague? Lequel?

– Moxie Mooney.

Ensuite, Fletch appela le Ranch du Cinquième As, près d'Ocala, en Floride.

– Ted Sills, déclara-t-il avant même de connaître l'identité de la personne qui décrochait. Ici Fletcher.

Il attendit longtemps. Il en profita pour faire le recensement des sympathiques atouts du Cinquième As. Sa mémoire prenait en enfilade les couloirs labyrinthiques du bâtiment principal, vagabondait de la piscine aux deux bungalows d'amis, des boxes aux paddocks en passant par la cafétéria. A cette heure-ci, Ted Sills devait y être. Fletch l'imagina, attablé devant une bière thai en compagnie de son entraîneur qui porte, incroyable mais vrai, le doux nom de Fenlabise. On discutait régime végétarien ou stratégie de champ de courses, selon l'humeur et la lourdeur du terrain.

En parlant de bise, il n'y avait pas un souffle d'air sur la véranda du supermarché. C'était un jour immobile. Immobile et gris.

– Fletch, mon cher, tu te décides à venir nous voir? fit dans l'écouteur la voix tonnante de Ted Sills.

– Je voulais seulement savoir si ta maison de Key West était libre.

– Qu'est-ce que j'irais faire à Key West? Je travaille au ranch. J'habite sur mon lieu de travail.

– Parfait. Tu me la prêtes?

– Non.

– Je vois. Je n'ai plus qu'à crever.

– Tu te fiches de moi?

– J'ai besoin de prendre un peu de recul, si tu veux savoir. C'est très important. Un recul de quelques jours.

– Encore? Reculer, tu n'arrêtes pas de reculer. Où ça t'a conduit jusqu'à présent?

– En Floride. Fort Myers.

– Et tu voudrais reculer jusqu'à Key West?

– J'aimerais bien.

– Qui t'en empêche? C'est plein de chouettes hôtels, là-bas.

– Merci bien. Pour être réveillé à l'aube par des bourreaux de travail armés de chiffons et de balais!

– C'est pour t'éviter d'avoir à faire ton lit, gros bêta. En prime, ils te préparent même le petit déjeuner. T'as plus qu'à mettre les pieds sous la table.

– J'ai besoin de faire retraite loin du monde.

– Et moi, j'ai besoin de neuf mille dollars. Tu as reçu mes factures? Qu'est-ce que tu t'imagines? Que les canassons se nourrissent de l'air du temps?

– Ils ont bouffé pour neuf mille dollars?

– Un coureur ne travaille pas le ventre vide, figure-toi. Ils sont comme nous. Un repas de sauté et les voilà tourneboulés. Aucun entraîneur au monde ne peut convaincre un cheval affamé de donner le meilleur de lui-même.

– Ça va. Tu auras ton fric demain matin. Et maintenant, tu me prêtes la Maison Rose?

– Bien sûr, contre douze mille dollars de location mensuelle.

– Douze mille quoi?

– Douze mille dollars.

– Douze, comme dans six fois deux?

– 'Xact. Bizarre comme ta science des chiffres a tendance à s'évanouir quand il s'agit de régler des factures.

– Tu me filais ta baraque à l'œil à l'époque où tu me baratinais pour me fourguer tes carnes.

– Mes carnes! Non, mais vous l'entendez? Tu as eu un gagnant pas plus tard que la semaine dernière.

– Non?

– *Speedo Demon* a remporté la quatrième à Hialeah. Tu aurais dû voir ça.

– Quel rapport?

– Voyons... hum, ta part se monte à deux cent soixante-dix dollars.

– Formidable! Je n'en espérais pas tant.

– C'était une course minable, rien que des nuls, à commencer par le favori.

– Chère vieille *Speedo*.

– Elle en a quand même gratté cinq.

– Tu es sûr que les turfistes ont tenu le coup jusqu'à la fin?

– Fletch, il faut bien que les tocards appartiennent à quelqu'un.

– Pourquoi justement à moi?

– A cause des factures impayées. Ils se doutent de quelque chose. Ton attitude leur fait de la peine. Les chevaux ne sont pas si bêtes. Surtout les coureurs. C'est comme les femmes, certaines d'entre elles, tout au moins. Ils marchent à la carotte et au bâton.

– C'est bon. Donne-leur des carottes. Des tonnes de carottes. Mais la prochaine fois que tu les lances sur le turf, veille à ce que leurs caoutchoucs soient bien bouclés, veux-tu?

– Nous ne manquons jamais de le faire.

– Bien. Revenons à Key West.

– C'est non.

– Pour quelques jours seulement?

– Douze mille dollars. Je la loue au mois ou pas du tout. Quelques jours, ça ne vaudrait même pas l'effort de changer les draps.

– Tu l'as déjà louée à ce tarif?

– Jamais. Ce serait la première fois.

– Ecoute, Ted...

– Je ne l'ai jamais louée. Je n'y tiens pas. Si je fixe un prix, c'est juste pour t'obliger. Parce qu'on est copains.

– Soit. Parce qu'on est copains, je la prends.

– Tu la prends? A douze mille dollars?

– Je la prends.

– Seigneur, un pigeon pareil, il faudrait l'inventer.

– Mais j'exige des draps propres.

– Alors, ce sera vingt et un mille dollars.

– Certains jours, c'est fou le fric qui vous file entre les doigts.

– A ce propos, est-ce que j'ai une chance d'en voir jamais la couleur?

– Tu l'auras demain. Sonnant et trébuchant.

– Au fond, l'argent te laisse indifférent, n'est-ce pas, Fletch? Tu n'as aucun sens de l'épargne, je l'ai senti tout de suite.

– Non, mais j'aime bien palper les billets dans ma poche. Et l'hiver, on peut toujours se moucher dedans.

– Je ferai peut-être un saut jusque là-bas. Nous parlerons affaires. J'ai deux autres coursiers à te proposer.

– Ne compte pas dormir sous ton propre toit, Ted. Le loyer est exorbitant.

– J'irai à l'hôtel. Bon, je préviens les Lopez. Tu y seras ce soir?
– Ce soir, oui.
– Je glisserai un mot sur ta libéralité. Qu'ils s'attendent à d'énormes pourboires.
– Ne te gêne pas. Mon meilleur souvenir à *Speedo*.

Pour appeler l'aéroport de Fort Myers, Fletch n'eut pas besoin de sa carte de crédit. Il s'entendit répéter à trois reprises qu'il avait réservé un avion pour un aller simple Fort Myers – Key West, sans escale. L'homme avait une certaine façon de prononcer *sans escale* qui conférait à son expression une vertu corrosive.
– Du calme, dit Fletch. Le plus « intéressant », à bord de ce zinc, ce sera encore mon indestructible candeur.

Poussant la porte du magasin, il fit mine d'entrer. Derrière le comptoir se tenait une jeune Cubaine. Elle lui rendit son sourire, puis son regard se fixa sur ses pieds.
– Enchantée de faire votre connaissance. (Son anglais était ravissant.) Savez-vous qu'il est interdit de pénétrer dans ce local pieds nus?
– Pourriez-vous m'indiquer le chemin du commissariat?
L'angoisse s'inscrivit aussitôt sur le visage de la jeune fille.
– Ça ne va pas? (Elle regarda au-dehors.) Vous avez des ennuis?
Fletch élargit son sourire.
– Evidemment.

4

Il y avait foule dans le hall d'accueil du commissariat. Ç'aurait pu être le lieu de rassemblement d'un camp de vacances. Ecroulés le long des murs, les membres de l'équipe du film et de la télé arboraient des tenues à différents stades de délabrement estival. Il s'agissait surtout d'exhiber ses chairs et d'embusquer son regard derrière des lunettes noires. Gonflés, hérissés de protubérances, les sacs de plastique ou de cuir contenant le matériel formaient barrage devant eux. Fletch avait chaussé ses mocassins.

La presse locale était au centre, un groupe compact, méfiant, soucieux d'éviter l'amalgame. On y remarquait une demi-douzaine de caméras légères et deux cravates.

Fletch s'adossa au chambranle de la porte d'entrée.

Tous ces gens dont le boulot consistait à traduire sous forme d'images le vaste et multiple chaos du monde s'observaient à la dérobée avec une curiosité polie, sans méchanceté. Chacun gardait ses distances, comme les adeptes de différentes sectes réunis par la nécessité d'une convention. Tous avaient la foi, mais leurs salamalecs n'étaient pas destinés aux mêmes fétiches.

Certains yeux s'attardèrent sur Fletch, perplexes,

puis l'oublièrent. Aucune tribu ne pouvait revendiquer ce franc-tireur qu'on sentait réfractaire à tout prosélytisme.

Dans la foule, plusieurs visages familiers que Fletch découvrait *de visu* pour la première fois : Edith Howell, désormais confinée dans les rôles de mère ou d'épouse raisonnable; John Hoyt, le père, l'avocat, le requin de la finance, le shérif; John Meade, l'inévitable péquenot. Pantalon de coutil blanc, T-shirt noir moulant son torse de jeune premier, Gerry Littleford couvait son entourage d'un ardent regard de cheval fougueux qui se posait partout à la fois. Elancé, taille de guêpe, muscles sculptés dans l'ébène, il donnait en permanence, même au repos, comme maintenant, l'impression d'affronter des orages désirés. Sa voisine se rongeait l'ongle du pouce avec sauvagerie. C'était la fille au bain de soleil, celle qui avait emmené Marge Peterman. Nulle trace de la veuve. Fletch avisa un petit bonhomme efflanqué, affublé d'un short style armée des Indes et coiffé d'un invraisemblable chapeau de brousse. Son intérêt s'éveilla. L'homme était comme lui : inclassable.

Les guichets couraient sur la gauche. En face, entre les deux portes d'un brun administratif, on avait casé le bureau de la secrétaire. Sur chaque porte, un écriteau. L'un d'eux proclamait CHEF DE POLICE, l'autre, ENQUÊTES.

A la seconde où s'ouvrit la porte du bureau des Enquêtes, les caméras furent hissées à hauteur d'œil et les projecteurs s'allumèrent. Les deux journalistes en cravate s'avancèrent, la main vissée au micro, tendue dans le geste du prêtre qui donne l'absolution. Les autres leur emboîtèrent le pas.

Le menton ni trop haut ni trop bas, les yeux fixés sur un point neutre droit devant elle, Moxie parut, belle comme toujours, bouleversante telle l'incarnation d'un grand destin fauché par le malheur, aveugle et sourde à tout ce qui l'entourait. La lente traversée du hall commença.

Fletch se décolla du chambranle. Un pas de samba inédit le propulsa en avant. Jouant de ses coudes rompus à la besogne, il se fraya un passage. Des lèvres balbutiantes de représentants de la presse fusaient des questions courtoises, destinées à ménager la sensibilité rudement éprouvée de la star.

Que ressentez-vous, Miss Mooney?

Le tournage de Cauchemar d'une nuit d'été *se poursuivra-t-il?*

La voix de Fletch, âpre, puissante, implacable, s'éleva au-dessus du ronron de bon ton.

– Miss Mooney, avez-vous tué Steve Peterman?

Toutes les têtes se tournèrent. Il se produisit un brusque trou dans le feu des questions. On retenait son souffle. Dans le silence effrayé, Moxie Mooney toisa l'insolent. Ses paupières se plissèrent.

– Je répète ma question. Avez-vous tué Steve Peterman?

Les yeux bruns étincelèrent.

– Le genre flambard, n'est-ce pas? Votre nom?

– Fletcher. (Grand seigneur :) Pour vous, ce sera Fletch, si l'envie vous prenait de m'appeler d'un petit nom gentil.

Ce fut le signal d'un brouhaha indigné. Les fortes têtes étaient la honte de la profession.

Moxie le dévisagea longuement. Elle pivota pour affronter les caméras.

– Je n'ai pas tué Steve Peterman, énonça-t-elle d'une voix claire.

Le mitraillage feutré recommença de plus belle.

Miss Mooney, depuis combien de temps connaissiez-vous Steve Peterman?

Etiez-vous très liés?

– Miss Mooney, étiez-vous amants? claironna Fletch.

Cette fois, le regard qu'elle lui jeta exprimait l'horreur et l'incrédulité.

– Certainement pas.

– Qu'étiez-vous au juste, l'un pour l'autre?

L'espace d'une fraction de seconde, elle hésita.

– Nos rapports étaient d'ordre strictement professionnel. Steve Peterman tenait auprès de moi le rôle d'un conseiller artistique et financier. Producteur à l'occasion, comme c'était le cas pour ce film. (Ses yeux se fermèrent. Elle respira à fond.) C'était aussi un ami très cher.

Fletch savait l'art de se faire oublier. Il escomptait bien que sa retraite vers la porte passerait inaperçue lorsqu'une main péremptoire lui empoigna le bras.

– Pas si vite, flambard. (Fletch fit volte-face. Le petit homme avait les yeux perçants sous son galure de Jim la Jungle.) D'où sors-tu? Je ne t'ai encore jamais vu.

– I.M. Fletcher. *Global Cable News.*

– C'est bien ce que je pensais. Un galapiat du Nord. Une grande gueule des réseaux nationaux.

– Tu comprends vite.

Miss Mooney, à votre avis, le meurtre de Steve Peterman a-t-il un rapport avec le drame de la route?

Dans son sillage, les questions devenaient plus acides. Fletch tendit l'oreille. Impossible d'entendre la réponse de Moxie.

– J'ai deux mots à te dire, galapiat. On ne traite pas le monde comme tu l'as fait. Même les vedettes de cinéma. Pas chez nous, en tout cas.

– Qu'est-ce que j'ai fait?

– La petite dame... (L'homme montra Moxie, ou plutôt il flanqua son porte-cassettes dans les côtes de quelqu'un qui passait)... La petite dame vient de perdre un ami très cher, tu piges? Dans ces circonstances, tes questions étaient déplacées, pire que ça, grossières.

– Où est-ce que tu as fait tes classes? demanda Fletch. A la *Semaine de Suzette*?
– A Saint-Pétersbourg.
– Ecoute, vieux.
– Surveille ton langage, quand tu me parles. (Un index se darda sur la poitrine de Fletch.) Tu fiches la paix à Miss Mooney, tu laisses tomber toute cette histoire ou tu dérouilles. Vu?
Miss Mooney, quelqu'un aurait-il intérêt à interrompre le tournage du film?
Comme la précédente, la réponse à cette question fut perdue pour Fletch. Il regarda le petit homme.
– Voilà une suggestion fichtrement déplacée. Je dirais même hors sujet.
– Tu aurais tort de le prendre de haut, galapiat. C'est pas la ville, ici. Faut t'adapter.
– Dans ce boulot, dit Fletch, il n'y a pas de mauvaises questions. Seulement des mauvaises réponses. Elle a bien répondu.
Il franchit la porte.
Miss Mooney, avez-vous reçu des messages de mort?
Ce fut la dernière bonne question qu'il entendit.

– Salut, dit Moxie.
Elle se laissa choir sur le siège avant de la Lincoln et claqua la portière plus violemment qu'il n'était nécessaire.
– Salut, dit Fletch, affalé sur la banquette arrière. (Elle s'était débarrassée de la meute dans le temps prévu. La climatisation ne fonctionnait pas. En dépit de la morosité du ciel, il faisait dans la voiture une chaleur étouffante.) Salut, répéta-t-il. Pourquoi vous asseoir devant?
– Je suis une star démocratique. Je voyage à côté de mon chauffeur.

Des badauds traînaient leur flemme autour du véhicule, lorgnant sans vergogne à l'intérieur.

– Démocratique et vertueuse, avec un sens aigu de la justice?

– Elle sait reconnaître les siens. Je le paie assez cher. (Moxie s'adossa à la portière. Son bras mince reposait sur le dossier.) Je peux vous appeler Fletch?

– Ce serait gentil.

– Quel nom charmant! Et ça rime avec un tas de choses.

– C'est pourtant vrai, murmura-t-il d'un ton rêveur. *Cannelloni*, par exemple. *Prognathe, équarrissage, chutzpah* (1), *modus operandi, Gog et Magog.*

– Impressionnant. Vraiment impressionnée. Vous en connaissez encore beaucoup?

– Hélas.

– Espèce de salaud, je voulais te remercier pour tout à l'heure. Tu m'as rendu un fier service. Affûter les canines de tes collègues... sans compter les autres, ceux qui vont rappliquer de tous les coins. Merci. Merci beaucoup.

– Pas de quoi. J'ai pensé qu'il était grand temps de t'entendre donner quelques réponses claires.

– Je m'en suis bien tirée?

– En douterais-tu?

– « Steve Peterman était aussi un ami très cher », récita-t-elle, des sanglots dans la voix. L'ignoble individu! Je l'aurais volontiers tué de mes mains.

– On dirait que quelqu'un a eu la même idée. (Une femme s'était arrêtée derrière la vitre de Fletch, ses charmes passés boudinés dans une robe de cotonnade à fleurs.) Moxie, dans quelques heures, tout le monde saura à quoi s'en tenir.

– Dans quelques heures? (Elle fronça le nez. Les petits plis ravissants n'étaient pas de ceux que vous

(1) Chutzpah : argot yiddish new-yorkais. Culot, aplomb.

attrapez à vous user les yeux en lisant à la chandelle mais les apparences sont trompeuses et Moxie avait dévoré des centaines de bouquins.) Que se passera-t-il dans quelques heures?

– Le témoignage des caméras. Sûr comme la mort.

– Ça lui fera les pieds, bougonna-t-elle. Il crevait d'envie de se montrer dans le *Dan Buckley Show.*

– Outre les caméras, les alentours grouillaient de photographes. Tu les connais. Ils mitraillent tout ce qui bouge. Et même le reste.

– Drôlement culotté, le meurtrier.

– Les consignes de sécurité étaient sévères. A l'entrée, on te demandait tes papiers. Carte d'identité. Carte professionnelle. J'ai aperçu deux autres vigiles qui croisaient dans les parages. Difficile de passer entre les mailles.

– Parfait, dit Moxie. Considérons donc le problème comme résolu.

– Es-tu certaine qu'il ne s'agit pas d'une magouille publicitaire, une combine à la flan qui aurait mal tourné? Je ne sais pas... mettons que le poignard aurait dû se ficher entre les pieds de Peterman ou quelque chose dans le même goût douteux.

– Steve Peterman? Prendre le moindre risque? Il n'aurait pas levé le petit doigt pour sauver sa propre mère en train de griller vive. Il aurait eu peur de salir son pantalon.

– Ça va, dit Fletch.

– Quoi?

– Ton numéro.

Elle l'observa avec attention, découvrit ce qu'elle cherchait et baissa d'un ton.

– Je me cuirasse comme je peux, n'est-ce pas?

– Normal. Ce n'est pas tous les jours que l'homme assis à côté de vous se fait assassiner. Si encore il s'agissait d'un inconnu. Mais non, quelqu'un qui fait partie de votre vie.

– N'exagérons rien. (Moxie poussa un gros soupir.) Entre Steve et moi, c'était la guerre, Fletch. Je ne pouvais plus le supporter. C'est pourquoi je t'ai demandé de venir. Pour t'en parler. Ces derniers temps, il m'en coûtait même de lui sourire.

– On peut faire la gueule à quelqu'un sans pour autant céder à la tentation de le poignarder dans le dos.

– Qu'est-ce que tu essayes de me dire?

– Rien. Tu es encore sous le choc, Moxie. Tu t'en défends comme tu peux en jouant les vamps blindées.

– Possible.

– Vrai ou faux?

– Est-ce que je sais?

– Si mes souvenirs sont exacts, il fut un temps où vous étiez plutôt proches, Peterman et toi.

Moxie serra les dents.

– Steve n'a jamais cessé de se servir de moi. Où est Marge, au fait? Comment va-t-elle?

– Pas vue. On doit veiller sur elle, j'imagine.

– Ils l'ont interrogée tout de suite. A Bonita Beach. Dans une voiture.

– Les époux Peterman s'entendaient bien?

– Steve ne s'entendait avec personne. A part avec son banquier peut-être.

– Je pensais à Marge, dit Fletch.

– Tant mieux. Voilà quelque chose que Steve n'a jamais fait. (Sa tête s'affaissa. Elle ravala une soudaine envie de pleurer.) Peuh! Je ne sais plus où j'en suis. (Sa voix s'était muée en un chuchotement las.) J'ai tellement l'habitude de voir les gens tomber comme des mouches autour de moi, sur scène ou à l'écran. Le rôle de survivante est presque devenu un réflexe, tu comprends? Sauf que celle qui réagit, ce n'est pas vraiment moi.

– Je sais.
– Steve est mort pour de bon? (Elle se détourna brusquement.) Steve est mort pour de bon.
Il lui effleura la nuque d'un baiser.
– Reste dans le coin, Moxie. (Il ouvrit la portière.) On dîne ensemble. Je passe te prendre à huit heures.
– Hôtel La Playa.
Il avait déjà un pied hors de la voiture. Elle lui agrippa l'épaule.
– Déniche-moi Freddy, veux-tu?
– Freddy est ici? C'est le bouquet.
– Il se sent devenir vieux, alors il s'est mis en tête de jouer les pères attentionnés, pour changer. Ou de se faire entretenir par sa fille. A toi de choisir.
– C'est fait.
– Après cette histoire... Ça m'ennuie de le savoir dans la nature.
– Il picole toujours?
– Cette question!
Il y avait une tonne de sable sur le tapis arrière de la Lincoln.
– Toutes les petites araignées qui lui trottaient au plafond gisent maintenant les pattes en l'air, murmura Moxie. Comment leur en vouloir? Depuis le temps qu'elles se débattaient dans l'alcool.
Sous le sable, le tapis était bleu. Sous le bleu, il vit l'image claire d'une galerie de visages, tantôt tragiques, tantôt bouffons, des visages d'épouvante, des visages qui avaient été le symbole, l'apothéose d'une vérité antique et révolue. Willy Loman, Richard III, Lear, Falstaff, Disraeli, le Capitaine Bligh, Paillasse, le Scanlon de *Death Row*, et d'autres encore, des visages de fermiers du Montana, des visages d'honnêtes sénateurs, des visages d'hommes. Sur scène, à l'écran, tous portaient le même nom : Frederick Mooney.

– Il était le plus grand, dit Fletch. Même bourré jusqu'à la gueule, il restait le plus grand.

– C'était hier, souffla Moxie.

– Par où je commence?

– Essaie les bistrots de Bonita Beach. Il est arrivé avec nous, ce matin. Il doit y être encore. Tu le connais. « S'il y a moyen de se rincer la dalle, Freddy Mooney ne se fait jamais la malle... »

Fletch lui pinça la joue.

– Tu te rends compte? Il suffit de penser à lui pour se mettre à faire des vers sans le savoir. Il réveille le poète qui sommeille en chacun de nous.

– A ce soir, Fletch. Merci.

– De quoi? Je n'ai même pas commencé.

Il retourna au commissariat. En chemin, il remarqua les nuages noirs qui accouraient du nord-est.

5

– Bon, annonça-t-il à la secrétaire assise entre ENQUÊTES et CHEF DE POLICE. Je voudrais voir la personne qui pose les questions.

La jeune femme portait un corsage jaune. Elle considéra Fletch avec effarement. Derrière lui, la foule était toujours aussi dense.

– Avez-vous été appelé ?

– Pas encore, avoua-t-il, mais je jure d'être un bon petit soldat.

La porte du bureau des Enquêtes s'ouvrit pour livrer passage à Dan Buckley. Il avait l'air lessivé. La presse se jeta sur lui comme une nuée de sauterelles. Peut-être, en son for intérieur, l'homme conservait-il intact son capital de sérénité, mais la façade se fissurait sérieusement et le sourire ne tenait plus qu'avec des élastiques.

Sous son chapeau de brousse, l'homme qui avait fait ses classes à Saint-Pétersbourg foudroya Fletch du regard. Il se déplaça à toute vitesse afin de s'interposer entre Buckley et lui.

– Monsieur Buckley, l'émission sera-t-elle diffusée à la télévision ?

– Certainement pas, dit Buckley. Nous remettons tout à la police, jusqu'au dernier centimètre de pellicule. Dans cette lamentable affaire, qu'elle soit assurée de notre entière collaboration.

Une femme apparut sur le seuil du bureau. De souples vagues auburn encadraient un visage agréable. Fletch observa les galons de lieutenant, remarqua l'image qui ornait le sein gauche et songea que jamais, au grand jamais, il n'avait vu chemise d'uniforme mieux remplie. Le lieutenant tenait à la main plusieurs feuilles dactylographiées. Elle y jeta un coup d'œil et se pencha vers la jeune femme en jaune.

– C'est mon tour, dit Fletch.

Il eut droit à un second regard d'incrédulité, nettement plus acerbe que celui de la secrétaire.

– Fletcher, précisa-t-il.

Le lieutenant consulta la première liste, tourna la page et fit de même avec la seconde liste, puis recommença jusqu'au bas de la troisième.

– Quel culot! Vous êtes bon dernier.

Fletcher lui décocha un sourire des dimanches.

– Je parie que vous aviez hâte d'arriver à la fin.

Elle lui rendit son sourire, dent pour dent.

– C'est bon. Entrez.

Au moment de prendre place derrière son bureau, elle se présenta.

– Lieutenant Roz Nachman.

Fletch referma la porte.

Le lieutenant Nachman s'assura du temps d'enregistrement encore disponible sur la cassette du magnétophone.

– Qu'est-ce que vous attendez? Asseyez-vous.

Fletch s'assit.

– Si je puis me permettre une suggestion, dit-il, ce serait que vous preniez sur-le-champ ma déposition. Cela vous éviterait toutes ces questions. Nous gagnerions du temps.

Elle eut un haussement d'épaules. Son index enfonça la touche d'enregistrement.

– Je vous écoute.
– Je m'appelle I.M. Fletcher.

Bien calée dans son fauteuil, les mains croisées devant elle, le lieutenant Roz Nachman effleura du regard les mocassins de Fletch, les mollets de Fletch, son short, sa chemise Lacoste, sa clavicule, sa bouche, et s'arrêta sur ses yeux. L'expression de son visage était celle d'une tolérance mesurée. Ce type allait lui servir un conte à dormir debout. Ça ne faisait pas un pli.

– Il devait être quinze heures cinq, cet après-midi, lorsque j'arrivai sur le lieu de tournage du film intitulé *Cauchemar d'une nuit d'été*, à Bonita Beach. A l'entrée, comme j'y étais invité, je présentai mes papiers ainsi que ma carte de journaliste de *Global Cable News*. Le vigile m'informa que l'enregistrement de l'émission de Buckley se poursuivrait jusqu'aux alentours de seize heures. Il m'indiqua la direction du pavillon d'accueil où je pourrais prendre patience tout en me rafraîchissant, ajoutant que s'y tiendrait, plus tard, une petite réception en l'honneur de la presse et de l'équipe de la télévision.

» Je me rendis sans détour au pavillon. Une seule personne s'y trouvait déjà. Par la suite, lorsqu'elle déclina son identité, j'appris qu'il s'agissait de la veuve du défunt, Marge Peterman.

» Elle suivait l'enregistrement de l'émission sur un écran vidéo. De l'endroit où je me trouvais, j'apercevais, sans toutefois en discerner les détails, le véritable plateau du *Dan Buckley Show*, installé plus bas, sur la plage. Je voyais aussi l'écran de télévision, pâle et flou. En fait, ni l'un ni l'autre ne m'intéressaient vraiment. Je me servis un jus d'orange. La voix de Marge Peterman attira mon attention du côté de la télévision.

» Steve, dit-elle, qu'est-il arrivé à Steve?

» Je regardai l'écran. Peterman était assis dans

une position bizarre. Afin de voir la scène de plus près, je vins me placer derrière Mme Peterman et remarquai le filet de sang qui s'écoulait de la bouche de son mari. Il était quinze heures vingt-trois exactement.

» J'aidai Mme Peterman à sortir du pavillon. Je la soutins jusqu'au fond du parking où je la fis s'asseoir. Après être allé lui chercher du café, je m'installai en face d'elle. A quinze heures cinquante-trois arrivèrent plusieurs personnes dont Dan Buckley. Ce dernier lui annonça la mort de Peterman et les autres l'emmenèrent. Terminé.

– Excellent, fit Roz Nachman d'un ton plein d'urbanité. Un vrai travail de professionnel. Concision. Précision à la minute près. Il ne manque plus que le fantôme traversant le plateau de l'émission sur la pointe des pieds pour aller planter son couteau entre les omoplates de Peterman.

– Vous dites?

– Soyons sérieux, monsieur Fletcher. En dépit d'une déposition qui restera dans les annales comme un modèle de clarté et d'exactitude, n'en doutons pas, j'aimerais vous poser quelques questions.

– J'allais vous en prier.

– Trop aimable. Tout d'abord, êtes-vous bien certain de l'heure?

– Je suis journaliste. Quand il se passe quelque chose, je regarde ma montre. C'est machinal.

– Qu'étiez-vous venu faire sur le tournage?

– J'avais rendez-vous avec Moxie Mooney.

– Pour une interview?

– Depuis quelque temps, je choisis moi-même mes reportages.

– A vous voir, on ne se douterait jamais qu'on a affaire à un grand rédacteur en chef.

– A voir les grands rédacteurs en chef, on ne se douterait jamais de la quantité de gens qui prennent plaisir à se vautrer sur leurs genoux : stars, chefs d'Etat, reporters, et même des lieutenants de police.

– Vous dites qu'il n'y avait personne dans le pavillon, hormis Mme Peterman et vous-même. Et le barman ?

– Pas de barman.

– Mme Peterman vous avait-elle entendu entrer ?

– Je ne crois pas. J'étais nu-pieds, donc silencieux. L'écran absorbait toute son attention.

– Si elle se croyait seule, à qui était destiné le « Steve, qu'est-il arrivé à Steve ? », si toutefois ce sont bien ses propres mots ?

– Ce sont ses propres mots, dit Fletch avec fermeté.

– Toutes mes excuses. Nous sommes habitués à des témoignages moins... irréfutables. Alors ?

– A mon avis, Mme Peterman ne s'adressait à personne en particulier. Elle parlait seule. Son intonation trahissait l'inquiétude, l'angoisse même. C'est la raison pour laquelle je me suis rapproché. Quelque chose, sur l'écran, l'avait effrayée.

– Aviez-vous déjà rencontré Marjory Peterman ?

– Non.

– Dans l'intervalle de temps que vous avez passé en tête-à-tête au fond du parking, qu'a-t-elle dit ?

– Rien d'important. C'étaient plutôt des balbutiements. « Qu'est-ce qu'ils font ? » « Pourquoi ne me dit-on rien ? », des choses comme ça. Elle insistait pour être assise à côté de Peterman dans l'ambulance.

– Elle savait donc qu'il était arrivé quelque chose à son mari ?

– Peut-être devinait-elle, au fond d'elle-même, qu'il était vain d'espérer. Sur l'écran, il semblait mort à cent pour cent.

– A-t-elle fait la moindre allusion au fait qu'il avait pu être assassiné?

Fletch réfléchit trente secondes.

– Non. Je pense vous avoir rapporté ses propos sans rien omettre.

– Vous « pensez »?

– Je suis certain de n'avoir rien oublié. (Il avait croisé les jambes. Le mocassin se balançait au bout du pied levé.) Sauf qu'elle a décliné son identité.

– Ce faisant, répondait-elle à une question?

– Je lui avais demandé si elle était bien la femme de Peterman.

– En gros, votre témoignage concorde avec celui de Marjory Peterman, monsieur Fletcher. Sur le moment, vous avez dû vous demander ce qu'il était arrivé à Peterman. Qu'avez-vous pensé?

– Hémorragie interne. A cause du filet de sang.

– L'hypothèse du meurtre ne vous a pas effleuré?

– C'était absurde. Je n'avais entendu aucune détonation. Et puis, la plage grouillait de monde et le salopard avait trois caméras braquées sur lui. Il aurait fallu être sacrément bargeot pour penser qu'on l'avait suriné dans ces conditions.

– Quelqu'un de plus bargeot encore a décidé de tenter le coup, murmura-t-elle, les yeux baissés. Donc, vous n'aviez jamais rencontré Marjory Peterman. Mais vous connaissiez son mari.

– Hum... (Fletch en aurait rougi de confusion.) J'ai dit que le salopard était salopard, c'est ce qui vous fait tiquer?

– Exact. J'en conclus que vous n'étiez pas des inconnus l'un pour l'autre.

– Si on peut appeler ça se connaître...

Roz Nachman esquissa un sourire.

– Soyez plus précis, *Mister Reporter.* C'est le moment d'utiliser ce style vigoureusement dépouillé dans lequel vous excellez.

– Voilà neuf mois, Peterman a passé un week-end prolongé dans ma résidence de Cagna, en Italie.

– En Italie? Vous êtes italien?

– Citoyen américain. J'ai fait mon service militaire et j'ai aussi le droit de vote.

– C'est en Italie que l'on trouve ce genre de short?

Fletch ôta les mains de ses poches.

– Vous avez remarqué? Ce sont de vraies valises. Elles avalent tout, bouquin, carnet de notes, sandwiches...

– Les couteaux aussi, dit-elle sobrement. Par contre, si j'ai bien vu les frusques qu'affectionnent tous ces enfants de la balle, on n'y caserait pas un atome de mauvaise intention. Bien. Vous étiez sur le point de m'expliquer pourquoi Peterman vous avait rendu visite en Italie, n'est-ce pas?

– J'étais, oui.

– Dites-moi d'abord pourquoi vous avez une maison en Italie. On a beau être un jeune journaliste aux dents longues, taillé pour le succès grâce à ses formules lapidaires... Cagna ne serait pas situé sur la Riviera?

– Il se trouve que je dispose d'un peu d'argent personnel.

– Ce doit être bien agréable d'être né avec une cuillère en argent dans la bouche.

– Sans doute. Quant à moi, je suis né en suçant mon pouce.

Le silence se prolongea. Quand il devint évident qu'aucun éclaircissement ne suivrait, Roz Nachman se fit une raison.

– Alors, dans quelle circonstance avez-vous été amené à recevoir Peterman dans votre *palazzo?*

– Il accompagnait Moxie dans une tournée en Europe. Une opération publicitaire de routine. Moxie avait tenu à me rendre visite. Peterman était la surprise qu'elle avait sortie de ses bagages.

Le lieutenant arrondit un sourcil.

– Ainsi, vous connaissiez déjà Moxie Mooney?

– Un peu, oui. Nous étions à la maternelle ensemble.

– Sont-ils vernis, ces journalistes! s'exclama Roz Nachman. Ils reçoivent des stars et des producteurs de cinéma dans leur propriété de la Riviera italienne. Attendez que j'apprenne ça aux flics chargés de l'enquête. Avec leurs salaires, c'est tout juste s'ils peuvent s'offrir deux séances de cinéma par semaine. Ils vont vous aimer, n'en doutez pas!

– Ne vous donnez pas cette peine, soupira Fletch. Ils m'aiment déjà, je le sais.

– Pour en revenir à votre week-end prolongé, qui couchait avec qui?

– En voilà une question!

– Je n'y peux rien. Autrement dit, Moxie Mooney et Steve Peterman avaient-ils des relations intimes?

– Non.

– Vous tenez vraiment à ce que je mette les points sur les i?

– En effet.

– Avez-vous déjà eu des relations intimes avec Moxie Mooney?

– Naturellement.

– Naturellement? Vous couchez ensemble?

– Ça nous arrive.

– Ça vous arrive? (Elle avait posé le coude sur son bureau et le menton sur sa main.) Expliquez-moi ça, voulez-vous?

– Je ne suis pas sûr de pouvoir.

– Grand Dieu! Faites un effort, mon vieux. C'est pour la bonne cause.

Fletch s'absorba dans la contemplation du plafond.

– Voyez-vous, toutes les fois qu'on se retrouve, Moxie et moi, on fait semblant de ne pas se connaître. C'est un jeu entre nous. Nous transformons chaque nouvelle rencontre en une première rencontre. L'éternel recommencement, quoi!

Perplexe, Roz Nachman parut tourner et retourner la réponse de Fletch.

– Essayez encore. Pour l'instant, je ne vois rien.

– Je m'en doutais. Rien de plus simple, en fait. Nous nous connaissons depuis des années. Nous nous connaissons à fond. Nous nous adorons. Réellement, je veux dire. Voilà pourquoi, chaque fois que le hasard nous met en présence, nous éprouvons le besoin de nous redécouvrir en repartant de zéro. En un certain sens, c'est la voie de la sagesse. Aujourd'hui, tout le monde change de personnalité comme de chemise. Chaque matin ou presque, vous vous réveillez dans la peau d'un autre. La veille, il est arrivé quelque chose, ou alors il n'est rien arrivé, une attente déçue. Vous n'êtes plus le même. Plus tout à fait. Il s'est produit un subtil déplacement. Vous tombez sur une personne que vous n'avez pas vue depuis une semaine et vous vous figurez que vous allez pouvoir renouer le fil de vos relations avec elle comme si de rien n'était. Quelle erreur! Vous avez eu tout le temps, l'un et l'autre, d'opérer des virages à cent quatre-vingts degrés. Pour le meilleur ou pour le pire. C'est la vie.

Roz Nachman le dévisageait avec un intérêt non feint.

– Voilà sans doute la raison pour laquelle, avides d'expériences nouvelles, Miss Mooney et vous-même foncez au lit chaque fois que l'occasion s'en présente?

Fletch battit des paupières.

– Si vous êtes tellement satisfaits l'un de l'autre, pourquoi ne pas vivre ensemble?

– Vous n'y songez pas! (Fletch glissa un regard en direction du magnétophone.) On se tape sur les nerfs. Au bout de vingt-quatre heures, c'est la guerre.

– Pourquoi? Le spectacle de votre perfection mutuelle vous exaspère?

– N'exagérons rien. Moxie est seulement la plus chouette souris qui ait jamais bouffé de la vache enragée.

– Elle a eu une enfance difficile? Je n'ai pas eu cette impression.

– C'est que les gens sont souvent un peu plus compliqués qu'ils en ont l'air. Elle et moi, à peu de chose près, on se fait le même numéro. Le résultat, c'est que personne n'applaudit.

– Jeu... numéro... applaudissements... Je me demande jusqu'où peut conduire une conception aussi ludique des rapports humains, monsieur Fletcher.

– D'où vient que j'éprouve l'impression pénible de me trouver en face d'un directeur de conscience? Ça aussi, ça me ramène à la maternelle.

– Si l'on s'en tient aux faits, votre première déposition est irréprochable. (Roz Nachman désigna le magnétophone.) Si l'on va au fond des choses, c'est un tissu de mensonges.

– Vous m'accusez d'avoir menti? Moi?

– Je ne m'étonne plus que vous ayez les moyens de vous offrir la Riviera italienne. Sacré *Mister Reporter!*

– Soyez pas vache, Professeur Mabuse. J'ai échoué à l'école des Ponts et Chaussées, d'accord, mais laissez-moi tenter la Samaritaine.

– Vos propos, votre attitude, tous vos actes contribuaient à donner l'impression que vous étiez venu à Bonita Beach dans le seul but d'interviewer Moxie Mooney, comme tous vos confrères. Le moins que l'on puisse dire, c'est que vous ne vous êtes pas montré très empressé de révéler la nature intime de vos relations, pas plus que le fait que vous connaissiez la victime.

– Les renseignements que vous m'avez extorqués sont sans rapport avec l'enquête. Je n'ai tué personne.

– Ça, monsieur Fletcher, c'est aux autorités compétentes qu'il appartiendra d'en décider.

– Pas plus que Marge Peterman. Nous étions ensemble au moment du meurtre.

– La vérité, cher monsieur, c'est que dans le laps de temps compris entre quinze heures cinq et quinze heures cinquante-cinq, personne ne sait où vous étiez. Idem pour Marge Peterman. Les témoins interrogés jusqu'à présent sont formels.

– Vous essayez de me dire quelque chose, mais quoi ?

– Et je n'ai jamais entendu dire qu'un journaliste pouvait s'offrir une résidence secondaire sur la Riviera italienne, fût-ce une niche à chien.

– C'est la rançon du talent, dit Fletch.

– Miss Mooney vous attendait donc aujourd'hui ?

– Oui.

– A quel jeu joue-t-elle, en ce moment ?

– Pourquoi faut-il que vous montiez en épingle ce galimatias psychanalytique sans intérêt ?

Le lieutenant s'était redressé. Ses yeux ne souriaient plus.

– Parlez-moi de ce week-end.

– Reconnaissez au moins que je réponds de bonne grâce à vos questions.

Le regard se ferma un peu plus.

– Savez-vous ce qui arrivera si vous faites la mauvaise tête ?

– Et comment ! Je ne pourrai même pas me présenter à la Samaritaine.

– Quelle impression vous avait fait Steve Peterman lors de son séjour italien ?

– Vous me demandez d'émettre mon opinion personnelle ?

– Ne me dites pas que vous êtes à court?
– Je n'ai rien prétendu de tel.
– Eh bien?
– C'était un emmerdeur.
– Déplorable façon de parler d'un mort.
– M'avez-vous demandé mon avis, oui ou non?
– Pourquoi définissez-vous Peterman d'un mot si sévère?
– C'est la vérité. Il nous empoisonnait. (Fletch se pencha, les coudes sur les genoux, le visage animé.) La maison est ce qu'on appelle « les pieds dans l'eau », quasiment. Ce n'est qu'un modeste bungalow de plage, figurez-vous.
– Pour un peu, vous perdriez votre sens du raccourci.
– On s'y promène en maillot de bain. Le soir, on bouffe des spaghettis et du poisson grillé sur la terrasse. On boit un peu. On écoute de la musique...
– Peterman ne s'intégrait pas au paysage.
– Lui? On l'avait surnommé Stivy Beau Costard. Il n'a pas desserré sa cravate. Pas question d'aller sur la plage; il avait peur d'esquinter ses mocassins Gucci.
– Quelle horreur!
– C'est bien simple, il est tout le temps resté pendu au téléphone. Rome, Genève, Paris, Londres, New York, Los Angeles, Buenos Aires. Vous croyez que j'exagère? C'est moi qui ai reçu la facture. Cela m'aurait coûté moins cher d'inviter Barnum et sa clique.
– Je vois. Le parfait pique-assiette.
– Chaque soir, c'était la même comédie. Il fallait s'habiller pour aller faire la tournée des boîtes les plus snobs de la côte.
– A vos frais?
– Quand on apportait l'addition, le cuistre était enfermé dans la cabine téléphonique.

– N'en jetez plus.

– Je n'ai pas fini. A la moindre occasion, il asticotait Moxie au sujet de tout et n'importe quoi : une clause de contrat, un détail de son prochain scénario, le temps qu'il ferait à Berlin où elle devait se rendre quinze jours plus tard, la gueule du type qu'elle verrait à Bruxelles, qui, quand, où, comment, pourquoi? Pire qu'une nuée de sauterelles. Moxie était venue chez moi dans l'espoir de trouver un peu de paix.

– Et pour s'envoyer en l'air. Vous avez dû ruser pour vous débarrasser de Peterman.

– On le fuyait comme la peste. Mais c'est plus dur quand le fléau est installé à demeure.

– Je n'en doute pas. Ce jeu de cache-cache devait être épuisant. Et Mme Peterman, dans tout ça?

– Je vous l'ai dit. Peterman était seul.

– Où se trouvait-elle?

– Est-ce que je sais? Chez elle, à dorloter ses visons.

– Pour la dernière fois, je vous le demande. Vous n'aviez jamais vu Marjory Peterman avant aujourd'hui? Vous ne lui aviez jamais adressé la parole?

– Pour la dernière fois, je vous réponds. Non. Jamais.

– Par contre, vous connaissiez la victime. De votre propre aveu, l'homme ne vous était guère sympathique.

– Il faudrait beaucoup plus qu'une facture de téléphone pour m'inciter à poignarder quelqu'un. Du reste, je ne l'ai jamais payée. J'ai déménagé. Je me suis installé en Espagne.

– Enfin, il y a vos relations sophistiquées avec Moxie Mooney, ce mélange d'attraction et de répulsion qui en fait tout le charme.

Fletch lui coula un regard destiné à lui faire froid dans le dos.

– N'en parlons plus, murmura-t-il.

Elle ne sourcilla même pas.

– Voulez-vous que je vous dise, monsieur Fletcher? A vous deux, vous devez être capables de tout. J'en ai la conviction. (Ses yeux sautèrent de Fletch au magnétophone. Elle posa l'index sur la touche « arrêt ».) Ce sera tout, monsieur Fletcher. Faut-il le préciser? Vous restez à notre disposition. Je ne vous conseille pas de quitter Fort Myers.

– Ça ne me serait même pas venu à l'idée.

L'index enfonça la touche.

6

Trempé comme une soupe, Fletch se rua sous l'auvent de l'escalier. A travers les trombes d'eau, le golfe du Mexique roulait des flots terribles. Il gravit les marches quatre à quatre et s'arrêta net en arrivant au second. Il venait d'apercevoir le célèbre profil de Frederick Mooney.

Le vieil homme se foutait bien des éléments déchaînés. Assis à une longue table sous la véranda de la gargote, il leur tournait le dos. Il était le seul client. Sur la table se trouvait une bouteille à moitié vide. Il serrait dans sa main un verre à moitié plein.

Fletch obliqua vers le comptoir en traînant la jambe.

– Un demi.

– Vous avez une préférence?

Le barman avait l'air éreinté et dangereux. Le Vietnam les a tous rendus comme ça.

– Glacé de préférence.

L'autre sortit une boîte de la glacière et la posa devant Fletch.

– Sale temps.

– J'aime ça. (Fletch fit sauter la languette de sa boîte.) Monsieur Mooney est ici depuis longtemps?

– C'est l'heure du ramassage?

– Tout juste.
– Deux plombes, un peu plus, un peu moins.
– Qu'est-ce qu'il a bu?
– Je n'en sais rien.
Fletch s'adjugea un long jet à la régalade.
– Vous n'en savez rien?
– M. Mooney apporte sa propre gnôle. Du cognac cinq étoiles. Vous imaginez cette camelote sur mes étagères?
– Et vous ne pipez pas?
– Il achète mon silence. La location du verre lui coûte une fortune. Et puis, ce n'est pas le premier venu.
Un grondement de tonnerre naquit au loin et roula jusqu'à eux en vagues sourdes. Des bouffées de pluie pénétraient par rafales sous la véranda.
– Il vient tous les jours?
– Pas le temps. Il fait tous les caboulots de Bonita Beach l'un après l'autre.
– Dans quel état était-il quand vous lui avez loué le premier verre?
– Rond comme une bille. Dix minutes pour gravir l'escalier. Je l'ai entendu. Il trébuchait sur chaque marche. J'ai dû l'aider à poser ses fesses et je lui ai amené son sac. La bourrasque le bousculait . Il était trempé d'embruns. Si ce n'est pas malheureux. Un homme de sa classe, un grand acteur... (Le barman posa une seconde bière sur le comptoir, l'ouvrit et but à même la boîte.) Vous jouez la comédie, vous aussi?
– Surtout en ce moment, oui.
– Je veux dire, vous êtes sur le film, c'est pour ça qu'on vous a envoyé chercher le vieux? Vous avez tourné dans quoi?
– *La Complainte des mers du Sud*, dit Fletch. Vous l'avez vu?
– Avec Elizabeth Taylor?
– Non. Maud Adams.

– C'est ça. Je me souviens, maintenant.

Du menton, Fletch désigna Mooney.

– Ça lui arrive, de parler avec des gens?

– Je pense bien. Tout le monde est son copain. Les vieilles taupes en raffolent. Elles font cercle autour de lui. C'est pareil avec les gosses. Le plus souvent, il récite des trucs. Il a du coffre, personne ne dira le contraire.

– C'est bon pour les affaires, non?

– Je ne me plains pas.

– Une attraction maison, en quelque sorte?

– Un type comme lui, une super-star, il devrait être en Californie à faire la planche dans sa piscine. C'est l'homme le plus seul que j'aie jamais vu.

– Il faut être abruti pour vivre en Californie.

Fletch prit sa bière et s'approcha de Mooney. Il resta debout face à lui, de l'autre côté de la table. L'acteur ne daigna même pas lever les yeux. Au nord, un éclair cracha un losange de feu.

– Votre fille m'envoie, monsieur Mooney. Elle vous attend.

Mooney contemplait le vide. Il avait le souffle court. De fines gouttelettes nimbaient ses cheveux d'un halo flou et s'accrochaient à sa chemise.

Soudain, la fameuse voix se fit entendre, mille fois trop vaste pour ce corps voûté. Ses vibrations riches et parfaitement maîtrisées emplissaient l'espace comme les accords puissants que tire d'un violoncelle un archet virtuose, une voix de géant, incongrue dans cette bouche d'ivrogne tourmenté par le doute. Il souleva la tête. Ses yeux se plantèrent dans ceux de Fletch.

Vous pensez que je vais pleurer?
Non, non, je ne pleurerai pas. Certes, j'ai toutes
Les raisons de le faire, mais ce cœur-là
Eclatera en cent mille morceaux
Avant que je ne pleure. Ô fou, je deviens fou!

Fletch s'assit doucement.

Vents, soufflez à crever vos joues, vents, faites rage!
Et vous, tornades et cataractes, jaillissez
Jusqu'à noyer nos clochers et leurs coqs!
Feux sulfureux plus prompts que la pensée.
Avant-courriers de la foudre qui fend les chênes,
Brûlez ma tête blanche! Et toi, et toi,
Ô tonnerre, ébranleur de tout ce qui est!
Aplatis de ton choc l'énorme sphère du monde,
Brise les moules de la nature, détruis d'un coup
Les germes qui produisent cet homme ingrat.

Mooney passa sa main devant ses yeux, la paume tournée vers l'extérieur. Il regarda droit devant lui comme un fantôme sorti de son cercueil. Ses yeux hallucinés revinrent lentement sur Fletch. Il avait l'air complètement maboul.

– Nom de Dieu...

Fletch sentit un doigt glacé lui grimper le long de l'échine. Il s'envoya une rasade de bière.

– En fait... commença-t-il. (Sa propre voix lui fit l'effet d'un miaulement de souris.) En fait, je vous ai déjà entendu dans *Le Roi Lear*. A Chicago, il n'y a pas si longtemps. J'étais encore étudiant.

– Une seule fois?

– J'ai dû vendre mon transistor pour m'offrir le billet.

– Lear, fit doucement Mooney. Le rôle impossible à jouer, dixit Charles Lamb.

Fletch leva sa bière.

– Au diable Charles Lamb!

Mooney en fit autant avec son verre de cognac, d'une main qui sucrait les fraises.

– Au diable Charles Lamb!

Fletch prit une lampée de bière; Mooney, une lampée de cognac.

– Il est arrivé quelque chose, dit Fletch en articulant avec soin. On a poignardé un homme sur le plateau de l'émission.

Mooney avait les yeux mi-clos. Fletch entendait son souffle râpeux et saccadé.

– Un meurtre, précisa-t-il.

L'acteur se renversa contre son dossier. Il regarda autour de lui comme si une pensée soudaine le rendait circonspect. Ses yeux immenses, d'un noir profond, étaient capables d'exprimer des états d'âme distincts, aussi contradictoires que les grimaces des masques du théâtre antique. L'un d'eux, l'œil intérieur, brûlait d'une flamme farouche qui repoussait toute compassion. Celui-ci se voilait parfois de mélancolie. L'autre était fixe et pénétrant comme l'œil d'un prophète. Il scrutait le monde de ce regard corrosif qui faisait la force du visage. Fletch se demanda si l'effet d'asymétrie pouvait s'expliquer par le fait que les yeux ne semblaient pas tout à fait à la même hauteur. Truc de naissance ou truc de comédien? Il se demanda s'il fallait voir dans cette dualité oculaire une expression de la personnalité profonde de Frederick Mooney.

– *Ne me trompez pas,* dit la voix.

– Avez-vous entendu ce que j'ai dit? Un homme est mort. Assassiné.

– Marilyn va bien?

– Marilyn? On ne peut mieux, sauf qu'elle était assise à côté de la victime au moment du meurtre.

– Qui est mort?

– Steve Peterman.

Mooney fronça les sourcils et fourragea dans sa crinière.

– L'agent de votre fille; son producteur. Son factotum.

Mooney acquiesça d'un air vague.

– Ça s'est passé pendant l'enregistrement du *Dan Buckley Show*, sur le plateau du tournage du film.

– En fait de pièce dans la pièce, ce n'était qu'un plateau sur un plateau, marmonna Frederick Mooney.

– Sur un troisième plateau, fit observer Fletch. Vous oubliez la presse, chargée d'immortaliser l'ensemble sur pellicule et bandes vidéo.

– Et personne qui fût là pour son seul plaisir. Pas un seul spectateur...

– Pas un poil de spectateur. Gageons que le meurtrier, au moins, était là pour son plaisir.

– Comment notre art a-t-il pu s'éloigner à ce point de son public? s'exclama Mooney. Fini le temps où les acteurs se défonçaient pour un parterre de philistins arrachés pour un soir aux coups de gueule et aux coups de poing. Fini la corbeille snob, fini les galeries attentives. Désormais, on épuise son talent pour des batteries de caméras. (Mooney s'adjugea trois doigts de cognac.) On joue pour les caméras. Peterkin?

– Peterman. Steve Peterman.

– Peterman s'est fait occire à huis clos. Loin du regard des hommes. (Mooney siffla le contenu de son verre. Sa main tremblante se tendit vers la bouteille.) Le premier être humain à mourir en circuit câblé.

– Moxie nous attend, monsieur Mooney.

– Buvons un verre, d'accord? Juste un. Le temps que vous m'expliquiez qui est dans le coup et qui ne l'est pas. Allez-y, commandez quelque chose.

– C'est déjà fait.

Mooney aiguisa ses yeux.

– C'est pourtant vrai. (Il se versa un décilitre de cinq étoiles.) Parlez-moi de ce Petermachin. L'humanité a perdu quelque chose, vous croyez?

Fletch haussa les épaules.

– Il était l'agent de votre fille. Coproducteur de son dernier film.

– Il est mort comment?

– Un coup de poignard dans le dos.

Mooney éclata d'un rire bref et strident, sonore comme un rire d'enfant.

– Quel symbole, mes aïeux! A ce jour la plus belle illustration des mœurs qui régissent cet univers pourri. Le *big bizeness* à l'œuvre, comme on dit.

– Vous oubliez un détail. Votre fille arrive en tête sur la liste des suspects.

– Marilyn?

– Marilyn.

Mooney tourna la tête et fit mine de contempler l'orage de ses yeux creux d'épouvantail.

– Elle en serait bien capable.

Pas d'affolement, décida Fletch. A quel niveau de la bouteille un type de cette envergure commence-t-il à perdre les pédales pour de bon? Qui avait parlé, Mooney ou Lear? Pensait-il à Moxie ou à Régane?

– Qui serait capable de quoi? demanda-t-il.

– Marilyn. (Mooney le regarda sans plus le voir que l'orage.) Tuer un homme.

Fletch frissonna de plus belle. Il sentit dans sa poitrine un serrement, comme l'étreinte de la peur.

Le vieil acteur trouva une encoche dans le bois de la table. Il y passa le pouce.

– Ce ne serait pas la première fois.

– Qu'est-ce qui ne serait pas la première fois?

– Elle a déjà tué un homme.

On entendait déferler les vagues. Fletch compta les secondes entre chaque ressac. Il compta trois ressacs.

– Racontez-moi, fit-il tout bas.

– Elle avait treize, quatorze ans, pensionnaire

dans une boîte privée en Californie. En novembre, au beau milieu du premier trimestre scolaire par conséquent, son bienveillant paternel, votre serviteur, décida de la transférer vite fait, bien fait sur le vieux continent, dans un établissement anglais d'excellente réputation. Personne n'est sensé savoir pourquoi j'ai pris cette décision soudaine. Pour l'avoir près de moi, c'est ce que j'ai prétendu alors. Tu parles! Cette année-là, je n'ai pour ainsi dire pas mis les pieds en Angleterre.

– Je me souviens, en effet, qu'elle a passé là-bas un an ou deux.

– Mais vous en ignorez la vraie raison. (Mooney changea de ton. C'était maintenant la voix accablée, enrouée d'amertume de quelqu'un qui se donne la peine d'évoquer pour vous une page sombre de son existence.) Dans son pensionnat californien, Marilyn suivait des cours particuliers d'art dramatique. Le prof... comment s'appelait-il déjà? Attendez, ça va me revenir. (Il lampa un peu de cognac.) Désolé, le nom m'est sorti de la tête. Peu importe. Un freluquet. On l'a trouvé noyé dans le bassin de l'école. A plat ventre sur le gazon, le visage immergé. Il avait une vilaine blessure à la base du crâne. On l'avait proprement assommé. L'administration du bahut a mené son enquête. L'après-midi en question, trois filles s'étaient trouvées à proximité du plan d'eau, dont Marilyn. Des trois suspectes, seule Marilyn prenait des cours avec ce loustic. Les deux autres ne lui avaient même jamais adressé la parole. Ma fille était lanceuse de son équipe de base-ball. Parfaitement qualifiée pour estourbir un bonhomme d'un coup de pierre, vous savez. (Mooney éternua à s'en faire sauter la cervelle. Il soupira.) Elle haïssait ce petit prof prétentieux. Je le sais. Elle me l'avait écrit d'une plume foudroyante.

– Il aurait pu glisser.

– Il avait le visage dans la flotte, l'arrière de la tête écrabouillé. Un crime affreux, perpétré de sang-froid. La culpabilité de Marilyn n'a jamais pu être établie. On l'a interrogée, bien sûr, mais c'était déjà une comédienne de premier ordre. Elle a de qui tenir. Le talent, on l'a dans les veines ou on ne l'a pas. Chez les Mooney, de père en fille, il coule à flots.

– Donc, vous l'avez expédiée en Angleterre.

– Il le fallait, dit sombrement Mooney. Ils revenaient sans cesse à la charge, avec leurs questions. Elle répondait volontiers, remarquez; elle y prenait même du plaisir, mais certaines réponses auraient fini par...

La voix avait grimpé jusqu'à une espèce de diapason allègre. Elle s'éteignit brusquement.

– Votre fille avait commis un meurtre, et vous l'avez changée de pension, c'est ça?

Mooney se raidit.

– Elle n'en demeurait pas moins la fille de Frederick Mooney! tonna-t-il. Promise à une grande carrière. Marilyn avait du bon sang dans les veines. On ne gaspille pas un capital aussi précieux. (Il reprit sa posture avachie.) Quand j'y repense, son geste est comparable à celui d'Ulysse jetant sa lyre à la tête de son précepteur. Tôt ou tard, l'heure arrive où l'on doit savoir rompre avec son maître. Ulysse et Marilyn avaient opté pour une solution plus radicale, voilà tout.

– Peterman lui donnait du fil à retordre, dit Fletch. C'est pourquoi elle m'avait demandé de venir.

– Comment! s'exclama Mooney. Mais alors, vous n'avez rien à voir avec le *big bizeness*?

– Je suis journaliste.

– Dieu du ciel! Il faut que je me surveille. Êtes-vous en train de m'interviewer?

– Pas que je sache.
– Et pourquoi donc, s'il vous plaît?
– Parce que, monsieur, vous êtes rond.
– A votre avis... (Mooney s'arrêta pour réfléchir. L'effort le faisait cligner des yeux)... je suis vraiment rond?
– Si je puis me permettre.
– Rond, je le suis du matin au soir, sept jours sur sept. C'est un mode de vie, et ça ne m'a jamais empêché de répondre brillamment aux questions des pisse-copies. Ni de rester le meilleur acteur de ma génération. Si je puis me permettre.
– J'ai lu quelque part que vous prétendiez avoir tourné trente films sans en avoir conservé le moindre souvenir tellement vous étiez bourré. C'est pas des craques?
Un humour robuste éclaira l'œil ouvert sur le monde.
– C'est la stricte vérité.
– Je ne pige pas. Comment peut-on faire monter la sauce avant de tourner une scène tout en étant bourré? A l'écran, on jurerait que vous n'avez rien absorbé de plus corsé que du jus d'orange.
– C'est simple. On joue sur la distorsion de la réalité.
– Expliquez-moi.
– Il y a longtemps, j'ai tourné un film à Athènes. Un an plus tard, un journaliste m'interroge à ce sujet. La Grèce? Connais pas, je lui réponds. C'est passé dans une douzaine de canards. Le studio s'émeut et prétend que l'on a déformé mes propos. (Mooney éclata de rire.) Pour ce qui est d'être allé me faire voir chez les Grecs, je ne dis pas! Mais la Grèce... sans doute suis-je allé en Grèce. Charmant pays. J'ai gardé le souvenir d'un paysage magnifique. Le tournage s'effectue dans des conditions idéales. Cinq minutes de travail effectif par jour,

grand maximum. Je peux toujours me requinquer pour cinq minutes.

– Toujours?

Une petite lueur de défi flamboya dans les prunelles sombres.

– Chiche que j'essaie, là, devant vous?

– Vous l'avez fait tout à l'heure, soupira Fletch. Lear. Comme si vous l'étiez.

– Sans blague? Bougez pas, je recommence. (Mooney se composa un visage de majesté. Il respira à fond. La fatigue fit une embardée dans ses yeux. Il les ferma.) Je ne me sens pas d'attaque, murmura-t-il.

Il plongea dans son verre de cognac.

– Excusez-moi, dit Fletch. C'est de ma faute. Je n'aurais pas dû vous asticoter. Un accès de curiosité malsaine.

– N'en parlons plus! s'écria Mooney avec une jovialité soudaine. J'ai l'habitude d'être un objet de furiosité, de curiosité, pardon.

– Vous êtes un sacré bonhomme.

– Ni plus ni moins.

– Si nous rejoignions la voiture? La pluie a faibli.

– La voiture! hurla Mooney. (Il jeta autour de lui un regard effaré.) Ils ont fini de cracher leur feu? Le phare est-il tombé?

– Nous venons d'essuyer un orage carabiné. Un vrai déluge. Le tonnerre ébranlait le ciel; la foudre était déchaînée.

Mooney prit l'air confus.

– Tout ce bruit, ces éclairs... c'était presque du Shakespeare.

Fletch se leva.

– Venez. Votre fille doit s'impatienter.

– Avec le couperet de la justice suspendu au-dessus de sa tête, si je comprends bien.

– En quelque sorte.

– Je me demande... je me demande s'il se trouve un voile noir dans sa garde-robe. Si elle a fait ce que je crois, elle l'aura prévu, sans aucun doute.

– Nous verrons bien. En avant.

– Quant à cette bouteille... (Mooney montra la bouteille du doigt)... elle retourne dans ce sac.

Il désigna le plancher du côté droit de sa chaise, alors que le sac de toile publicitaire était posé sur la gauche.

Fletch reboucha la bouteille et la fourra dans le sac, où il s'en trouvait déjà trois bien remplies, ainsi qu'un ballot d'étranges guenilles.

Mooney lampa ses dernières gouttes de cognac. Il se hissa sur ses pieds et lâcha un rot.

– Vous partez déjà? lança le barman.

– Salut, geôlier. Merci pour la taule!

– 'Soir, monsieur Mooney.

– Salut, taulier l'enjôleur.

– *Plairait-il à Votre Altesse de faire quelques pas?* demanda Fletch.

Plié en deux, cramponné à son bras, Mooney lui décocha un sourire narquois.

– *Il vous faudra être indulgent.*
Oh, je vous en prie, oubliez et pardonnez-moi,
Car je suis un vieillard et un insensé.

Ce ne fut pas une sinécure que de lui faire redescendre les deux étages. Arrivé en bas, il contempla la couleur du ciel, celle du golfe et la pluie, comme s'il les voyait pour la première fois.

– Quel temps! Je crois que je vais rentrer à l'hôtel me taper un martini sec.

– Je crois que je vais rentrer à l'hôtel me taper votre fille. Si elle n'y voit pas d'inconvénient.

Mooney ne fit aucun commentaire, ni ne tourna la tête. Simplement, ses oreilles virèrent au rouge brique. Fletch l'installa à l'arrière de la voiture de location. Durant tout le trajet, de Bonita Beach à Vanderbilt Beach, Frederick Mooney téta sa bouteille et s'endormit.

Ses ronflements auraient réveillé n'importe quel mort en train de refroidir sur n'importe quel balcon de la côte Ouest.

7

– Un renseignement, monsieur?

A travers la double porte vitrée de l'hôtel La Playa, le chasseur en jaquette rouge avait vu la voiture se ranger devant le perron. Il avait vu Fletch en descendre et s'arrêter, hésitant. L'homme était nu-pieds, en short et Lacoste chiffonnés.

– Veuillez dire à Miss Mooney que son père et son chauffeur viennent d'arriver.

– Tout de suite, monsieur.

Fletch s'appuya contre l'aile luisante de pluie. Malgré les vitres fermées, le formidable ronflement de Frederick Mooney lui parvenait toujours.

Deux minutes plus tard, Moxie franchissait la porte et descendait l'escalier d'un pas guilleret. Petite robe noire au-dessus du genou, capeline et voilette noires.

Fletch ouvrit la portière côté passager, observa sans sourciller le jeu de jambes de la belle endeuillée et reprit place au volant. A l'arrière, les ronflements avaient cessé brusquement.

– Seigneur! s'écria Moxie d'une voix frémissante. Dans quel monde vivons-nous! Steve Peterman, tué d'un coup de poignard sous mes propres yeux!

– Tu pourrais le répéter sous serment?

– Répéter quoi, jeune homme?

Fletch mit le cap sur la 41.

– Qu'il a été tué sous tes propres yeux?
– Le plus fort, c'est que je n'ai rien vu. Rien! Un tour de passe-passe.
– Etiez-vous très proches?
– Comme les doigts de la main. Depuis des années, le pauvre Steve était mon ombre fidèle. Sans lui, sans son aide, je me demande comment j'aurais supporté les vicissitudes de l'existence. Il tenait mon mouchoir. Ensemble, nous avons connu des hauts et des bas, la lumière et les ténèbres.
– Les Charybde et les Scylla.
– Les Charybde et les Scylla.
– Les prémices et les terminus.
– Les prémices et les terminus.
– Pas mal du tout, fifille, dit Frederick Mooney.
C'étaient ses premiers mots depuis que Moxie était montée dans la voiture. Arrachant le voile et la capeline qu'elle jeta à côté de lui sur la banquette arrière, elle leur montra un visage hilare, fendu d'un sourire éblouissant.
– J'étais certaine que tu apprécierais, T.N.T.
– Cette fois, c'est sérieux, ma poupée. Si tu n'es pas à la hauteur de ton prochain rôle, tu te retrouves à l'ombre avec un contrat à perpète.
Moxie regarda Fletch.
– Il nous fait son numéro de Scanlon, expliqua-t-elle.
– Hum!
– Le Saint, dans *L'Impasse aux meurtres.*
– Ah, parfaitement.
– Alors, fifille, c'est toi qui as dessoudé cet individu?
– Je l'ai pas fait exprès, parole. J'étais en train de me curer les ongles avec se sacré truc et le voilà qui s'amène à reculons, sans regarder où il mettait les pieds, et vlan! Il me rentre dedans. Quelle tête de linotte, je vous jure.

– Si j'en crois ce que m'a dit Peterman, tu es dans de sales draps.

Fletch et Moxie échangèrent un regard perplexe. Fletch consulta le rétroviseur. Mooney désignait sa nuque.

– Fletcher, dit Fletch.

– Nom de Dieu, T.N.T.! cria Moxie. Peterman, c'est le nom du cadavre.

Mooney se rencogna contre la portière.

– Pourquoi ce type a-t-il prétendu s'appeler Peterman? grommela-t-il.

– Cher T.N.T., fit Moxie sur un ton de martyre, toujours attentif à mes petites affaires. Il met un point d'honneur à connaître la moindre parcelle de mon existence. Il copine avec tous mes copains. En un mot, il est le meilleur des papas.

– Qui est mort? demanda Mooney.

– L'autre, dit Fletch.

– Donc, vous êtes bien Peterman.

– Fletcher. C'est moi qui vous ai annoncé la mort de Peterman.

Mooney fit glouglouter son cognac.

– Après tout, je m'en fous. Ce qui compte, c'est que tu sois dans de sales draps.

Il se fit un long silence.

– Tu l'appelles T.N.T., à présent? demanda Fletch quand il vit Mooney dodeliner dans son rétro.

– Seulement à son nez et à sa barbe.

– Je croyais que tu l'appelais Freddy, comme tout le monde.

– Ce sont les initiales de Très Noble Tyran, le petit nom gentil que lui donnait ma mère, au début de leur mariage, quand ils étaient encore jeunes et innocents. Ça lui arrive encore, du reste. Pauvre maman! Le mois dernier, je suis allée la voir à la clinique. Elle perd complètement les pédales.

– Très Noble Tronche, c'est comme ça que ça s'est terminé, beugla Mooney. Au fil des ans, je suis devenu T.N.T. (Il leva la bouteille.) A ta santé, N.T.!

Moxie scrutait le paysage à travers la vitre noyée de pluie. Ils roulaient sur la 41, cap au nord.

– Où allons-nous?

– Dîner.

– Et la super-star écroulée sur la banquette arrière, on en fait quoi?

– On l'emmène.

– Tu n'es jamais allé au restaurant avec Freddy?

– Jamais.

– Les gens sont bouche bée. Ils tombent de leur chaise. Dans les endroits chics, c'est à qui lui fera porter le plus grand nombre de bouteilles de champagne. Ils font la queue pour échanger quelques mots avec lui et lui serrer la pince. Chacun fait semblant de ne pas s'apercevoir qu'il est déjà bituré. Un vrai cauchemar. On ne le laisse pas en paix une minute. Le résultat, c'est qu'il quitte le restaurant le ventre vide. J'appelle ça un enterrement de première classe.

– De quoi te plains-tu? Il est toujours en vie.

– Petite, je ne savais pas où me fourrer. Cet Éloge de l'artiste en état d'ébriété, pouah!

– J'en mourrais même de compassion si je voyais quelqu'un souffrir de la sorte, entonna Mooney d'une voix vibrante.

– Jésus, Marie, nous voilà bien, dit Moxie. Qu'est-ce qui a bien pu le brancher sur Lear? Aurais-je cité Cordelia à mon insu?

– La faute en incombe aux premiers mots qui sont sortis de ma bouche quand je l'ai trouvé dans le bar, souffla Fletch. *Votre fille m'envoie vous chercher,* ou quelque chose comme ça.

– C'est plus que suffisant pour lui faire enfourcher son fantasme favori. Et alors? Tu as eu droit à une tirade?

– Je pense bien. Sur fond de tempête, dans le fracas du tonnerre et les éclats des éclairs. Un vrai régal.

Moxie se retourna pour tapoter le genou de son père.

– Tout va bien, T.N.T. Ta fille a toujours mangé à sa faim.

– Je ne te le fais pas dire.

– Moi dans mon bahut et maman à l'hosto, on n'a jamais manqué de rien.

Mooney opina vigoureusement.

– Une sale affaire. Demande à Fletcher. Dès qu'il m'a appris la nouvelle, j'ai su à quoi m'en tenir.

Moxie soupira et pivota face au pare-brise. Ils dépassèrent un panneau annonçant 41, en énormes chiffres noirs.

– J'en ai ma claque de cette 41, marmonna Moxie. Je viens en Floride pour tourner un film et qu'est-ce que je vois depuis mon arrivée? La 41, encore la 41, toujours la 41. Aller-retour. Vanderbilt Beach – Bonita Beach. On peut dire que la vie n'est pas tendre pour une fille qui veut gagner sa croûte.

– Ça me fait penser à un truc. Que sais-tu au sujet d'un certain accident de la route?

– Tu es au courant de ça?

– J'ai entendu la question d'un journaliste.

– A mon avis, c'est sans rapport avec la mort de Steve. Il s'agit de la femme de Geoffrey McKensie.

– Geoffrey McKensie? Bizarre. Pourquoi ce nom me dirait-il quelque chose?

– Un réalisateur australien. (Moxie étouffa un bâillement.) Sensationnel! Peut-être le meilleur aujourd'hui. Il a déjà réalisé trois films, trois chefs-d'œuvre, sans faire plus de bruit qu'une chute de neige. C'est bien le diable si plus de dix personnes les ont vus hors du continent australien. Moi, je les ai vus. Superbes! Il fait vibrer ses personnages.

Quelle sensibilité! Un travail exquis. Tout en nuances. L'espace d'une seconde, X ou Y fait un geste imprévisible et tout le film bascule. Tu comprends?

– Non.

– Tant pis. J'espérais qu'il serait choisi pour réaliser *Cauchemar d'une nuit d'été*. On peut même dire que je comptais dessus. Après tout, il était venu ici rien que pour ça.

– Et quelqu'un d'autre a été choisi.

– Sy Koller. Il n'est pas mal non plus.

– En somme, McKensie a fait le voyage d'Australie pour accomplir un travail qu'on lui avait promis et, finalement, le contrat lui est passé sous le nez?

– Mme McKensie l'accompagnait.

– C'est incroyable, non?

– C'est la loi d'airain du capital. Le cinéma, mon cher, est une industrie comme une autre. Pire que les autres. Ils ont un mot magique, devant lequel tout s'efface. Banquable.

– Tu veux dire rentable?

– Je veux dire digestible. Par les banques. Dans ce milieu, les gens qui prennent les décisions appartiennent tous au monde des affaires. Si ça se trouve, ils n'ont jamais vu un vrai film de leur vie, ni lu un poème. Quand ces tripoteurs de coupe-papier sont amenés à faire des choix, ils font appel au mot magique. Untel mettra l'eau à la bouche des investisseurs. Untel, c'est peau de balle. Le fin mot de l'affaire, neuf fois sur dix? Mes amis et les amis de mes amis sont banquables. Personne n'a jamais entendu parler des vôtres.

– Geoffrey McKensie fut proclamé non banquable.

– Tout juste.

– Après son arrivée ici?

– Après son arrivée ici, Sy Koller s'est trouvé

disponible. Le film sur lequel il travaillait est tombé à l'eau.

– Et Sy Koller, il est banquable, lui?

– Ses cinq derniers films ont été d'effroyables bides. Sur tous les plans. Commercial et critique. Cinq fiascos.

– De sorte qu'il met l'eau à la bouche des investisseurs?

– Steve affirmait que Sy Koller ne pouvait pas ne pas faire un dernier bon film avant de disparaître pour de bon.

– Et le pauvre type qui a réalisé trois chefs-d'œuvre dans son village et parcouru la moitié de la planète trouve les portes closes?

– Normal. Qui connaît le nom de McKensie? Qui a vu ses films? Ils ne perdent rien pour attendre mais, pour l'instant, personne n'a encore oublié Sy Koller.

– Tout le monde sait qu'il a cinq bides à son actif. Excuse-moi, je ne crois pas un traître mot de ce que tu dis.

– C'est dingue, n'est-ce pas? Voilà pourquoi les gens comme moi s'assurent les services de gens comme Peterman. Pour démêler le sac de nœuds à leur place.

– Et McKensie, n'a-t-il aucun recours?

– Que si! Il peut toujours leur faire un procès. Et alors? Dis-toi que depuis *Naissance d'une nation*, aucun film n'a vu le jour sans que quelqu'un n'exerce de poursuites contre quelqu'un d'autre. Je me demande même si Griffith y a échappé. Pour en revenir à Mme McKensie, il y a dix jours, elle s'est fait renverser par une voiture. Tu devines où ça s'est passé? Sur la bonne vieille 41! Elle avait fait halte à la hauteur d'une échoppe de primeurs. Elle traversait pour regagner sa voiture lorsque le bolide a surgi. Le conducteur n'a pas jugé utile de s'arrêter pour faire l'inventaire des dégâts.

– Tuée sur le coup?

– Elle est morte trois heures plus tard à l'hôpital.

– Des témoins?

– La marchande de fruits et légumes. Elle a déclaré que la voiture allait à une vitesse folle. Quelle couleur? Bleue ou verte. Qui conduisait? Un homme ou une femme. Dis, jusqu'où comptes-tu nous emmener? Fort Myers?

– McKensie est toujours en Floride?

– Toujours. pourquoi?

– Tiens. J'imaginais qu'il était rentré au pays pour les obsèques de sa femme.

– Il a vu les choses autrement. Après l'avoir enterrée, il a dû se mettre à la recherche d'un bon cabinet d'avocats. C'est ce que j'aurais fait à sa place. Peut-être espère-t-il mettre toutes les chances de son côté en restant sur place. Pauvre vieux! Je l'aime bien. Pour un coup dur, c'est un coup dur.

Au carrefour suivant, Fletch prit à droite.

– C'est la route de l'aéroport, fit observer Moxie.

– Je sais.

– Nous allons dîner à l'aéroport?

– Plus ou moins.

– Nous avons fait tout ce chemin dans le seul but d'aller bouffer au restau de l'aéroport? Sommes-nous masos?

Fletch resta coi.

– Irwin Maurice Fletcher! Déjà toute petite je connaissais les affres des maux d'estomac consécutifs à l'ingestion de la déprimante nourriture servie dans les restaus d'aéroports. Ce temps-là est révolu.

– Appelle-moi donc S.O.S., veux-tu? Son Olibrius Sérénissime. Ça me va comme un gant.

– Compte sur moi pour t'appeler quand je voudrai me faire inviter à dîner en ville.

– Honnêtement, tu n'as jamais fait un seul bon repas dans un aéroport?

– Jamais.

– Jamais, jamais?

– Une seule fois.

– Où ça?

– Pourquoi voudrais-tu que je te file le tuyau, espèce de malotru? Dîner dans un aéroport, vraiment! C'est juste ce qu'il fallait pour couronner la journée.

Fletch se démancha le cou afin de pouvoir jeter un œil sur l'état du ciel.

– Pas dans l'aéroport, fifille. Au-dessus.

– Merveilleux! Souper aux chandelles dans la tour de contrôle. Ça promet d'être reposant.

– Regarde. Le ciel s'éclaircit. J'ai pensé qu'il serait agréable de s'offrir une petite balade en avion. Nous regarderons la lune se lever en grignotant des petits riens.

– Sérieux?

Fletch entra dans le parc de stationnement.

– Qui d'autre qu'un malotru oserait promettre la lune?

Moxie s'était adossée contre la portière. Elle le dévisageait gravement, sans bouger un cil.

– Tu as vraiment loué un avion?

Fletch arrêta la voiture.

– Comment préserver l'incognito de deux gloires de l'écran dont l'une picole depuis l'aube...

– Depuis qu'elle a des culottes courtes.

– ... et l'autre trépide autant qu'une poupée parlante entre les mains d'un petit garçon?

– Fletcher, tu te sous-estimes.

– Hélas! S'il n'y avait que moi...

Sitôt descendu, il alla ouvrir le coffre. Moxie le suivait comme un petit chien.

– Et ça, qu'est-ce que c'est? demanda-t-elle, désignant un énorme panier d'osier.

– Notre pique-nique, chérie. J'en avais passé commande avant de faire la tournée des bouis-bouis à la recherche de ton père. Jambon fumé, salade russe, crustacés, champagne. (L'anse passée au bras, il ouvrit la portière arrière du véhicule.) Monsieur Mooney?

La bouteille de cognac était presque vide. Mooney somnolait, le menton sur sa poitrine. Fletch lui secoua le bras.

– Nous sommes à l'aéroport, monsieur. (L'acteur lui jeta un regard mouillé.) Un petit souper planant vous fera le plus grand bien.

Mooney voulut s'extirper de son siège. Il rassembla ses forces en vue de l'effort. Cela promettait d'être long.

– Gentille attention, monsieur Peterman.

8

– Je ne vois pas la lune, dit Moxie.

– Des jérémiades, par-dessus le marché! Prends ton mal en patience. (Fletch versait le champagne dans des flûtes.) Un peu de mousseux, monsieur Mooney?

– Merci bien. Mon cognac ne supporte pas les bulles.

Tous trois étaient installés dans de larges fauteuils de cuir pivotants, la taille barrée par une ceinture de sécurité. Outre le salon où ils se trouvaient, la cabine comportait un coin-bureau. Mooney ne chantait plus.

Auparavant, pendant la traversée de la piste noyée d'ombre, ils avaient eu droit à une version tonitruante et très éraillée de *Hello, le soleil brille, brille, brille...,* au grand effroi du pilote qui les accompagnait. La démarche chaloupée de Mooney n'était pas faite pour le rassurer. A la faveur du rai de lumière d'un projecteur, stupéfait, il avait découvert le visage de l'ivrogne. Dès lors, il s'était comporté comme une nounou diplômée, aidant le vieil acteur à gravir l'échelle de coupée, lui bouclant lui-même sa ceinture.

L'avion avait décollé sur-le-champ.

– Nous allons voler en cercles, sans doute, avait observé Moxie.

– Le moyen de faire autrement, tant que la terre est ronde!

Ayant installé la tablette à coulisse à égale portée de leurs trois fauteuils, Fletch disposa dessus le contenu du panier. Il sortit les assiettes de sandwiches variés de leurs enveloppes de cellophane, ouvrit les petits bacs de crevettes, queues de homards, condiments et salades. Il distribua les couverts de plastique, les assiettes en carton, les serviettes en papier. Il ne resta plus au fond du panier qu'un petit vase d'opaline blanche au long col et sa rose écarlate. Fletch remplit le vase de champagne, y plongea la fleur et disposa le tout au centre de la table.

– Tout compte fait, tu ferais un mari acceptable, murmura Moxie.

– On me l'a déjà dit. Deux fois, comme tu sais.

Frederick Mooney coula sur sa fille un regard empoisonné.

– A cause d'un homme acceptable, me voilà dans le coup d'une condamnation au mariage, susurra-t-elle à l'oreille de son père tandis qu'il la conduisait à l'autel.

– Surveille ton langage, fifille.

Les yeux de Fletch oscillaient de l'un à l'autre.

– Rien ne vous tente?

Le silence se fit. Absorbés, Mooney père et fille empilaient les victuailles dans leurs assiettes. Un régiment de termites aurait été moins prompt. Fletch fit mélancoliquement glisser les restes dans sa propre assiette.

– Les stars ont les dents longues, cette année. Heureusement que j'avais prévu pour six.

Son copieux amoncellement en équilibre sur les genoux, Mooney fit pivoter son siège face au hublot.

– Et maintenant, dit Fletch lorsque Moxie eut fait disparaître six sandwiches triangulaires, quatre queues de homard et la moitié de sa portion de crevettes, m'expliqueras-tu ce que je fais ici? La journée a été rude, je sais. Si tu veux, nous pouvons remettre cette mise au point à plus tard. A moins que les raisons de ton appel ne se soient dissipées entre-temps?...

– Où te cachais-tu? grommela Moxie sans cesser de s'activer sur ses crevettes. Il ne m'a pas fallu moins d'une semaine pour retrouver ta trace.

– J'étais à Washington. Sur la piste du Bureau des Affaires indiennes.

– L'as-tu coincé?

– Dans l'une de mes trois cabines téléphoniques de prédilection.

Moxie prit le temps de s'essuyer les doigts sur sa serviette en ouate de cellulose et de se tamponner la bouche.

– Je suis ruinée, Fletch. Flambée, liquidée. Le tiroir-caisse est vide.

– Avec tout le fric que tu empoches? Comment as-tu fait?

– A toi de me faire un dessin.

– Certains soirs, tu passes sur deux chaînes à la fois. Le réseau câblé t'exhibe si souvent qu'on se demande si tu n'es pas devenue un pur esprit hertzien. Tous tes films sont adaptés à la scène. L'hiver dernier, tu as joué les cent premières de *Broadway Hit*...

– Et je suis endettée jusqu'au cou. Explique-moi.

– Laisse-moi le temps de digérer cette révélation. On ne déboulonne pas à la légère le vieux mythe yankee selon lequel la gloire est un chemin pavé d'or. N'es-tu pas riche et célèbre?

Les yeux de Moxie s'emplirent de larmes.

– Je bosse autant que je peux. Il le faut bien. Tant de gens comptent sur moi pour joindre les deux bouts. Combien sont-ils, à présent, ceux que j'entretiens d'une manière ou d'une autre? Des milliers!

Non, je ne plaisante pas. Sans compter ma mère. Avec ce que coûte son fabuleux cabanon à la journée, trois cents Vietnamiens pourraient s'acheter un second bol de riz. J'en ai pris une partie à ma charge, pour soulager Freddy. (Dans un murmure confidentiel, elle ajouta :) Inutile d'être devin pour se douter que d'ici peu, je m'acquitterai seule de la facture. (Sa voix se remit au diapason de la situation, quelques octaves au-dessus de la normale.) Et tout le monde te dira que je fais un boulot de dingue. La sécurité de l'emploi? Allons donc! Aujourd'hui, on s'arrache Moxie Mooney. Demain, qui saura encore que j'existe? Je suis une personne sensible. Comment puis-je me concentrer sur mon travail, donner le maximum de moi-même, tout en sachant qu'un jour, le mois prochain, l'an prochain, dans dix ans, je me retrouverai sur le pavé?

– Un peu de crevettes?

– J'en ai déjà repris, merci.

– Un peu plus de crevettes?

– Je me fous des crevettes, fit-elle avec hargne. (Elle le dévisagea, l'œil aigu.) Qu'est-ce que c'était? Ton numéro d'ange consolateur, paragraphe 12?

– Neuf, pour être précis. Fais-moi le plaisir de ne pas me percer à jour aussi vite. Je me sens rougir.

– Toi? Tu ne saurais même pas comment faire.

– Ne pourrais-tu me relater l'événement dans un style narratif simple et linéaire?

– Non.

– Un style accessible à un modeste journaliste-pigiste en mal de pige?

– Toute l'affaire m'est tombée dessus il y a deux semaines, juste avant le premier tour de manivelle de *Cauchemar d'une nuit d'été.* Je bouclais mes valises en douceur. La nouvelle m'a fait l'effet d'une bombe. Tu parles d'une mise en condition pour commencer un tournage. Visage cireux, regard de plomb.

Fletch la dévisagea. Sa peau couleur d'ambre clair scintillait. Des reflets d'or dansaient dans ses cheveux.

– Tu n'as jamais eu l'air vidé une seule seconde de toute ton existence. Tu es une blanche colombe. La bave ne t'atteint pas.

– Admettons. Je poursuis. Il y a quinze jours, donc, je reçois un coup de fil d'un type du Service des Impôts sur le Revenu. Il est navré de me déranger, *mais*...

– Mais! Avec eux, c'est le mot qui tue.

– Avant même d'écouter la suite, je lui dis d'appeler Steve Peterman, c'est lui qui s'occupe de toutes les questions financières. Il répond que justement, s'il prend la liberté de s'adresser à moi – mais peut-être M. Peterman a-t-il omis de me prévenir –, il ne me reste que quelques jours pour régulariser ma situation. Sinon, c'est la taule. Pas pour M. Peterman. Pour moi.

– Voilà bien le Service des Impôts sur le Revenu! Toujours à rouler des mécaniques. Tiens, ça me fait penser à une histoire marrante...

– Franchement, Fletch, je ne me sens pas d'humeur à apprécier comme il faudrait le profil burlesque des agents du fisc. Je tombe des nues. Le type m'apprend que le dernier délai sollicité est expiré depuis longtemps. Il me débite un laïus dans une langue de bois à laquelle je n'entends rien. Je lui demande de tout recommencer depuis le début. Doucement, avec des mots ordinaires...

– C'était beaucoup exiger d'un membre de l'appareil d'Etat.

– Il l'a fait. Un amour. L'horrible vérité m'est apparue peu à peu. Voilà des années qu'au lieu de payer mes impôts, Steve demandait des sursis. Mon retard s'est accumulé, tu peux l'imaginer. Je demande combien je dois. Une fortune, dit-il, mais avec les sommes astronomiques que je ne cesse de faire entrer et sortir des Etats-Unis, il est difficile de donner un chiffre précis.

– De quoi parlait-il?

– Si j'en avais la moindre idée!

– Qu'une partie de tes revenus provienne de l'étranger, cela semble normal pour une star de l'écran, mais dans l'autre sens, je ne vois pas. Tu te livres à l'exportation de capitaux, à présent?

– Pas que je sache. Pour quoi faire?

– Voyons, as-tu investi de l'argent dans une entreprise étrangère? Ce n'est pas un crime. Je ne sais pas, moi. Peut-être Peterman a-t-il placé du fric dans une officine de parfums français sans t'en parler.

– Le cas échéant, il aurait dû. Mais tu n'as pas entendu le plus beau. J'étais bouleversée. J'ai appelé Steve. C'est alors que le ciel m'est vraiment tombé sur la tête. Si la fourberie se mesurait, Steve Peterman aurait pu servir de mètre-étalon. Elle suintait littéralement du téléphone. *Ne te bile pas,* répétait-il. *Je m'occupe de tout.* A quelques jours du tournage, je devais me concentrer sur mon rôle, etc., etc. Le sinistre clown! J'étais dans un tel état, je me suis passé trois fois *L'Ascenseur* et *Pitié pour le prof.*

– Quelle déprime, dis donc!

– Je rappelle Steve. Je lui annonce que je prends le prochain avion pour New York afin d'avoir une explication de vive voix. Il bafouille. A peine arrivée dans mon appartement de Manhattan, je téléphone à son bureau. Il a filé à Atlanta, Georgie. Une affaire urgente, soi-disant.

– A ce propos, Moxie...

L'interruption alluma des étincelles de colère dans le regard de la jeune femme.

– Tu vis sur un grand pied. Superbe villa à

Malibu avec piscine et salle de projection. Sept pièces à New York...

– Non, mais vous l'entendez! Un pigiste à la gomme, propriétaire d'une folie sur la Riviera italienne...

– Encore!

– ... qui prétend vouloir écrire un essai, le même depuis quinze ans, sur je ne sais quel phénomène...

– Edgar Arthur Thorpe.

Un sourire de crocodile s'épanouit sur le visage de Moxie.

– Ton travail avance?

– Doucement.

– Doucement! As-tu seulement commencé le chapitre deux?

– Je l'aurais commencé si je n'avais eu que ça à faire.

– J'ai besoin de la villa de Malibu, Fletch. C'est là que je travaille. C'est là que je vis. J'ai besoin d'avoir un pied-à-terre à New York. Il m'arrive d'y travailler. Il m'arrive même d'y vivre. Ni l'un ni l'autre n'arrivent à la cheville d'un *palazzo* italien!

– A vrai dire, mes rapports avec le fisc ne sont pas sans nuage non plus.

– Alors épargne-moi la leçon de morale. Dans mon cas, les exigences du Service des Impôts sur le Revenu sont fondées, je le crains. Malgré son absence, je me suis rendue au bureau de Steve. Là-bas, tout le monde me connaît, bien sûr. Depuis le temps qu'ils s'occupent de mes affaires. Je me suis installée dans une pièce tranquille. J'ai demandé que l'on m'apporte tous les dossiers, tous les livres de comptes concernant Moxie Mooney.

– Ils ne pouvaient pas refuser.

– J'aurais voulu voir ça!

– Mais pourquoi tenais-tu à consulter ces pavés indigestes?

– Il le fallait bien, non?

– Qu'espérais-tu apprendre? Seul un œil d'expert-comptable peut se retrouver dans le labyrinthe des actifs, avoirs, crédits, profits, débits, passifs, pertes, et j'en passe.

– Tu me prends pour une gourde? J'ai compris ce qu'il y avait à comprendre.

– Tu n'as rien compris du tout.

– Pendant des années, Steve m'a poussée à emprunter. Il n'avait que ce mot à la bouche. Le fait de payer des intérêts améliorait considérablement ma situation fiscale, affirmait-il. Moi, l'idée d'être endettée me donnait le frisson. A cela il répliquait qu'il s'agissait de dettes fictives. Moi, pauvre poire, je signais les yeux fermés tout ce qu'il me fourrait sous le nez. Fletch, sais-tu ce que j'ai découvert? Il a emprunté des millions de dollars à mon nom.

– Si ça se trouve, il a bien fait.

– Fletch, qu'est-ce qu'un asile fiscal?

– Une jolie petite chambre capitonnée où tu coules des jours paisibles une fois que le Service des Impôts sur le Revenu en a fini avec toi.

– Il a contracté un tas d'emprunts auprès de banques étrangères. A Genève, à Paris, à Mexico...

– Bizarre, en effet.

– Avec le fric que j'avais gagné à la sueur de mon front, ce goinfre a acheté des actions dont les cours se sont systématiquement effondrés.

– Pas de veine.

– Des biens immobiliers à Atlantic City, un ranch je ne sais où, des maisons de production...

– Moxie, les chiffres que tu as vus n'ont aucun sens pour les innocents comme toi ou moi. Ces opérations financières obéissent à une logique qui défie le sens commun.

Elle fit brutalement pivoter son siège vers le hublot.

Fletch lui accorda la minute de silence réglementaire. Frederick Mooney avait sorti de son sac une seconde bouteille de cognac. Il remplit sa flûte à ras bord.

– Regardez! s'exclama Moxie. La lune se lève.

– Vraiment? dit Fletch en se penchant. Au moment opportun. Je dois être le dernier romantique.

– Pile au centre de mon hublot, murmura-t-elle. Monsieur Fletcher, me feriez-vous la cour, par hasard?

– Sûrement pas. Tu as trop mauvaise mine.

Elle haussa les épaules.

– C'est toujours la même rengaine. Les hommes qui me plaisent se fichent pas mal de moi.

Ils se turent pendant un long moment, chacun poursuivant ses pensées.

– Et Peterman, demanda Fletch, comment a-t-il réagi quand tu l'as mis au pied du mur?

– Il a dit la même chose que toi. Que je n'avais rien compris aux chiffres. Que c'était extrêmement compliqué et qu'il fallait connaître toutes les ficelles pour s'y retrouver. Après le tournage, nous éplucherions ensemble ces fameux livres de comptes. Après le tournage, il m'expliquerait jusqu'à la moindre décimale.

– Et le fisc?

– Il a dit qu'il en faisait son affaire.

– De sorte que tu as tout laissé en l'état?

– Je me suis mise à ta recherche. Tu es là, c'est déjà quelque chose.

– Je ne suis pas comptable. Il vaudrait mieux pour moi que j'aie la bosse des maths. Hélas, audessus de trois zéros, j'ai le vertige.

– J'ai besoin d'une épaule pour pleurer.

– Je peux t'en offrir au moins deux.

– Et puis... ne t'imagine surtout pas que c'est pour te passer la brosse à reluire... mais tu as remporté quelques succès en qualité de fouineur patenté.

– Suivis d'une reconnaissance bien tardive.

– J'ai souvenir de deux ou trois babioles dont tu t'étais vanté en ma présence...

– Que ne ferait-on pas pour passer le temps.

– Bref, il ne me serait pas indifférent de connaître ton opinion sur Steve Peterman.

– C'était un salaud et un raseur.

Frederick Mooney leur fit face.

– Qu'est-ce qu'on fiche à la verticale de Broadway ?

– Excellente question, dit Fletch.

Mooney regarda sa fille.

– Je viens de la voir, juste en dessous de nous. La grande voie lactée ! Le chapelet d'étoiles scintillantes dans la nuit éternelle de l'espace urbain.

– Hum, dit Fletch. Il veut parler des Keys, en Floride...

– Mon garçon, éructa bruyamment le vieil acteur, nous sommes sur le point d'atterrir à Herald Square.

9

– Fletch! Qu'est-ce que tu as encore fait?
– Moi?
Les yeux plissés, Moxie scrutait la petite aérogare enténébrée.
– Où sommes-nous?
– Nous sommes arrivés.
– Ce n'est pas Fort Myers, en tout cas.
– Tu en es sûre?
Fletch les poussait aussi vite que possible en direction des taxis, mais le moyen d'échapper à la forêt d'enseignes qui hérissaient le paysage!
– Nous sommes à Key West! s'écria Moxie.
– Non? (Fletch prit le sac publicitaire brinquebalant des mains de Mooney.) Sacré pilote. Ils vous larguent n'importe où de nos jours.
– Union Square? gémit Mooney.
– Pourquoi sommes-nous à Key West?
Plutôt que de les exposer aux regards curieux des éternels traîne-patins d'aérogare, Fletch leur fit contourner le bâtiment.
– Je croyais que tu étais lasse de la 41?
– Et alors?
– Alors, elles conduisent toutes à Key West. Nous sommes au nombril du monde. Ne t'en fais pas. Elles en repartent aussi.

Deux taxis attendaient devant la porte. Moxie avait son visage fermé des mauvais jours.

– Fletch, dit-elle d'une voix chargée d'orage, cette femme lieutenant, Lady X., m'a expressément recommandé de ne pas quitter Fort Myers.

– Quelle coïncidence! Je l'ai entendue me demander exactement la même chose.

Elle se campa devant lui.

– Que faisons-nous à Key West?

– Nous prenons la clé des champs.

– Mais la police...

– Légalement, les injonctions de Lady X. ne sont pas contraignantes.

– Tu en es sûr?

– Ce n'est pas comme si nous avions été libérés sous caution ou sur parole. Jusqu'à nouvel ordre, aucune accusation n'a été portée contre nous.

Frederick Mooney s'engouffra à l'arrière du taxi de tête.

– Serions-nous de simples suspects en cavale? s'enquit Moxie.

– Ça m'en a tout l'air. En certaines circonstances, je dois reconnaître qu'il est mal vu de se carapater. Les gens s'imaginent un tas de choses. En général, ils en profitent pour conclure que c'est toi qui as fait le coup.

– Et tu choisis précisément ce jour-là pour m'enlever! Mes compliments.

– Nierais-tu que c'est toi qui aies fait le coup? (Moxie jeta un coup d'œil sur le profil du chauffeur de taxi, patient, attentif.) D'un point de vue strictement géographique, vous étiez fort peu nombreux à pouvoir trouer la peau du vieux Steve au moment précis où la chose s'est produite. Quant au mobile... (Fletch leva les yeux au ciel) ...tu m'en as donné un wagon quand nous étions là-haut. Tu sais ce qu'on dit? L'occasion fait le larron. Et tu avais plus d'une raison d'avoir une dent contre lui.

– En somme, j'aurais mieux fait de la fermer?

– De toi à moi, ton exposé aérien ressemblait fort à une justification *a posteriori* d'un acte que la morale réprouve. On était à un cheveu de la confession.

Pendant quelques secondes, sous le néon blafard, le visage hâlé de Moxie vira au gris; la colère et le désespoir se cristallisèrent dans ses yeux.

– Entrons là-dedans, proposa Fletch. Tu ne voudrais pas que ton père passe la nuit sur la banquette arrière d'un taxi dans une ville inconnue? La Maison Rose, dit-il au chauffeur lorsqu'ils furent installés. (A l'intention de Moxie, il précisa :) C'est chez un copain. J'ai emprunté la baraque pour quelques jours.

Mooney se jeta un trait de cognac dans la gorge. Coincée entre les deux hommes, Moxie boudait.

– Quelques jours de calme et de volupté, dit Fletch.

La maison était éclairée *a giorno*. Plantée sur le trottoir, Moxie l'examinait, les yeux ronds. Fletch réglait le chauffeur.

– Irwin, qu'est-ce qu'une Maison Rose qui n'est pas rose?

– Elle ne l'est pas?

– Je n'ai pas la berlue. Même sous cette lumière pisseuse, tout le monde peut voir qu'elle est blanche.

Fletch empoigna Frederick Mooney et le tira hors du véhicule. Bras dessus, bras dessous, ils gravirent les marches du perron.

– Key West est un drôle de patelin, dit Fletch. Dommage que nous ne puissions rester plus longtemps. On s'y fait, à la longue.

Moxie contempla les étoiles.

– Mettons les choses au point. Qu'est-ce que je suis censée faire?

– Le moins de singeries possible.

– Monsieur Peterson! s'écria Mooney comme ils venaient d'atteindre la véranda. Vous êtes l'obligeance même, c'est une affaire entendue, mais si vous ne cessez pas immédiatement vos tripotages, je vous casse la gueule, nom de Dieu!

Fletch s'écarta aussitôt.

– Excusez-moi.

Mooney s'avança vers la porte en zigzaguant.

– Vous perturbez mon sens de l'équilibre.

Moxie s'attardait sous la véranda.

– Irwin, pourquoi la Maison Rose est-elle blanche?

– Tu ne voudrais tout de même pas qu'on l'appelle la Maison Blanche, mon ange? Ce serait anticonstitutionnel.

Discrets, les Lopez ne se montrèrent pas. Ils logeaient, Fletch s'en souvenait, dans les dépendances derrière le mur du jardin. Ils avaient laissé la clé sur la porte d'entrée; toutes les ampoules de la maison grillaient allègrement, même celle de la salle de billard, située sur l'arrière. Dans le salon, les hôtes trouvèrent un copieux plateau de sandwiches, ainsi qu'un seau à glace garni de boîtes de bière. Fletch ouvrit toutes les portes, éteignant à mesure.

– Je vais vous montrer vos chambres.

– Il n'est pas encore neuf heures, protesta Moxie.

– Key West n'en a cure. Nous sommes dans un autre espace-temps.

Mooney s'élança d'une traite jusqu'au sommet.

– Chaaaaargez!

– Cher T.N.T., dit Moxie. (Elle gravissait les marches comme si c'étaient celles de l'échafaud.) Compte tenu du deuil cruel qui nous frappe, cette citation d'*Arsenic et vieilles dentelles* me paraît singulièrement inopportune.

Fletch montra la première porte sur la droite.

– Votre chambre, Miss Mooney. Vous la trouverez à votre goût, j'espère. Les serviettes sont dans l'armoire de la salle de bains.

Moxie entrouvrit la porte et passa la tête à l'intérieur. Elle se tourna pour toiser Fletch.

– Qu'est-ce que vous attendez? Un pourboire?

– S'il y a du tirage dans la climatisation, n'hésitez pas. Sonnez. A toute heure du jour ou de la nuit, je monte. (Fletch ouvrit une autre porte.) Et voici la vôtre, monsieur Mooney. Veinard. Un lit de voyage de noces. Rien que pour vous.

Mooney tangua jusqu'à la descente de lit.

– Parfait. A quelle heure démarre-t-on demain?

– Ne vous inquiétez pas. On vous appellera en temps utile.

Fletch l'entendit marmonner derrière la porte.

– Exit *Lear*. Ce soir, ce serait plutôt *Richard III*.

Moxie était demeurée sur le seuil de sa chambre; sa silhouette se découpait dans la lumière. Sa petite robe noire, ses cheveux sages, son menton un peu crâne; elle était parfaite, provocante de pureté.

– Bonsoir, Miss Mooney. Dormez bien.

– Bonsoir. Merci d'avoir monté les bagages.

– Pensez-vous. C'est à peine si je m'en suis aperçu.

Seul dans sa chambre, Fletch sema ses mocassins en route, laissa choir ses vêtements en tas, passa trente secondes sous une douche brûlante et se mit debout sur le lit. Ses genoux fléchirent. Il piqua une tête dans l'oreiller.

Il riait déjà dans sa chute.

10

– Vivement les féroces pattes d'oie! soupira Moxie. (Elle coula sa jambe contre la sienne et s'étira.) Vivement les chairs avachies, la silhouette empâtée...

– Ce sont toutes les grâces que je te souhaite, dit Fletch.

– Je ne veux pas dire l'horrible Carabosse, non. C'est trop me demander. Juste un peu usée. La gueule d'une femme qui a vécu et qui a autre chose à faire que surveiller sa ligne.

– J'ai hâte de voir ça.

Elle bascula sur le flanc droit pour le regarder dans les yeux.

– Tu ne comprends donc pas? Je crève d'envie d'avoir de vrais rôles à me mettre sous la dent!

– Des rôles-mops? C'est pour le coup que ta silhouette ne s'en remettrait pas.

– Epouses, mères, grand-mères, gouvernantes, cadresses... la classe. Voilà les vraies femmes. Elles en ont bavé. Elles portent sur leur visage les stigmates d'une riche expérience.

La porte-fenêtre était ouverte. Une brise molle laissait entrer dans la chambre la douceur du ciel, la langueur de la terre, le souffle ensorcelant des mers du Sud. Dans le plus pur style Moxie, elle avait fait son entrée en coup de vent et donné de la lumière. Lentement, elle avait fait le tour de la pièce. Nue comme la vérité sortant du puits, mais fichtrement moins chaste. Bronzage intégral exigé par contrat. L'instant d'après, elle était blottie contre lui et mordillait ses lèvres avec passion.

– Ce n'est pas comme ce rôle innommable de *Cauchemar d'une nuit d'été.* Sais-tu par quel subterfuge le scénariste présente mon personnage? Je cite : sexe féminin, style : beauté scandinave, charpente américaine, âge : vingt – vingt-cinq ans. Total : Moxie Mooney.

– Un rôle sur mesure, il n'y a pas de doute.

– Quelle puissance évocatrice! Quel sens raffiné de la litote! D'un trait de plume, l'auteur fait coïncider les dimensions du réel et du symbolique, de la sensualité et du mythe!

– Ma foi... belle, tu l'es, et blonde, de A à Z, et femme, *in extenso,* et... qu'est-ce qu'une... charpente américaine?

– Tu l'as sous les yeux, charpentier.

– Je ne vois qu'un nez, une bouche, deux prunelles brûlantes, un front adorable...

– Est-ce que tu la sens?

– Pour ça, oui.

– Encore plus près. Plus près.

– Minute!

Un petit soupir se fondit dans le silence.

Il s'était retrouvé sur le dos. La brise avait fraîchi.

– De vrais rôles, qui donneraient à de jeunes acteurs l'occasion de sortir leurs tripes, cela doit bien exister, nom d'une pipe!

– Pas dans *Cauchemar d'une nuit d'été,* dit Moxie. Dans *Cauchemar d'une nuit d'été,* je suis un animal comestible. Les yeux écarquillés, la bouche en cul de poule, je dis O! O, O, O, O! Il y a plus de « O » dans le dialogue que de trous dans une roue d'emmenthal.

– On ne se rend pas compte. C'est vache d'être belle et désirable.

Allongés sur le dos, les genoux relevés, ils ne se touchaient plus que par le bout des doigts.

– Ça va, Fletch. Mais tout de même, je n'ai pas appris mon métier pendant quinze ans pour me satisfaire de jouer les volailles à la broche. Freddy et moi, nous avions d'autres ambitions pour Moxie Mooney. Ne crois pas que je sois en train de te servir la pommade spéciale critique d'art et d'essai.

– Je m'en doute.

– Tu te trompes. (Un instant, Moxie demeura songeuse.) Doux Jésus! fit-elle soudain.

– Tu me parles?

– Je parle au plafond. Imagine. La somme d'énergie nécessaire à la mise en route de cette production minable. Tous ces gens mobilisés. Tout ce fric investi. Et qu'est-ce que ça donne? Des décors à vomir, des dialogues de débiles, des personnages sans consistance. On se poursuit sur une plage marécageuse au clair de lune, on se rattrape et on se flanque une raclée. En gros.

– Ça va faire un tabac, sans nul doute.

– Tête d'affiche, Moxie Mooney.

– Et Gerry Littleford.

– Et Gerry Littleford. Pas au mieux de sa forme, lui non plus.

– Si ce film est aussi nul, mon ange, pourquoi le fais-tu?

– D'après Steve, je n'avais pas le choix. Il s'agissait d'honorer un contrat quelconque.

– Un contrat que tu avais signé?

– Ou qu'il avait signé, je ne sais plus.

– Steve Peterman s'était octroyé une sacrée tranche de ton existence, à ce que je vois.

– Fletch, tâche de comprendre. Il faut être rudement fortiche pour assumer deux carrières à la fois, sa propre carrière d'artiste et celle, non moins absorbante, qui consiste à gérer ladite carrière. Certains, méfiants de nature, ont essayé; tous s'y sont cassé les dents. D'ailleurs, tous les agents ne sont pas des fripouilles. Il arrive même qu'ils donnent entière satisfaction à leurs clients, j'en connais. Pour mon malheur, je suis tombée sur un fruit pourri.

– Pour ton malheur, en effet. Si tu sors indemne des griffes du District Attorney, le fisc, lui, ne te ratera pas.

– Il n'y a que toi, chéri, pour me donner du cœur au ventre.

– Ne dramatisons pas. Quinze ou vingt ans, c'est vite passé. Je t'attendrai.

– Changeons de sujet, veux-tu? Je vais te raconter le scénario le plus tarte de ces dix dernières années.

– Chic! Une histoire.

– Bon, je commence. Une souris. Tu la vois?

– Les yeux fermés. Charpente américaine.

– Un bled paumé.

– L'Amérique profonde.

– L'irrévocable néant. La souris se fait violer par le fils du shérif.

– Séquence d'ouverture?

– Qu'est-ce que tu crois?

– C'est toujours plus émoustillant que la Guerre des Tongs.

– Elle la boucle, naturellement.

– Naturellement?

– En général, monsieur Fletcher, les filles à qui ça arrive ne vont pas le crier sur les toits.

– Tiens? Et pourquoi? Elles ne sont pas rancunières.

– C'est comme ça! répliqua-t-elle avec colère. La

honte provoque un blocage psychologique. Une fille violée s'imagine qu'en déballant sa mésaventure sur la place publique, elle encourra le mépris général. C'est aberrant mais c'est comme ça. Elle a peur de se faire cracher à la figure.

– Crache-t-on à la figure d'une fille violée?

– Je te pose la question.

– Rien que d'y penser, j'en suis tout retourné.

– As-tu déjà été violé? demanda-t-elle.

– Une fois ou deux.

– Eh bien, t'en es-tu vanté?

– Mon Dieu, l'occasion ne s'est jamais présentée.

– C.Q.F.D. Si tu cesses de m'interrompre, je pourrai t'exposer le nœud de l'action.

– J'en ai l'eau à la bouche.

– L'héroïne se retrouve enceinte des œuvres du violeur. Par ailleurs, l'héroïne est profondément éprise d'un jeune homme de couleur.

– Charpente américaine?

– Tu as vu Gerry Littleford.

– Un type charmant. Racé comme un *greyhound*. Le lévrier, pas l'autobus.

– Tous deux décident de se fiancer.

– Sait-il qu'elle attend un enfant?

– Pas de problème. Ils s'aiment d'un amour fou.

– Alors?

– La rumeur s'empare du projet des tourtereaux. La nouvelle des fiançailles se répand dans le patelin comme le feu dans l'herbe sèche. Le patelin se rebiffe. Qu'une blanche se paye un étalon noir, passe encore, mais qu'elle l'épouse, c'est hors de question. Les bas instincts se déchaînent. Dès lors, le fiancé ne connaîtra aucun répit. Harcèlements, humiliations, rien n'y fait. Ils tiennent bon. L'amour triomphe. Jusqu'à cette fameuse nuit d'été où le patelin, saisi de folie meurtrière, se lance à la poursuite du fiancé. On laisse derrière soi la campagne tirée au cordeau pour s'enfoncer dans des paysages sauvages comme l'aube de la création. Marécages, forêts plus vierges que nature. La pleine lune s'est levée. Les ombres voltigent. On arrive à la lisière de l'océan. La meute en furie cerne sa victime. Lynchage en règle. Le fils du shérif est le plus hystérique. C'est lui qui achève le héros à coups de tatane dans sa belle gueule sanguinolente.

– Brrrrr.

– C'était *Cauchemar d'une nuit d'été.*

– Edifiante plongée dans les tréfonds les plus abjects de l'âme humaine.

– Allons donc, Fletch. Si le racisme est loin d'avoir complètement disparu, il s'exprime sous des formes plus sournoises. Je veux dire moins brutales.

– Si l'on peut dire. Depuis quelques années, il est vrai, la loi reconnaît les mariages mixtes. Belle victoire théorique!

– Théorique? Cite-moi un Etat, un seul, dans lequel on ne peut toujours pas épouser qui on veut?

– Crois-tu réellement que ce soit partout aussi simple?

– Le contraire serait absurde. De nos jours, les Noirs américains sont tous métissés. En fait, il n'y a plus de vrais Noirs aux Etats-Unis.

– Voilà que nous reparlons du viol. Il n'y a pas si longtemps, un octavon était considéré comme un nègre et traité en esclave.

Fletch se redressa et s'adossa contre la tête du lit, superbe pièce d'acajou sculpté. Moxie roula sur le ventre.

– De toute façon, mes critiques ne mettaient pas en cause l'aspect bassement didactique du scénario. Reste qu'il est mal foutu, mal écrit par des incapables qui ont dû jeter les mots en vrac sur le papier entre deux toasts bien tassés au bar du Tennis Club. Des abrutis prétentieux qui ne connaissent rien aux filles et aux garçons, pas plus qu'aux hommes et aux femmes ou d'une manière générale, aux êtres humains. A se demander si ces gens ont jamais entendu parler du Nord, du Sud ou de la guerre de Sécession. Ont-ils jamais seulement ouvert les yeux? Pas une ligne qui sonne juste dans leur saleté d'histoire. Rien que du toc.

– Moxie?

– Je suis toujours là, figure-toi.

– Je réfléchissais. Je pensais à Mme McKensie. Je pensais à Peterman. Je pensais à une certaine question posée par un certain journaliste au commissariat. A ton avis, est-il possible qu'un individu ou un groupe de pression soit opposé à ce film au point d'empêcher coûte que coûte sa réalisation?

Entre les mèches blondes, l'œil visible de Moxie parcourut l'espace de draps froissés entre leurs corps.

– Non.

– Pourquoi pas?

– En venir au meurtre pour arrêter un film? C'est ridicule.

– C'est possible.

– Il existe d'autres moyens plus sophistiqués. C'est un film lamentable, Fletch. Aucun distributeur n'en voudra. Personne n'aura jamais l'occasion de le voir.

– Peut-être. Mais qui peut le jurer?

– Si on me pose la question, je dirai ce que je pense.

– Tu diras peau de balle. La preuve : admettons que le tournage reprenne, que fais-tu?

– Je n'ai pas le choix. Je continue aussi longtemps que l'exige mon contrat.

– Petite vacherie posthume de feu Steve Peterman.

– Feu Steve Peterman n'a pas fini de m'empoisonner l'existence, fit-elle lentement.

Au rez-de-chaussée, une porte claqua. L'écho se répercuta dans toute la maison.

– Qu'est-ce que c'était? demanda Moxie.

– Oh, non! dit Fletch. (Il bondit hors du lit.) Non et non!

Il dégringola l'escalier, se jeta sur la porte d'entrée qu'il faillit arracher de ses gonds et dévala les marches du perron. Ouvrant le portail, il inspecta la rue en direction du centre-ville.

Personne en vue, à l'exception de deux zombies enroulés autour d'un lampadaire juste en face de la maison.

– Quel châssis! cria l'un.

– J'ai jamais rien vu de pareil, renchérit l'autre. Amène-toi, poulette, qu'on explore le paysage.

Le premier soiffard lui sauta sur le paletot. Une bouteille tomba et roula bruyamment jusqu'au milieu de la chaussée. Fletch s'aperçut qu'il n'avait pas un fil sur le dos. Il s'excusa et rentra.

Un coup d'œil dans la cuisine, un autre dans la chambre de Mooney confirmèrent ses craintes. Il rejoignit Moxie.

– Ton père est allé prendre l'air.

– Il est allé boire un coup et chercher un peu de chaleur humaine. Il appelle ça son besoin permanent de convivialité.

– Bordel!

– Quelle heure est-il?

– Question inepte à Key West, je te l'ai déjà dit.

– Je voulais seulement savoir s'il y avait encore des bars ouverts.

– Tu rigoles?

– De toute façon, il est encore tôt. Il me semblait aussi que tu l'expédiais au lit à une heure inhabituelle.

– Bordel, dit Fletch. Bordel, bordel, bordel, bordel !

– Charmante réplique. Elle fait concurrence aux lignes de « O » de mon scénario. Pourquoi Freddy n'aurait-il pas le droit d'aller s'en jeter un de plus derrière la cravate ? On ne peut tout de même pas l'enfermer à double tour.

– Sans doute mes efforts ont-ils échappé à ton œil sagace, mais j'avais fait en sorte que votre séjour à Key West restât entouré d'un mystère impénétrable.

– Oh !

– Ton père exhibe dans un bar sa trogne ravagée. Je ne donne pas trente secondes à l'officiant pour décrocher son téléphone. A l'heure qu'il est, toute la ville en parle. Toute la Floride en parle et les câbles diffusent la nouvelle à travers tout le continent. Si Freddy Mooney est à Key West, Moxie Mooney ne doit pas être loin.

– Bordel, dit Moxie, jaugeant d'un regard sévère l'anatomie de Fletch, toujours planté au milieu de la chambre. Est-ce que tu ne l'aurais pas, toi aussi ?

– De quoi veux-tu parler ?

– De la charpente américaine.

11

Très tôt, le lendemain matin, ils déambulaient dans la cuisine inondée de soleil.

– Comme ça, dit Moxie, la décision de louer cette chouette baraque à Key West t'est tombée dessus sans crier gare?

Frederick Mooney ronflait dans sa chambre. Fletch s'en était assuré d'un coup d'œil.

– Elle appartient à un type avec lequel je suis en affaires, dit-il tout en se livrant à des expériences sur des omelettes individuelles. Affaires, c'est un bien grand mot. Disons que je lui file du blé pour acheter l'avoine de ses chevaux de course.

– Ça te rapporte de l'oseille?

– Pour l'instant, pas de quoi mettre du beurre dans mes épinards.

– La première chose que j'ai faite en m'éveillant, ça a été d'aller vérifier la couleur de la Maison Rose. Elle est blanche. J'attendais la lumière du jour pour en avoir le cœur net.

Moxie n'avait pas encore enfilé sa petite robe noire, mais il aurait fallu des échasses pour regarder par-dessus le mur d'enceinte du jardin.

– Me diras-tu, maintenant, pourquoi on l'appelle la Maison Rose?

– Un jour, oui.

– Pourquoi pas tout de suite?

– Parce que je tiens à préserver le caractère énigmatique de nos relations.

– Pour ce qui est du mystère, je suis servie, merci. (Moxie était en train de presser des oranges.) Dis-moi au moins qui en est propriétaire.

Les omelettes avaient attaché au fond de la poêle. Fletch réduisit le feu.

– Sills. Ted Sills.

– Ce nom ne m'est pas inconnu.

– Rien d'étonnant. C'est justement chez toi que j'ai fait sa connaissance.

– Chez moi?

– Un grand. Avec une brioche de buveur de bière et les cheveux plaqués.

– Trop standard. Chaque fois que je lance une invitation, les gros à cheveux plaqués débarquent par wagons.

– Moi, en revanche, je ne suis pas près d'oublier cette soirée. Nous sommes allés boire le coup de l'étrier ensemble. Il en a profité pour me baratiner au sujet de ses canassons. Plus tard, il m'a invité à venir passer une semaine dans son ranch, puis un week-end ici, à Key West, où il m'a fait signer des trucs.

– Tu as les moyens d'entretenir une écurie, toi?

Le téléphone sonna. Moxie se trouvait tout près. Elle décrocha machinalement.

– Ici, la Maison Rose. M. Rosalbin est absent. (Son visage s'éclaira.) Gerry? Mince! Comment m'as-tu trouvée? Le bulletin de ce matin?... Maison Rose, Key West, ils savaient ça?... Les petits salopards! (Elle se tut un instant, puis, la main sur le récepteur, regarda Fletch.) Gerry Littleford prétend que *Global Cable News* a annoncé ma disparition hier soir à six heures. Gerry? Voyons, c'est impossible. Je n'ai réellement disparu qu'à huit heures. Ces journalistes... quelle engeance. Tu dis? Oui, je sais... Freddy est allé en ville hier soir. Il a tout fichu en l'air. C'est cette sacrée convivialité... (Elle se tourna face au mur.) Mais oui, Gerry... entendu... Tu ne ferais pas un peu de parano? Il paraît que c'est un effet secondaire de la coke... Non, je t'assure... ce serait génial. (Elle regarda Fletch par-dessus son épaule.) Dans quelle rue sommes-nous?

– Duval.

– Duval, répéta-t-elle. Au fait, Gerry, peux-tu apporter un exemplaire du scénario? Je voudrais le faire lire à Fletch. Qu'est-ce que c'est? (Ses yeux sautèrent de Fletch à la poêle à frire.) Un maître coq minute. C'est le temps qu'il lui faut pour bousiller un œuf.

Elle raccrocha et retourna à ses oranges.

– Gerry Littleford. Il arrive. La police et les journalistes lui collent au train, paraît-il. Il craque. Qu'est-ce que je pouvais faire? Il va falloir des litres de jus d'orange.

Les omelettes s'étaient ramollies. Fletch augmenta la flamme.

Ils dressèrent la table du petit déjeuner dans le jardin, sur la citerne.

– Quand les rideaux de fer seront levés, j'irai acheter de quoi t'habiller, dit Fletch. Fais-moi une liste.

Elle acquiesça.

– Ces œufs sont extraordinaires. Cuits par strates. Enfin, pas vraiment cuits. Tantôt crus, tantôt brûlés. Tu devrais les faire breveter.

– Les Lopez finiront bien par nous porter secours.

Elle était sous la douche quand la sonnerie retentit de nouveau.

– Allô? dit Fletch.

– Miss Moxie Mooney, je vous prie. Ici le sergent Frankel de la police de Bonita.

– Miss Oxie Hooney? Jamais entendu parler. Bonjour chez vous.

– Où habitait Ernest Hemingway?
– Dans la rue parallèle à celle-ci. Whitehead Street. Un grand écrivain. Aucun sens de l'humour.
Moxie barbouillait de bleu sa queue de billard.
– Quel handicap me donnes-tu?
Fletch piégea les billes dans le triangle.
– As-tu joué souvent?
– C'est la première fois.
– Tu sembles très à l'aise. Dix points du cent?
– Je suis flattée.
– Quinze?
– Soit. Mais tu sais ce qu'on dit. A vaincre sans péril...
– Si nous prenions un enjeu? Tu adores ça.
– D'accord. Prenons un enjeu.
– Je te concède dix-huit points. Un dollar le point, ça va?
Moxie se mit en position. La valse des billes commença.
– Tu as lu quelque chose d'intéressant, ces temps-ci?
– Que dalle. Je tourne au béotien.
– Pas tout à fait. Mais cesser de lire, c'est le meilleur moyen d'y arriver.
– Que me conseilles-tu?
– *Les Vertes Collines d'Afrique. L'Adieu aux armes.*
– Il a changé d'avis.
– Qui?
– En fin de compte, il n'a pas dit adieu aux armes.
– Je croyais que tu ne lisais rien?
– C'est un vieux souvenir.
– *Le Vieil Homme et la mer...* sacré bouquin. On

n'a jamais rien écrit de plus pénétrant sur les lotions après rasage.

– Je me garderai de trancher la question.

– Pauvre chou! Que savons-nous, toi et moi, des mystères de l'âme? Es-tu croyant?

– Seulement la nuit.

C'était encore à Moxie de jouer. Elle blousa trois billes.

– J'espérais que la dévotion me viendrait avec les ans. Hélas, les premiers symptômes se font toujours attendre. C'est triste.

– La vie après la mort, tu es pour?

– Cela dépend de la vie en question. Celle-ci me plaît bien. Je voudrais qu'elle ne s'arrête jamais.

– Entièrement d'accord. Je voudrais que Moxie ne s'arrête jamais.

– Merci. (Elle blousa la dernière bille. Elle avait gagné.) Et merci pour cette partie, *Tenente*.

– Tout le plaisir était pour moi.

– Allons nous dégourdir les jambes.

Elle reposait le combiné lorsqu'il la rejoignit dans la chambre.

– Geoff McKensie, dit-elle. Il appelait de Key Largo. Il saute dans sa voiture. Il semble très abattu.

Fletch était en short. Moxie avait passé sa robe noire. Les Lopez étaient dans la place.

– Tu n'as pas l'air très gai, toi non plus. Ce doit être ce noir. Peut-être qu'un peu de couleur...

Les Lopez s'étaient postés dans l'entrée.

– Monsieur Fletcher, quel plaisir de vous revoir! s'exclama Mme Lopez.

Le sourire de M. Lopez découvrait un assortiment de plombages or et argent. M. Lopez était peu loquace.

– Je tenais à vous remercier d'avoir si bien préparé la maison pour notre arrivée.

Mme Lopez lui prit le visage à deux mains et lui baisa les joues.

– Mais vous n'avez même pas touché aux sandwiches!

– Nous avions dîné dans l'avion.

– Et ce matin, vous êtes tombés du lit. Quelqu'un avait préparé le petit déjeuner.

– Nous avons fait de notre mieux pour réparer les dégâts.

– C'est ce que j'ai vu.

– A l'étage se trouvent une jeune femme et son père. Nous attendons quelques amis. Vos sandwiches seront les bienvenus.

– Monsieur Fletcher! Je vais en confectionner d'autres.

– Parfait. Je sors. J'ai quelques emplettes à faire.

– Je vous accompagne? demanda Lopez.

– Merci. Ce ne sera pas nécessaire. *Hasta la vista.*

– A la revoyure, dit Mme Lopez.

12

Un long voile de brume lumineuse enveloppait encore Duval Street lorsque Fletch revint en flânant, ses paquets sous les bras. Devant la Maison Rose étaient garées deux automobiles, un cabriolet jaune canari et une conduite intérieure métallisée. Toutes deux avaient le coffre ouvert.

Fletch reconnut aussitôt le broussard grincheux, l'homme qui n'aimait pas les questions trop brutales. Il extirpait un sac du cabriolet, un sac énorme et avachi. Edith Howell, ce résumé magnifiquement épanoui de tous les fantasmes maternels, descendait de la voiture métallisée. John Meade achevait de sortir les bagages; l'acteur qui trouvait le moyen d'avoir l'air d'un cul-terreux même lorsqu'il n'était pas sous contrat aligna sur le trottoir six valises luxueuses. Personne n'avait prévenu Fletch de l'arrivée de John Meade et d'Edith Howell.

Sur le trottoir d'en face, une poignée de touristes bardés d'instamatics échangeaient leurs impressions et se montraient du doigt ce qu'ils voyaient et ce qu'ils devinaient. Un groupe accompagné déboucha d'une rue transversale et s'arrêta pile à la hauteur de la Maison Rose. Le guide porta son micro à ses lèvres.

– *Et voici la planque douillette où l'actrice Moxie Mooney et son père, le légendaire Frederick Mooney, ont trouvé refuge hier soir, quelques heures après le drame de Bonita Beach dont Miss Mooney fut l'un des principaux témoins. Ces fortes émotions n'ont pas empêché le vieux Freddy, sitôt arrivé, d'aller écluser quelques godets dans les bistrots des environs. Peut-être devrais-je m'abstenir de jouer ainsi les indics, mais pourquoi me gêner puisque tous les journaux de ce matin ont vendu la mèche? Plus loin, sur la gauche...*

La porte d'entrée était ouverte à deux battants. Fletch trouva Moxie dans la salle à manger. Elle empilait des serviettes.

– Te voilà enfin! dit-elle. Une minute de plus et j'arrachais ma robe.

– Tu as d'autres invités. Edith Howell et John Meade.

– Je sais. Ils ont téléphoné de Key Marathon.

– Geoff McKensie vient d'arriver. En tout cas ça lui ressemble.

Moxie déballait le contenu des paquets.

– Gerry Littleford et sa femme sont dans le jardin. Ils ont amené Sy Koller.

– Sy Koller? Nous aurons les deux réalisateurs sous le même toit? Pas de risque d'étincelles?

Elle tendait sur ses hanches le slip d'un bikini orange.

– Ça devrait aller.

– Même à Key West, on connaît les mensurations d'une charpente américaine. Comment allons-nous loger tous ces gens?

– Les divans ne manquent pas. Ils se les partageront, ainsi que les hamacs et les chaises longues.

– Où est T.N.T.?

– Dehors. Il était en manque de convivialité.

– Fichtre, il est difficile! Cette maison est sur le point d'exploser sous la pression de la convivialité. Dire que j'avais espéré te procurer quelques jours de vacances loin du bruit et de la fureur...

– Mais je suis en vacances, répliqua-t-elle, pincée. (Elle ramassa tout son fourbi, les sacs et leur contenu.) Je n'ai nul besoin de me cacher, si c'est ce que tu regrettes. J'ai la conscience tranquille. Dis-toi une bonne fois pour toutes que je n'ai tué personne.

– Dans ce cas, dépêchons-nous de faire porter le chapeau à quelqu'un d'autre. Ce ne sera pas facile. Tu es, et de loin, la meilleure candidate.

Elle tourna dignement les talons et sortit au pas de gymnastique. Fletch l'entendit s'élancer dans l'escalier.

– C'est toi le maître de céans. Fais ton devoir! cria-t-elle.

Il fit un détour par la cuisine pour se servir un grand jus d'orange; sans enthousiasme, il gagna le jardin.

Gerry Littleford l'aperçut le premier.

– Vous êtes le coq minute, dit-il.

– Je suis Fletch.

– Je suis Gerry. (L'acteur se leva pour la poignée de main.) Voici mon épouse, Stella.

Stella était la fille au bain de soleil, celle qui la veille avait emmené Marge Peterman.

– Vous connaissez Sy Koller?

L'homme corpulent au T-shirt douteux. Lui aussi s'était montré l'obligeance même lorsqu'il avait fallu prendre soin de la veuve. Aujourd'hui, le T-shirt était vert. Les auréoles de sueur et les taches de graisse n'avaient pas changé de place. Il ne se leva ni ne tendit la main.

– Je suis désolé, croyez-le bien, dit-il simplement.

Gerry se rassit.

– Etes-vous vraiment cuisinier?

– C'est ce qu'imaginait Moxie avant d'avoir goûté à mon omelette. Elle a changé d'avis.

Tout le monde buvait un Bloody Mary.

– Sincèrement, je suis désolé, répéta Sy Koller, l'air contrit.

Fletch s'installa sur une chauffeuse en métal et cuir qui semblait sortie des cartons d'un designer de carrosseries italiennes.

– Et pourquoi donc?

– Pour le rôle que je vous ai refusé. Sincèrement. Vous n'êtes pas le personnage.

– Vous ne m'avez rien refusé du tout.

Koller se détendit ostensiblement.

– J'en étais pourtant sûr et certain. Un de ces jours, je m'en vais commettre l'erreur dont un réalisateur de mon âge ne se remet pas. Je me trouverai en face de quelqu'un qui n'a aucune raison de me battre froid et, par habitude, je lui ferai la gueule. Qu'avez-vous fait jusqu'à présent?

– Ce que j'ai fait?

– Dans quel film avez-vous travaillé?

– Je ne suis pas du métier.

– Mais votre visage... j'ai déjà vu cette tête-là à l'écran.

– Vous l'avez vue hier, à Bonita Beach. J'étais avec Marge Peterman.

Koller continuait à le fixer d'un regard de pierre.

– Le pouvoir de l'illusion, murmura Gerry Littleford. Bel exemple de déformation professionnelle. La réalité de l'écran et celle de la vie en viennent à se mêler intimement. On finit par se demander laquelle est la plus vraie des deux.

– Le public tout entier est atteint, renchérit Stella sur un ton plaisamment sentencieux. Prenez l'information. Les révolutions, les conflits, les massacres... ce qui est vrai, ce qui compte, ce sont les images retransmises par les médias.

– En un certain sens, dit Gerry, c'est notre travail de contribuer à semer la confusion, de faire en sorte que les images portent plus que les faits eux-mêmes.

– Il arrive même que nous réussissions, souffla Koller.

– Considérons le meurtre d'hier, dit Stella. Est-il autre chose qu'un coup de théâtre sécrété par la mise en scène du *Dan Buckley Show*?

Koller fut secoué d'un gros rire.

– Attendez que je voie l'émission à la télé. Je répondrai après.

Les yeux de Littleford se perdirent dans l'entrelacs des racines du figuier banian. Son bras était posé sur le dossier du canapé, derrière la nuque de sa femme.

– Doutez-vous de la réalité d'aujourd'hui?

– Pour moi, chaque jour qui passe sans que je travaille à fabriquer de l'illusion est lui-même une illusion vide de sens, fit doucement Koller.

– Hier... commença Gerry.

Trois personnes pénétrèrent dans le jardin par la porte de derrière. Edith Howell, Geoff McKensie et John Meade portaient tous les trois l'inévitable Bloody Mary. Les Lopez ne chômaient pas.

– Geoff! (Koller sauta sur ses pieds. Dans sa hâte à se porter au-devant de l'Australien, il trébucha sur le bord de la citerne.) J'espérais que tôt ou tard, le hasard nous mettrait en présence.

– Avant que ma tête ne s'enfonce pour de bon dans la flotte?

– Vous avez été sacqué, mon vieux. Ejecté comme un paquet de linge sale. Cela m'est déjà arrivé. Plusieurs fois, je dois dire. Venez à l'ombre.

On s'embrassa. Tout le monde sauf McKensie, raide et silencieux au milieu de ces effusions. Gerry Littleford présentait Fletch à la ronde. Edith Howell le gratifia d'un sourire engageant.

– C'est bien simple, mon cher, avec les valises

que je me trimbale, je ne savais plus où aller. Les hôtels sont devenus hors de prix.

Fletch coula un regard sur ses seins voluptueux sans répondre.

– Enchanté, dit John Meade. Vous êtes notre hôte?

– Apparemment.

– Bien aimable à vous de nous recevoir.

Quand vint le tour de Geoff McKensie, celui-ci ne desserra pas les dents. Ses yeux aigus rivés sur Fletch clignaient littéralement sous l'effet de la paranoïa.

– La lumière dans *Le Corbeau*... extraordinaire! (Koller l'entraîna vers deux fauteuils placés à l'écart sous le figuier banian.) La dernière séquence, surtout, avec la vieille femme et l'enfant. Devrais-je aller jusqu'en Australie pour obtenir une lumière aussi sensationnelle?

– Quel voyage affreux! soupira Edith Howell. Et ce pont qui n'en finissait pas... J'ai cru que mon cœur allait se détacher et floc! disparaître dans l'eau grise.

– Voilà donc pourquoi tu jactais comme un moulin à paroles, dit John Meade avec un sourire aimable.

Radieuse, elle lui rendit son sourire.

– Ma foi, le Verbe, c'est la vie. Au fait, je n'ai pas encore vu Fred. Où se cache-t-il?

– Il a dû aller faire un tour, dit Fletch.

– Sacré Fred. Il en abat des kilomètres, dans une journée.

Sa pesanteur sereine bien calée dans le grand fauteuil d'osier, Edith Howell occupait le premier plan avec une aisance un peu mélancolique. Le corsage avantageux, l'épiderme velouté, tout ça n'affolait plus que les petits garçons. En habitué des emplois précaires, John Meade avait posé le bout de ses fesses sur un modeste tabouret. Nerveux, attentif, Littleford semblait plus que jamais dans la peau d'un homme qui va se jeter à cent à l'heure du haut d'une falaise. Il avait la tête un peu penchée et rien ne bougeait en lui sauf ses prunelles, noires et mobiles comme des puces. Un seul coup d'œil sur sa voisine au corps menu et diaphane, avachi en travers du canapé sans le moindre soupçon de féline indolence ou d'abandon gracieux, un simple regard à sa frimousse intelligente et sensible, et l'on était fixé : jamais, jamais cette silhouette ou ce visage ne brûlerait aux feux de la rampe. Comme Fletch, Stella Littleford appartenait à la pénombre anonyme des coulisses.

Edith Howell examinait Fletch avec un intérêt non dissimulé.

– Parlez-nous un peu de Key West. Vivez-vous ici depuis longtemps?

– Depuis moins de vingt-quatre heures.

Elle battit des cils et fronça le nez.

– Superbe demeure. Fraîche, reposante. La Maison Rose, n'est-ce pas? Sans doute la façade est-elle rose, je n'ai pas fait attention.

– Elle ne l'est pas.

John Meade éclata d'un rire silencieux et se frappa la cuisse.

– Quel sacré boute-en-train vous faites, Fletcher!

Moxie parut, vêtue du seul bikini orange, et s'avança vers eux. Elle embrassa tout le monde, sans discrimination. Elle embrassa même Koller et McKensie.

Elle aspira une gorgée dans le verre de Fletch.

– Tu as oublié la vodka. Comment peux-tu espérer boire un *Screw Driver* si tu n'ajoutes pas un trait de vodka?

– J'espérais boire un jus d'orange.

John Meade se frappa la cuisse à nouveau.

Moxie se coula sur la chauffeuse à côté de Fletch.

– Vous parliez boutique, je parie.

– Stella et moi discutions de la pêche en eau trouble, dit Fletch. Faut-il amorcer au ver ou à l'asticot?

– Puisque tu braques le projecteur sur la question, parlons-en, dit John Meade avec nonchalance. Sy? As-tu l'intention de boucler le film?

– Si je le savais, murmura Koller.

Il regardait Moxie.

– Cela dépend des bailleurs de fonds, n'est-ce pas? dit celle-ci. Si les banquiers décident que le film doit se faire, il se fera. S'ils n'en veulent plus, adieu Berthe! Louées soient les Productions Fantoches et Cie.

– Mmmmm, fit Koller. La réalité tangible, celle qui jamais ne passera pour une illusion, la voilà. Le fric. C'est le mur contre lequel nous butons, chaque jour de notre chienne de vie.

– Dans tous les cas, cette petite coupure tombe à pic, déclara Littleford d'un ton conciliant. (Il se frotta l'avant-bras gauche.) J'en avais par-dessus la tête de jouer les punching-balls. Ces vacances forcées feront le plus grand bien à mes ecchymoses.

Les Lopez arrivèrent, poussant devant eux des tables roulantes garnies de plateaux de sandwiches. Ils s'arrêtèrent non loin de la citerne. Evoluant silencieusement parmi les sièges, ils distribuèrent les plateaux. Edith Howell posa une main légère sur le genou de Moxie.

– Chérie, j'espère que nous n'avons pas commis d'impair en rappliquant tous ici, mais vois-tu, nous sommes tes amis. Nous n'avions qu'une idée en tête... (Une petite lueur s'alluma dans l'œil de Moxie.) Dans un moment pareil, la solitude est la pire chose qui puisse lui arriver. Nous devons lui montrer que nous sommes de tout cœur avec elle.

Moxie resta bouche bée. La lueur se transformait peu à peu en incendie.

– Un sandwich? proposa Fletch. (Lopez avait pris soin de placer les boissons à l'ombre.) Veux-tu que j'aille te chercher une bière?

Moxie ne répondit pas. Son visage semblait s'être pétrifié. Les Lopez avaient regagné la maison. On n'entendait plus que les bruits de mastication. Moxie se leva.

– Chers amis, énonça-t-elle d'une voix vibrante de colère contenue, je n'ai pas tué Steve Peterman. S'il y en a parmi vous qui pensent le contraire, je ne les retiens pas.

Un silence équivoque tomba, chargé d'effluves nerveux. Moxie fila comme une flèche. La porte claqua dans son dos.

– Ça laisserait la maison vide, marmonna Stella Littleford.

Son mari la foudroya du regard.

Fletch se racla la gorge.

– Quelqu'un l'a fait, toujours est-il. Quelqu'un a proprement nettoyé Peterman.

– Le fumier! Probable qu'il l'avait cherché, dit Stella.

– J'ai mon idée sur la question. (Sy Koller attendit d'être le point de mire de tous les regards.) Dan Buckley.

– Théorie intéressante, dit Fletch.

– Après tout, Moxie et Buckley se trouvaient à gale distance de Peterman.

– Tu fais mine de soupçonner Buckley uniquement parce qu'il n'est pas membre... de la famille.

D'un grand geste métaphorique, Littleford sabra l'air de son sandwich.

– Détrompe-toi. J'ai mes raisons. (Koller mâchait pesamment.) Ils se connaissaient. Ils se connaissaient *avant.* Sinon, crois-tu que Buckley se serait laissé convaincre de consacrer une de ses émissions au film? Tu t'imagines peut-être qu'il va planter son chapiteau sur tous les lieux de tournage? C'est une sacrée fleur qu'il a faite à Peterman.

– Dites-nous tout ce que vous savez, suggéra Fletch.

– Ils avaient prévu de dîner ensemble. Pour parler affaires. Ces deux-là avaient été en cheville dans le passé, j'en mettrais ma tête à couper. Buckley ne cessait de faire allusion à une certaine mine d'aluminium au Canada en faisant à Peterman des œillades significatives. Et que faisait Peterman? Il souriait d'un air rusé et changeait de sujet.

Fletch promena son regard à la ronde.

– Quel soulagement, hein, si on pouvait coller ça sur le dos de Buckley!

– Ecoutez-moi. (Koller s'essuya la bouche.) C'est mathématique. Qui d'autre que lui a eu toute latitude pour monter la mise en scène à sa convenance? Je connais la musique, tout de même. (Il jeta un bref coup d'œil sur McKensie.) Seul le réalisateur possède une vision d'ensemble du plateau. Il sait pourquoi telle caméra occupe telle place, tel projecteur telle autre. Il sait le pourquoi et le comment du moindre élément du décor. Bref, sur son plateau, le réalisateur est seul maître après Dieu. Bon. Imaginons l'enregistrement d'une émission comme le *Dan Buckley Show* en extérieur. Décor rudimentaire; peu de personnages. Débrouillez-vous pour balancer un couteau sur quelqu'un avec assez de force et de précision pour tuer la cible sur le coup tout en préservant l'anonymat du meurtrier! Rien de moins facile. Croyez-moi, c'est le réalisateur qui parle. On n'improvise pas un coup pareil. C'est pourquoi Buckley me paraît tout désigné.

– Lui, ou quelqu'un de son équipe.

– Le couteau est-il tombé? demanda Fletch.

Koller haussa les épaules.

– Je ne crois pas. Il a dû arriver sur la cible avec un élan sacrément puissant. Toute la nuit, j'ai tourné et retourné la question dans ma tête. Comment installer ce plateau de façon à permettre à X de poignarder Y sans se faire remarquer? Si j'étais réellement motivé, j'en suis sûr, je trouverais la solution. (Généreux, il se tourna vers McKensie.) Geoff aussi la trouverait. Pour l'instant, après une nuit de cogitation, je déclare forfait. Je ne suis certain que d'une chose : seul Buckley a tout à fait pu s'offrir le luxe de mettre en scène la mort de Peterman.

Tous se taisaient. Les paroles de Sy Koller semblaient avoir fait sur le cerveau de chacun les impressions les plus profondes. Dans le silence perplexe s'éleva soudain la litanie électriquement amplifiée d'un guide.

... Les célèbres Mooney père et fille, cette dernière ayant été interrogée par la police au sujet du meurtre perpétré pendant l'enregistrement du Dan Buckley Show. *Frederick Mooney supporte gaillardement l'épreuve. Il y a une heure, je l'ai vu de mes yeux sortir du bar* Sloppy Joe *et traverser la rue en direction du* Captain Tony.

– Qu'il la boucle! s'exclama McKensie à la stupéfaction générale. Cette publicité me soulève le cœur.

Edith Howell déploya beaucoup d'efforts pour s'étirer. Un long soupir gonfla sa poitrine.

– Hum! C'est rudement bon de ne plus être à l'hôtel.

13

Fletch abaissa la poignée et poussa le battant du pied. Le soleil avait tourné. La chambre était rendue à la pénombre. Il posa le plateau sur la table de chevet. Sandwiches au pain de seigle, pichet de jus d'orange, verre, serviette brodée main.

Moxie était allongée sur le dos. Son soutien-gorge jeté par terre.

– Je n'ai pas tué Steve Peterman.

– Admettons. Mais que tu le veuilles ou non, tu es impliquée. Jusqu'au cou. Tout te désigne, Moxie. Attends seulement qu'ils découvrent tes tripotages financiers avec Peterman.

– « Tripotages financiers »! Seigneur! Je n'étais au courant de rien. Ce type connaissait toutes les ficelles! Je lui faisais confiance. (Elle fit claquer sa langue.) Résultat : des dettes qui se montent à plusieurs millions de dollars.

– Je sais. Il fallait bien que tu te reposes sur quelqu'un pour ta carrière. Tu es une grande artiste. Tu ne connais rien aux magouilles de fric. Tu devais donner libre cours à ton tempérament créatif, sans contrainte. C'est ce que tu as fait et nous sommes quelques-uns à nous en féliciter.

– Les juges et les gens du Service des Impôts sont-ils capables de comprendre ça? Ce n'est tout de même pas sorcier.

– Autant exiger de Richard Nixon qu'il se convertisse à la non-violence. Dans ce pays, tout est analysé en termes de pertes et profits. Tu es une artiste; on te considère comme un chef d'entreprise. Sauf que tu ne possèdes aucune expérience des affaires. Sauf que tu n'as ni collaborateurs pour éclairer ta lanterne, ni conseil d'administration pour baliser ta route. Voilà ton crime. Aux Etats-Unis, on se fout des génies créateurs, aussi longtemps qu'ils n'ont pas de compte en banque. Mais alors là, on les attend au tournant. Si tu signes un truc, il faut que ce soit en connaissance de cause, toujours. Il va sans dire que tu assumes la pleine et entière responsabilité des papiers que tu as signés.

– Mais dans ce milieu, tout le monde passe son temps à se tromper! Autour de moi, je n'entends parler que de menaces, de plaintes, de procès...

– Les beaux esprits incompétents engagent les services d'experts pour assurer la gestion de leurs intérêts.

– J'ai engagé Steve Peterman.

– Peut-être as-tu engagé un escroc?

– Mais justement! Les beaux esprits incompétents se font presque toujours pigeonner. Ils ne vont pas en taule pour autant!

– Nul n'est sensé ignorer la loi, Moxie. C'est le B.A.-B.A. En outre, comment espères-tu prouver que tu n'étais au courant de rien? En jouant les ravissantes idiotes? Système de défense éculé qui t'enverra illico à la trappe.

– Es-tu obligé d'avoir recours à ce genre d'expressions dramatiques?

– Le hic, vois-tu, mon ange, c'est que tu aies pris l'initiative d'aller fouiner dans les livres de comptes de Peterman. En l'absence de Peterman. Tu vois ça d'ici? Deux semaines plus tard, le gars se fait poignarder alors qu'il est pratiquement assis sur tes genoux.

Les yeux de Moxie s'affolaient à buter contre les angles du plafond.

– Je suis mal partie, murmura-t-elle. Que puis-je faire? Fletch, que puis-je faire?

– Ecoute, je connais un type à New York. C'est un bon avocat. C'est aussi un des conseillers financiers les plus sollicités de la place. J'ai confiance en lui. Si tu consens à lui donner une autorisation écrite, je lui demanderai d'éplucher les comptes de Peterman. Nous serons au moins fixés sur la gravité de ta situation financière.

– Quelle importance? Je vais être inculpée de meurtre.

– Et si tu avais tout compris de travers? Si Peterman avait été régulier, en fin de compte? Tu n'aurais plus de raison de lui en vouloir. Ton mobile part en fumée.

– Il n'y a aucune chance.

– Ça vaut la peine d'essayer. Au pire, nous saurons à quoi nous en tenir. Si Peterman t'a réellement mise sur la paille, c'est mauvais pour toi, je ne te le cache pas.

– Autant me conduire tout de suite à la chambre à gaz. Je ne veux plus rien entendre.

– Ce n'est pas le moment de faire l'autruche. Les enquêteurs vont avoir la même idée. Nous devons les prendre de vitesse.

– Bon. Que dois-je faire?

– Signer cette autorisation. Sans elle, mon copain Marty Satterlee ne pourra pas avoir accès à la comptabilité de Peterman.

Il sortit de sa poche une feuille pliée en quatre et l'ouvrit sur son genou. Un stylo naquit entre ses doigts. Il le tendit à Moxie. Elle se redressa avec lassitude et signa.

– Et maintenant?

– J'appelle Marty. J'envoie dare-dare un messager

à New York qui lui remettra ton autorisation en main propre.

– Tu envoies quelqu'un à New York? On croirait entendre un producteur.

– Les candidats à un aller-retour gratuit jusqu'à notre bonne vieille capitale culturelle sont moins rares que tu ne penses. Je commencerai par nos invités.

Moxie avait repris sa position allongée. Elle appuya les mains sur ses tempes.

– Cette bande de faux jetons, en bas. Déjà prêts à sonner l'hallali.

– Tu semblais ravie de les accueillir.

– Je ne pouvais pas deviner qu'ils me croyaient coupable. Non mais, tu as vu le regard que m'a jeté cette vache d'Edith! Le bon Dieu sans confession. Mais s'ils pensent que je l'ai tué, pourquoi m'ont-ils suivie?

– Qui sait? Par esprit de corps.

– Quand j'aurai besoin de solidarité, je lancerai une campagne nationale.

– Ménage tes forces, mon ange. (Fletch s'assit sur le lit. D'un coup d'œil, il embrassa le contenu du plateau.) Jambon-beurre ou concombre à la crème?

– Je veux dormir.

– Une rasade de jus d'orange?

– Non, merci.

– Veux-tu que je reste?

– Si tu restes, je ne dormirai pas. Si je dors, je cesserai de penser. Si je ne pense plus, je cesserai peut-être de me ronger les sangs. Va-t'en.

– Au fait, Moxie. Cette Roz Nachman... tu te souviens d'elle?

– Lady X. Elle m'a interrogée.

– C'est une fine mouche. Nous pouvons compter sur elle, j'espère.

– Tant mieux. Si tu le dis, ce doit être vrai.

Il ouvrit la porte.
– Fletch?
– Moxie?
– A ton avis, faut-il que j'aille à l'enterrement?
– Je n'en sais fichtre rien.
– A l'idée de me trouver debout devant le cercueil, je sens mes pieds devenir glacés.
– Envoie des fleurs. Une gerbe d'orties sauvages. Ça impressionnera le jury.
– Je pensais à Marge.
– Mon petit chou, après tout ce que j'ai dit et fait depuis vingt-quatre heures, tu devrais comprendre qu'il est grand temps de penser à toi.
– Il est grand temps de ne plus penser à rien. Bonsoir.
– Un dernier mot, Moxie, bien qu'il m'en coûte de frapper quelqu'un qui a mordu la poussière. (Moxie ne réagit pas. Aucun son ne provenait du lit.) Il fait sombre, pourtant tu viens d'apposer ton paraphe au bas d'une feuille sans même avoir cherché à lire ce qui était écrit dessus. C'est très mal, Marilyn. Il ne faut plus jamais recommencer. Fais de beaux rêves.

14

– Marty? Fletch. Je t'appelle de Key West. Moxie Mooney est avec moi.

Marty Satterlee ne dit rien. Le bla-bla n'était pas son fort. Marty enregistrait les données qu'on lui fournissait. Il attendait en silence que l'interlocuteur eût déballé tout ce qu'il savait. Il digérait les informations reçues. Neuf fois sur dix, après un délai raisonnable, il dispensait les renseignements attendus.

– Dans quelques heures, l'acteur John Meade franchira la porte de ton bureau, dit Fletch. Il te remettra un message de Moxie Mooney par lequel elle te demande de bien vouloir examiner sa comptabilité : les registres se trouvent dans les bureaux de Steve Peterman.

Fletch raconta tout depuis le début. Le film, l'émission de télé, le meurtre de Peterman, assis à côté de Moxie sur le plateau, la déroute financière de l'actrice, ses craintes que le dépouillement des livres de Peterman ne révèle une gestion désastreuse, voire même des escroqueries et toutes sortes de fraudes, lui fournissant ainsi un excellent mobile aux yeux de la police.

– Veux-tu te charger de ce travail, Marty? Comme tu le vois, c'est une question de mort et de réclusion à vie, pour paraphraser un vieux cliché. (Il réfléchit trente secondes, à l'affût de données complémentaires.) Si tu acceptes, prépare-toi à retrousser tes manches. Meade saute dans l'avion. Nul doute que la police ne veuille, elle aussi, fouiller dans les comptes de la victime. A l'heure qu'il est, ils doivent être en train de se faire délivrer un mandat par le juge. Nous devons être fixés avant eux.

Marty se taisait toujours. Fletch se creusa les méninges. Il n'avait rien à ajouter.

– Combien de temps faut-il pour établir les irrégularités d'une gestion financière?

– Quelques heures ou quelques mois. Cela dépend.

– Ce n'est jamais une question de minutes?

– Jamais.

Par la porte ouverte, Moxie jeta un coup d'œil dans la pièce voisine. Personne n'avait songé à recouvrir la table de billard.

– Qu'en dis-tu, Marty?

– Je vais devoir prendre des renforts, dit Satterlee.

– Merci, mon vieux. Très chic de ta part. Dès que tu sais à quoi t'en tenir, appelle-moi.

Il lui donna son numéro.

Fletch était sur le point de s'asseoir au bureau de la petite bibliothèque. Le téléphone sonna et il bondit sur le combiné.

– Allô? *Casa Rosada.*

– Fletch!

– *No 'sta qui.*

– Je te reconnais, crapule. Raccroche et tu es un homme fini.

– Ted? Ted Sills! Comme c'est gentil de prendre de nos nouvelles.

– Je veux...

– Je sais. En hôte accompli, tu veux savoir si nous avons trouvé tout en ordre. C'est parfait. Les serviettes dans la salle de bains, des draps propres dans les lits et du café dans le placard.

– J'exige...

– Les Lopez sont tout simplement merveilleux. Quel accueil! Pour te dire, j'ai l'impression d'avoir toujours vécu ici.

– Je te somme...

– Tu vas sans doute m'annoncer qu'un de mes poulains a remporté la course en sac au gala de charité des Anciens d'Attica? Combien je gagne, cette fois-ci? Deux dollars et trente-cinq cents?

– Fletcher! Tu as une heure pour vider les lieux. Une heure!

– Dieu du ciel, Ted, je ne t'ai jamais vu aussi sérieux!

– Je ne me suis jamais senti aussi sérieux. Toi et tes saltimbanques, vous allez déguerpir séance tenante!

– Zut alors, est-ce que j'ai fait quelque chose de mal? C'est l'eau chaude, peut-être? J'ai trop tiré d'eau chaude?

– Je ne rigole pas, fumier. La Maison Rose est passée sur TBS. Il paraît que tu as monté un cirque, là-bas? Chez moi, sous mon propre toit? Fenlabise m'avait bien dit qu'il avait entendu quelque chose de louche au bulletin de ce matin. Je ne voulais pas le croire. Tu prétendais avoir besoin de prendre du recul.

– Parfaitement. C'est éreintant d'être propriétaire d'une écurie de courses.

– Moxie Mooney! Nom de Dieu!

– Elle fait la sieste à l'heure qu'il est. Dans ton propre lit. Est-ce que ça ne te fait pas grimper au plafond de savoir ça?

– Frederick Mooney!

– Il faudra faire apposer une plaque sur la façade : *Ici séjournèrent les Mooney père et...*

– Fous-moi ça dehors, tout de suite!

– Comment? Mais c'est de l'inconscience! Te rends-tu compte que leur présence fait monter en flèche la valeur de ton patrimoine immobilier? A vue de nez, je dirais qu'ils te font bien gagner douze mille dollars.

– Fletch. (Sills prononça le nom avec le flegme dramatique d'un joueur de poker qui s'apprête à découvrir un carré d'as.) A cause de toi, ma maison est impliquée dans une affaire de meurtre.

– C'est donc ça?

– C'est ça.

– L'histoire passera l'éponge sur ce détail.

– Qu'est-ce que tu racontes?

– Franchement, Ted, si le loyer n'était pas un peu élevé pour toi, je te conseillerais de rappliquer aussi sec. J'ai rassemblé une bande de chouettes copains. Edith Howell s'est installée à demeure. John Meade fait des apparitions. Gerry Littleford est là aussi et, tiens-toi bien, nous avons deux réalisateurs : Sy Koller et Geoff McKensie. Un Australien.

– Tu tiens pension pour des suspects en cavale! Des fugitifs menacés par les foudres de la justice!

– Ted, mon vieux, pourquoi en fais-tu une affaire personnelle? Il fallait bien qu'ils aillent quelque part.

– Pas chez moi, nom de Dieu! Vous allez foutre le camp, toi et ton gang de zazous oscarisés. Sur-le-champ, tu m'entends?

– Non.

– Comment ça, « non »?

– Tu oublies un truc.

– En tout cas, il y a certaines choses que je n'oublierai jamais.

– Tu ne me prêtes pas la Maison Rose. J'en suis locataire. Je paie un loyer. Si tu t'étais montré raisonnable, si tu avais accepté de me filer gracieusement ta précieuse résidence secondaire, ainsi que je l'avais suggéré, je n'aurais aucun recours. Je monterais illico boucler ma valise et nous serions tous obligés de partir, la queue basse, vers notre noir destin. Seulement voilà, en qualité de locataire, je peux me prévaloir de certains droits.

– Toi, un locataire? C'est le bouquet! Je n'ai même pas reçu ton chèque.

– Non? Il est parti. Tu l'auras au prochain courrier.

– Le marché ne tient pas. Pas de chèque, pas de locataire. Comment comptes-tu prouver que tu m'as effectivement payé un loyer?

– Mon cher, je suis dans la place. Et ça, c'est une preuve.

– Tu es mon invité, et je te fous à la porte!

– Curieuse façon de traiter un invité.

– Et la facture pour la bouffe des canassons? J'attends toujours le chèque.

– En espèces, je t'ai dit. Sonnantes et trébuchantes. Penche-toi à la fenêtre. Si ça se trouve, le fourgon s'engage dans la dernière ligne droite.

– Fletcher, écoute-moi bien. Je t'ai laissé la Maison Rose.

– A un tarif exorbitant.

– Tu m'as forcé la main, canaille! Et tu t'es bien gardé de me dire que tu avais l'intention d'y accueillir une bande d'individus, tous recherchés par la police.

– C'est que je ne le savais pas encore.

– C'est ma maison. Mon foyer. J'ai des souvenirs dans chaque pièce. Je n'ai pas envie de voir sa photo à la une de tous les canards à scandales.

– Quelle âme sensible! Mon cœur se serre.

– Fous le camp! Fous le camp! Emmène tes amis. Tirez-vous! Je veux que dans une heure la maison soit nettoyée!

Et il raccrocha.

Fletch reposa le combiné.

– Bel instrument de communication en vérité. Conçu pour ceux qui aiment avoir le dernier mot.

Mme Lopez se matérialisa sans bruit sur le seuil du bureau.

– Vous désirez quelque chose, monsieur Fletcher? Du café? Un rafraîchissement?

Fletch prit sur le bureau le scénario de *Cauchemar d'une nuit d'été.*

– Merci bien, madame Lopez. Je prendrai quelque chose de frais à la cuisine.

– Ils dorment tous, fit-elle, souriante.

– Sauf M. Meade, j'espère. Il va partir faire une course.

– Moi aussi. Je vais au marché. C'est formidable de voir la maison pleine de monde. Des gens que je n'avais jamais vus qu'à la télé. Au cinéma, quelquefois. (Coquette, elle passa sa main dans ses cheveux.) Mooney, surtout. Quel homme! Quelle classe!

– Vous êtes au courant, pour le meurtre?

Mme Lopez eut un geste fataliste.

– La nuit dernière, un autre meurtre a été commis. A deux pâtés de maisons d'ici. Le pauvre diable! Il s'est fait poignarder. Voilà une mort dont les guides ne risquent pas de parler.

– Pourquoi l'a-t-on tué?

Elle haussa les épaules.

– Il savait quelque chose. Ou il ne savait rien. Il a fait quelque chose. Ou il a oublié de faire quelque chose. Il était l'ami de l'un ou l'ennemi de l'autre. Sait-on jamais pourquoi les gens se font tuer?

– Peut-être était-il quelqu'un.

– *Tambien.* Qu'est-ce que j'achète?

– Des fruits, du poisson, du fromage?

– Tout ce que vous voudrez. Vous restez longtemps?

– Comptez plusieurs jours. Minimum.

15

Il arrivait au bas de la page 81 du scénario de *Cauchemar d'une nuit d'été.* Une femme poussa un hurlement.

Fletch s'était installé dans le jardin de devant. Il leva les yeux vers le second étage. N'importe qui aurait reconnu l'organe incomparable d'Edith Howell. A présent, la voix théâtrale vitupérait avec exaltation sans qu'on puisse saisir un seul mot. Fletch tourna la page. L'après-midi s'étirait, interminablement.

Page 89, troisième ligne. Frederick Mooney tourna en titubant le coin de la maison. Il avait le choix entre une allée et un massif de bégonias. Il posa le pied sur les fleurs.

– J'ai trouvé dans mon lit quelque chose qui se flatte d'être une dame, lança-t-il à la cantonade.

– De quoi vous plaignez-vous? dit Fletch.

– A tout prendre, j'aurais préféré une femme.

– C'était Edith Howell.

– Vous êtes sûr? Il m'avait semblé la reconnaître. J'ai le vague souvenir de l'avoir vue à la scène dans une situation analogue. Ça s'appelait... attendez voir... *Il est minuit, docteur Livingstone.*

– Elle crie admirablement.

– C'est dans sa nature. Edith Howell : la rogne et la grogne faites femme.

Il voulut se mettre en marche. Ses pieds s'empêtrèrent dans les bégonias. Se dégager fut l'affaire de quelques minutes. Il s'avança avec cette majesté superbe qui n'appartient qu'aux ivrognes.

– A peine arrivée, elle s'est enquise de vous.

Le vieil acteur s'écroula dans un fauteuil de toile.

– Est-ce que je l'ai jamais eue comme partenaire? Dans un passé assez lointain dont je n'ai conservé que de vagues réminiscences. Edith Howell, soir après soir, pendant un laps de temps considérable. Je ne m'y suis jamais habitué. Est-ce qu'on peut s'habituer aux baignoires d'hôtel?

– Vous avez joué ensemble dans *Le Trompette de l'escadron.* A Broadway.

– Ah, l'horrible souvenir! Comment avais-je pu me laisser embarquer dans cette affreuse comédie musicale? J'ai souffert pendant des mois. Le public adorait ça. Encore des critiques qui avaient mal fait leur boulot. Vous êtes un fan de théâtre?

– Couci-couça.

– Ce qui m'épate toujours, c'est de voir à quel point les gens se tiennent au courant de l'actualité théâtrale et cinématographique. Ils sont tellement plus calés que moi.

– Vous, monsieur Mooney, c'est différent. (Fletch lui adressa un sourire triste.) Vous êtes à vous tout seul un monument à la gloire de la scène et de l'écran.

– J'aime mon métier. Je l'ai exercé du mieux que je pouvais, dit Mooney. Si ma mémoire est bonne, monsieur Peterkin, vous n'avez rien à voir avec l'usine à rêve, comme ils disaient, le bizenesse de l'entourloupe, comme on dit maintenant?

– Exact. Je ne suis qu'un humble spectateur. De la plus vile espèce. Je marche presque toujours.

Mooney se tordit le cou pour lire le titre du scénario posé sur les genoux de Fletch.

– *Le Songe d'une nuit d'été! Diriez-vous que je suis gracieux?* fit-il d'une petite voix éplorée. *Un ours n'est pas plus repoussant.* Incroyable, n'est-ce pas? Quatre siècles après avoir été écrites, les œuvres du grand William sont toujours d'un gros rapport. Et plus personne pour toucher les droits d'auteur!

– *Cauchemar d'une nuit d'été,* rectifia Fletch. Le film pour lequel Moxie est en train de travailler. Elle ne vous a rien dit du scénario?

– Moxie ne me dit jamais rien. (Mooney eut un hoquet derrière sa main.) Elle ne sollicite jamais mon avis. Je ne suis que son vieux paternel soûlographe. Juste retour de bâton, je suppose. Voilà bien des années, je me suis détourné d'elle sans savoir que je la perdais. L'aurais-je su que cela n'aurait rien changé.

– Pourquoi? Vous aviez mieux à faire?

L'œil inquisiteur se riva sur Fletch.

– Voyez-vous, vil spectateur, certains hommes se doivent d'abord à leur talent. C'est à la portée de tout le monde d'aimer une femme et d'engendrer sa progéniture. Combien d'hommes peuvent aimer le monde et engendrer des miracles?

Fletch hocha la tête.

– Permettez que je sollicite votre avis?

Mooney ne répondit ni oui ni non. Sa main explorait le sol autour du fauteuil. Elle ne trouva nulle part le sac providentiel. Les effets produits par plusieurs heures de convivialité dans les bars de Key West s'estompaient déjà.

– Pourquoi quelqu'un voudrait-il faire un mauvais film? demanda Fletch.

– C'est comme n'importe quelle entreprise. Les gens se fourvoient souvent. Rectification : aucune autre branche de l'industrie ne peut s'offrir le luxe d'un pourcentage d'erreurs aussi considérable. Je vous le demande, monsieur Peterkin, combien de temps tiendrait votre petite affaire, quelle qu'elle soit, avec un coefficient d'échec de quatre-vingt-dix pour cent?

– Justement, comment tiennent-ils?

– Un bon film, c'est la combinaison d'une bonne histoire et des talents adéquats. Ça n'a l'air de rien mais c'est presque aussi difficile que de transformer du plomb en or.

– Peut-être. Cela n'explique pas pourquoi le cinéma peut continuer en toute impunité à enfiler les bides comme des perles.

– A sa décharge, disons qu'une industrie qui s'est fixée pour tâche de donner à rêver à coups de milliards de dollars exerce un magnétisme irrésistible sur les incapables, les arnaqueurs et les charlatans. Croyez-en l'expérience d'un vieillard usé, revenu de tout...

Le regard de Fletch s'assoupissait peu à peu sous la scrutation impérieuse de Mooney. Il sentait qu'on le jaugeait jusqu'au tréfonds de l'âme. Relevant le défi, il aiguisa ses yeux.

– Pourquoi tant d'amertume?

– Pourquoi? Parce que j'ai eu plus que ma part de parasites, de clowns voraces, de fripons pervers, d'écornifleurs imbéciles. Ont-ils assez empoisonné mes jours et mes nuits! Ont-ils assez saboté mon travail et malmené ma carrière! M'ont-ils assez grugé, pillé, volé...

– Du calme! dit Fletch. J'ai touché une corde sensible et je vous prie de m'en excuser. Il fait trop chaud pour se battre contre les moulins.

Mooney inspira profondément par le nez. Ses narines se pincèrent. Il montra son profil. Il expira. Encore un truc, songea Fletch. Un truc pour faire descendre la pression.

– Ce handicap étant admis, comment font-ils tourner la machine?

Mooney eut un sourire sardonique.

– Le cinéma est comme l'hydre de la légende

dont les têtes repoussaient à peine coupées. La réponse la plus évidente à votre question, c'est le minuscule pourcentage de réussite. De temps en temps, on réunit les talents qu'il faut autour d'une bonne histoire et le miracle s'accomplit. Ce n'est pas forcément un chef-d'œuvre, mais qui s'en aperçoit de nos jours? L'émotion est là, sans laquelle il n'est pas de poésie. Hérauts de la civilisation mercantile, les médias se penchent avidement sur le berceau du nouveau-né. L'instant est d'une intensité poignante. Pensez donc : le système vient d'accoucher d'un produit qui ressemble à de l'art. C'est la ruée. Tous, vous achetez votre billet d'entrée. Même vous, monsieur Peterkin, et les producteurs se frottent les mains. Ils ont enfin décroché la timbale. L'argent coule à flots dans le tiroir-caisse. Ils sont parés pour les dix échecs suivants. C'est ainsi. Un seul éclair de génie ou de simple grandeur suffit à faire s'embraser les obscurs soubassements de la médiocrité. Cela ne dure pas, évidemment, et les ténèbres peu à peu retombent.

– J'étais en train de lire ce scénario, dit Fletch. Je n'y connais rien, c'est un fait. Je n'avais même encore jamais lu de scénario. Peu importe. L'effroyable nullité de ce travail sauterait aux yeux d'un enfant de quatre ans. Les personnages ont la minceur du papier à cigarettes. L'histoire fuit de partout comme un tonneau percé. On chercherait en vain une seule idée claire, nette, juste. Rien n'émerge de ce galimatias prétentieux. L'auteur s'efforce de courir après les poncifs en enfonçant dans la gorge des protagonistes des mots vides de sens, des formules à l'emporte-pièce échangées dans les couloirs des chaînes de radio ou de télévision. Les scénarios sont-ils toujours aussi abjects? (Mooney l'observait d'un œil renfrogné.) Parvenu aux deux tiers de ma lecture, je suis obligé de me demander si ce torchon ne cherche pas à provoquer délibérément une réaction de haine. Encore une fois, je suis loin d'être un critique qualifié, mais je sais une chose : il faut être timbré pour investir un seul nickel dans un coup aussi foireux.

Mooney se trémoussait avec impatience.

– Bien raisonné, Peterkin. Il faut toujours en revenir au nickel. Dites-vous bien qu'avant l'avènement du cinéma, aucune société n'avait risqué autant d'argent dans le commerce de l'illusion. Faut-il que la nôtre croie en son pouvoir! Potassez donc la question, Peterkin. (Prenant appui des deux mains sur les accoudoirs, il voulut se lever et ne parvint qu'à virer au rouge brique : la congestion le guettait. Un second essai fut couronné de succès.) Bien. L'heure de la sieste est passée. Cette conversation furieusement filandreuse m'a donné soif. Que diriez-vous d'un remontant, Peterson?

Fletch jeta un lent regard circulaire.

– Peterson? Qui c'est?

– Comment, vous n'êtes pas... (Mooney se frappa le front.) Désolé. Vous êtes Peterkin. Peterkin, bon sang! Ah, si vous aviez vu ma première superproduction! *Flamberge au vent.*

– Je l'ai vue.

– Des milliers de figurants. Et je connaissais chacun d'eux par son prénom.

16

La voix de Lopez lui parvint de l'intérieur de la maison.

– Téléphone, monsieur Fletcher!

Fletcher fit la grimace et posa le scénario par terre. Il avait pourtant demandé aux Lopez de s'abstenir de décrocher. Glissant ses pieds dans les mocassins, il se dirigea languissamment vers la maison.

– Excusez-moi. (Lopez lui décocha un regard empreint de furtive culpabilité.) C'est une femme de la police. Elle a insisté pour que j'aille vous chercher. Elle a proféré des menaces.

La maison bourdonnait de voix obstinées, contradictoires, impatientes.

– Ça ne fait rien, dit Fletch.

Stella Littleford traversa la pièce. Elle le frôla en passant.

– Prenez garde, murmura-t-elle.

Edith Howell montra le bout de son nez.

– Où est Freddy?

– Je l'ignore. Quelque part dans la maison.

– Et John Meade?

– En courses. Il va revenir.

Il trouva Gerry Littleford au pied de l'escalier intérieur. L'athlète noir ne faisait rien de particulier. En slip rouge, il était adossé au mur, l'air épuisé. Il regardait le vide.

– Rien à faire... (Gerry secoua la tête avec accablement.) Rien à faire...

Par la porte d'entrée grande ouverte, Fletch aperçut les badauds massés sur le trottoir opposé. Une vraie foule à présent.

Frederick Mooney parut dans l'escalier. Il tenait une bouteille par le goulot.

– Freddy! s'exclama Edith Howell. Par exemple! Sur mon âme, te voilà enfin!

Mooney se figea. Il braqua sur l'actrice un index frissonnant.

– *Ecoutez-la vagir, cette antique lune...*

– Allons trinquer, vieux cochon. J'ai la gorge en feu. (Il arrivait en bas. Elle passa son bras sous le sien et l'entraîna d'autorité vers le salon.) Gin-tonic pour moi. J'ai trouvé dans le buffet des réserves secrètes. Je regrette mon coup de gueule de tout à l'heure. Il y a si longtemps que tu n'avais fait irruption dans ma chambre...

Ils passèrent sans le voir à côté de Gerry Littleford. Gerry interrogeait le plancher.

– Pourquoi? Pourquoi? Pourquoi?

– Madame! hurlait Mooney derrière la porte fermée du salon. Je n'ai pas fait irruption. Je suis entré.

Moxie tournait en rond dans la salle de billard.

– Fletch! Je suis à bout. Il faut que je m'arrache de cette maison.

– Impossible, tu le sais bien.

– Je vais craquer, je te dis!

– Tu as vu les gens dehors? Ils te sauteraient dessus.

– Je m'en fous! (Sa voix monta jusqu'au diapason de la passion.) J'étouffe! Il faut absolument que j'aille prendre l'air.

Fletch pénétra dans la bibliothèque et ferma la

porte derrière lui. Il prit le combiné sur le bureau.

– Allô?

– Irwin Fletcher?

– Fletcher, oui.

Fletch soupira.

– Un instant, je vous prie.

La voix forte de Sy Koller s'insinua par la porte du jardin de derrière. Il parlait du Gulf Stream.

– Monsieur Fletcher, fit dans l'écouteur une autre voix, plaisante et bien timbrée.

– Lui-même.

– Lieutenant Nachman. Tout va comme vous voulez, monsieur Fletcher?

– A peu près, je vous remercie. De votre côté?

– Je suis en pleine forme. Rien de tel qu'une bonne cure de travail pour vous faire oublier tout le reste. Vous n'êtes pas de cet avis?

– Ravi d'entendre que vous prenez votre travail à cœur.

– Vous aussi, je présume?

– Moi? Je suis à la tâche jour et nuit.

– Mon labeur acharné risque de porter des fruits que vous trouverez amers.

– Il n'y a aucune raison.

– Non? Dans ce cas, pourquoi avoir emmené votre protégée à l'autre bout du monde?

– Nous ne sommes pas si loin.

– Suffisamment. Key West, c'est la dernière étape avant l'exil en douce.

– Rien ne vous échappe.

– Ne tirez pas trop sur la corde, Irwin.

– Personne ne m'appelle jamais Irwin.

– Vous n'aimez pas votre prénom?

– Au bahut, les copains m'avaient surnommé Darwin.

– Si jeune et déjà en butte aux tracasseries! Va pour Darwin!

– Ce n'était pas du tout ce que je voulais dire.

– Si la tentation vous prenait, vous et Miss Moxie Mooney, de quitter la Floride, ou, pire, de filer à l'étranger...

– Ne soyez pas ridicule!

– ... et que vous succombiez à cette tentation, vous découvririez à vos dépens l'étendue des pouvoirs d'un petit lieutenant de police. Que vous ayez fichu le camp à Key West en emportant dans vos bagages quelques-uns de mes principaux témoins, passe encore. Compte tenu de la notoriété des individus concernés, cette initiative hardie pouvait apparaître comme une mesure nécessaire.

– Vous voilà bien raisonnable.

– En outre, je pense que vous avez agi pour le mieux.

– J'ai agi pour le mieux. Vous en convenez?

– Ce n'est pas encore sûr mais quelque chose me dit que sans le vouloir, vous avez facilité la tâche des enquêteurs. Cela dit, auriez-vous la bonté de me communiquer la liste complète des témoins que vous avez subtilisés?

– Moxie Mooney.

– Saviez-vous que la résidence du président de la République Argentine s'appelait la Maison Rose?

– Frederick Mooney.

– Un de ces jours, il faudra que je m'offre le voyage.

– Gerry Littleford et son épouse Stella. Sy Koller. Edith Howell. Geoffrey McKensie, un réalisateur australien.

– John Meade?

– Par intermittence. Il sera de retour ce soir.

– N'est-ce pas qu'il était formidable dans *Easy River*?

– Jamais vu.

– Qui d'autre?

– Moi.

– Est-ce qu'on peut vous oublier, Darwin?

– Puisque vous semblez d'excellente humeur, il y a deux ou trois questions que j'aimerais vous poser. D'accord?

– Je n'en suis pas sûre. Les réponses passeront-elles sur *Global Cable News*?

– Cela ne dépend que de moi.

– Justement. Les dividendes ont la priorité, pas vrai, Fletcher?

– Vous avez dû vous faire projeter les bandes vidéo et les films de l'émission. Alors?

– Alors, rien.

– Je ne comprends pas.

– Zéro, je vous dis. On les a passés et repassés toute la nuit. C'est le néant complet.

– Mais c'est impossible!

– Pour l'aide que nous apportent ces kilomètres de pellicule, le meurtre aurait aussi bien pu être commis en pleine nuit, au coin d'une ruelle obscure. En désespoir de cause, nous allons organiser de nouvelles projections devant un parterre de spécialistes. Vous saviez, vous, qu'il existait des gens experts dans l'art de regarder les films?

– Et sans doute d'autres gens experts dans l'art de choisir les gens experts dans l'art de regarder les films.

– Ils sont capables de tout.

– Vous ne pensez pas que Sy Koller et Geoff McKensie pourraient vous être utiles? Sans doute savent-ils regarder un film.

– Excellente idée! Deux des principaux suspects promus au rang d'auxiliaires de la justice. Vous n'êtes pas un peu malade? Saviez-vous que Peterman avait viré McKensie?

– Et Koller?

– Il y a trois ans, lui et Peterman en sont venus aux mains en sortant d'une boîte à Los Angeles. Koller a eu le dessus. Il était en train d'étrangler

Peterman quand la police est arrivée. Peterman n'a pas porté plainte.

– Un type au poil, Peterman. Tout le monde l'adorait. Quel était l'objet de la querelle?

– Une femme, à ce qu'ils ont prétendu.

– Au fait, Koller affirme que Peterman et Dan Buckley se connaissaient avant l'émission. A l'en croire, il y avait même entre eux une certaine animosité.

– Mon petit Darwin, j'ignore si votre grand-mère descendait du singe, mais vous auriez fait un excellent limier. Buckley s'était laissé convaincre par Peterman d'investir dans une affaire bidon.

– Il a perdu beaucoup d'argent?

– Qu'appellent-ils beaucoup d'argent? Moi, je n'en sais rien. J'habite un petit pavillon jaune, à dix kilomètres de la plage.

– Bon. Passons au point suivant. Ce matin, Sy Koller a émis l'hypothèse selon laquelle le plateau du *Dan Buckley Show* avait fort bien pu être « préparé » en vue du meurtre. En d'autres termes, le couteau, préalablement placé dans l'axe de sa cible, aurait reçu une impulsion mécanique.

– Nous y avons songé.

– Après tout, la fonction première d'un plateau de cinéma ou de télé n'est-elle pas de créer l'illusion? Comme au théâtre. Comme à l'opéra. Il peut accueillir les mécanismes les plus sophistiqués. C'est un lieu magique où rien n'est impossible.

– Nous avons vérifié.

– A mon sens, le fait que rien n'apparaisse sur les bandes et les films apporte de l'eau au moulin de cette théorie. Seul quelqu'un qui connaissait l'emplacement exact des caméras a pu mettre au point un tel dispositif.

– C'est intéressant.

– Ainsi que le faisait justement remarquer Koller, une seule personne possédait la compétence et l'autorité nécessaires pour préparer cette mise en scène. Sans parler du temps. Dan Buckley lui-même.

– Rien ne vous frappe?

– Quoi?

– Sy Koller semble très soucieux de faire épingler Buckley.

– Et alors? Son raisonnement se tient.

– Hier soir, nous avons exploré le plateau millimètre après millimètre. Nous avons remis ça ce matin.

– Comme si vos flics étaient capables de comprendre le fonctionnement d'un plateau de télévision! Ils se feraient posséder par un gamin de dix ans affublé du masque de Merlin l'enchanteur.

– C'est la raison pour laquelle nous faisons venir trois décorateurs de New York.

– Encore des experts.

– Hélas! Notre maigre budget va en prendre un sacré coup. Les appels téléphoniques longue distance n'arrangent rien.

– Vous engagez toutes sortes de professionnels. Pour visionner vos films, pour inspecter le plateau de l'émission...

– Nous sommes conscients de nos limites.

– Savez-vous ce que ça implique?

– Oui. L'impôt foncier va augmenter dans le secteur. Parce qu'une poignée de rupins s'intéressaient à notre littoral et que l'un d'eux s'y est fait refroidir. Allez donc expliquer ça aux contribuables.

– S'il vous faut des professionnels du spectacle pour vous aider à résoudre l'enquête, ça implique que le meurtre a dû être commis par un autre professionnel du spectacle.

– Bravo, Darwin. D'autant que dans cette affaire, vous êtes le seul témoin qui soit étranger au monde du showbiz.

Des cris s'élevèrent en provenance du vestibule.

– Je n'ai pas tué Steve Peterman, dit Fletch. Il suffisait de me poser la question.

– Monsieur Fletcher, nous engageons une pléiade d'experts et j'ai l'intention de lire leurs rapports avec la plus grande attention. Devrais-je pour autant perdre de vue les explications plus prosaïques ?

– Par exemple ?

– Curiosité prématurée. Quelqu'un a planté un couteau dans le dos de Peterman. Les circonstances, le théâtre du crime, la personnalité des protagonistes, tout confère à l'événement un caractère insolite, je le sais. Il n'empêche. Ce n'est jamais qu'un vulgaire meurtre à l'arme blanche.

– Puis-je vous être utile ?

– La prochaine fois que j'appellerai, décrochez.

Un autre cri fusa. On aurait dit la voix de Sy Koller.

– Sans faute.

– Cette petite conversation n'aura pas servi à grand-chose, mais je ne regrette pas. Un de ces jours, on sonnera à la porte de la Maison Rose, et ce sera moi.

– Ne vous gênez pas. On vous fera une petite place.

– Cette fois, je vais te saigner pour de bon ! Tu ne me crois pas ?

Fletch traversa la maison à toutes jambes. La joute se déroulait dans l'escalier du vestibule. Sy Koller se trouvait à mi-hauteur, pas spécialement affolé, pas faraud non plus. La sueur collait son T-shirt sur son ventre. Il regardait Gerry Littleford qui lui faisait face, ramassé sur les marches du bas, son corps superbe figé dans l'état de grâce musculaire qui précède la détente. Il avait perdu son slip rouge et gagné un couteau, un grand couteau à manche de corne qu'il tenait dans son poing droit, lame vers le haut, en vrai « pro » du surin.

Au premier palier, accoudé à la rampe, Geoff McKensie observait la scène. Son visage était sans expression.

– N'essaye pas de me la faire, salaud! C'est parce que je suis noir. Vous croyez tous que je suis un sale négro.

Koller eut un ricanement sec.

– Pour ce qui est d'être noir, Gerry, il serait de mauvais goût de nier l'évidence.

Gerry plongea. Le couteau cisailla l'air, à quelques centimètres des jambes blêmes de Sy Koller. Le réalisateur bondit sur la marche du dessus. Son front luisait. Mme Lopez s'était postée dans l'encadrement de la porte du salon.

– C'est mon couteau. Il me l'a piqué, confia-t-elle à Fletch.

– Dis-le, Sy. Dis-le encore, mec. Appelle-moi *fiston*.

– Je ne t'ai jamais appelé fiston. Ce n'est pas maintenant que je vais commencer.

Le bras de Gerry se détendit. Koller sauta de côté.

– Je suis une star! hurla Littleford. J'ai vingt-sept ans.

– Tu es un excellent comédien, admit Koller.

– Je suis un homme!

– Ça, personne ne soutiendra le contraire, surtout que tu t'exhibes assez complaisamment. Gerry, j'en ai assez. Donne ce couteau à Fletcher.

– Gerry, murmura Fletch, ce n'est guère le moment d'aller brandir des couteaux sous le nez des gens. Ça fait mauvais effet. Tu vois où je veux en venir?

Littleford pivota pour lui faire face. Il lorgna Fletch de haut en bas, d'un regard filou comme s'il se sentait supérieur.

– Je t'interdis de m'appeler *fiston*.
– Qui t'a appelé comme ça?
– Mon meilleur couteau! s'exclama Mme Lopez.
Sy Koller éclata d'un gros rire jovial.
– Bon Dieu, Gerry, tu ne t'attends pas à ce qu'on te propose le rôle principal dans *Robin des Bois*!
– Ils me tombent dessus à bras raccourcis, tous!
– A l'écran, peut-être, concéda Sy Koller. Dans la vie, tu es un des acteurs les mieux payés de ta génération. Tu roules en Porsche et tu descends dans les quatre étoiles.
– Putain de pays! Putain de vie!
Gerry se retourna et se fendit comme un escrimeur. Le couteau décrivit un zigzag foudroyant. Koller qui s'était cru autorisé à redescendre d'une marche exécuta une petite cabriole.
Quelqu'un, ce pouvait être Moxie, apparut à côté de McKensie. Fletch reconnut ses jambes et ses cuisses entre les socquettes et le short blancs. Il reconnut ou crut reconnaître le buste de Moxie sous la chemisette bleue. La tête était ceinte d'un foulard d'un rouge pénible. Le visage était poudré, outrageusement, avec du rose sur les pommettes. Elle s'était dessiné une paire de lèvres écarlates pas très loin des siennes. D'énormes hublots cerclés de blanc dissimulaient ses yeux.
– Assez joué, Gerry. Je ne reculerai plus, dit Koller d'une voix aux intonations menaçantes.
– C'est pas vrai! cria Moxie. Quelle bande de tarés, je vous jure!
– Pas d'imprudences, dit Fletch.
Elle dégringola l'escalier. Ignorant le réalisateur, elle se planta devant Gerry Littleford; elle lui prit le menton dans la main.
– Toi, mon petit vieux, tu as besoin de changer d'air.
Mme Lopez s'approcha de l'escalier, gravit quel-

ques marches et s'empara du couteau qu'on lui abandonna sans résistance.

– C'est celui qui coupe le mieux, marmonna-t-elle en disparaissant dans la cuisine.

– Dites à Mme Littleford de venir, voulez-vous? demanda Fletch.

– Ils sont tous contre moi, chuchota Gerry. Si tu savais.

Moxie posa les mains sur ses épaules.

– Ce n'est rien, mon chou, rien du tout. Ou plutôt si. C'est la coke. Tu en prends trop. Personne ne t'en veut; personne n'est contre toi. Tout va bien, réellement. Tu es un type merveilleux, *au fond*. Regarde. Quelle journée splendide!

– La coke, mon œil. C'est eux, avec leur saleté de racisme larvé.

– C'est la petite poudre blanche que tu renifles à longueur de journée. La coke, ça peut vous mettre la cervelle en compote, tu savais ça?

Gerry examinait de loin les tibias de Sy Koller. Pas une égratignure.

Stella les rejoignit; elle portait un immense drap de bain dont elle enveloppa son époux.

– A votre place, dit Fletch, je l'emmènerais hors de cette maison. Marchez droit devant vous et quand vous arriverez au bord de l'océan, flanquez-le dans les vagues. (Il remarqua les yeux battus de la jeune femme.) Ne restez pas sur la plage. Sautez dans l'eau avec lui.

– Et moi? s'écria Moxie. Tu comptes me laisser moisir ici? En route.

– Tu veux sortir dans cette tenue? Avec cette tête-là? Gare aux essaims de mouches.

– Peuh! Personne ne fera attention à moi.

– Tu rigoles?

Elle lui prit le poignet.

– Continue comme ça et je fais un scandale. Ils n'attendent que ça, dehors.

Fletch fit halte un instant sur le seuil du salon. Edith Howell et Frederick Mooney s'étaient installés sur une bergère. Elle tenait un gin-tonic. Il réchauffait un petit verre de cognac entre ses mains.

– La multiplication des reprises a toujours été l'indice d'une régression culturelle, disait Mooney. Place aux jeunes! Qu'on leur laisse le champ libre pour donner un second souffle à la création.

Edith Howell le gratifia d'un sourire en coin.

– Les fils ne valent pas les pères. Idem pour l'autre sexe. Un grand succès comme *Le Trompette de l'escadron* ne sera jamais remplacé. Voilà pourquoi ils ne cessent de remonter la pièce.

– Allons-y, soupira Fletch. (Il poussa Moxie en direction de la salle de billard.) Allons voir le crépuscule; mais sortons par la porte de service.

17

Ils cheminaient le long de Whitehead Street. La tête chamarrée, barbouillée, enrubannée de Moxie lui donnait l'impression de marcher à côté d'une bonbonnière montée sur pattes.

– Ainsi, notre jeune premier est sujet à des lubies sanguinaires, murmura Fletch, songeur. Il rêve de larder ses ennemis de coups de couteau.

– Oublie cet incident stupide, dit Moxie. Ça ne rimait à rien.

– Pourquoi? Ça lui arrive donc si souvent? Il n'avait pas l'air de plaisanter.

– Gerry est comédien. L'erreur à ne pas commettre, c'est de prendre les paroles d'un comédien pour argent comptant, surtout lorsqu'il est défoncé. Le discours importe peu. Seul compte l'effet produit.

– Comédienne toi-même. Je ne crois pas un mot de ce que tu viens de dire.

Moxie émit un rire ambigu.

– Ne me croyez surtout pas, je ne suis qu'un menteur, dit le menteur. Je voudrais surtout qu'il perde l'habitude de sniffer sans arrêt.

– En somme, tu n'as rien contre une petite prise de temps à autre?

– Dans son cas, la coke est même recommandée chaque fois qu'il doit jouer une scène violente. Il peut devenir sacrément méchant quand il est sous l'influence de cette saleté.

– Je m'en suis aperçu. Mais ça n'a rien à voir avec le métier d'acteur, n'est-ce pas? Gerry ne joue pas. Son organisme réagit alors aux effets de la drogue comme le ferait celui de n'importe quel type défoncé.

– Jouer la comédie, sur scène ou devant des caméras, c'est déjà se défoncer. Tous les artistes se défoncent dans l'exercice de leur métier. Distorsion de perspective, hypertension nerveuse, sensibilité exacerbée... Les effets sont les mêmes. Le problème avec Gerry, c'est que bientôt il ne saura plus jouer du tout. Il est toujours au bord de l'hystérie; il en fait des tonnes, même quand le rôle ne l'exige pas.

– Et toi, as-tu recours à la coke pour te donner un coup de fouet avant les scènes dures?

– Pour qui me prends-tu? Je suis bien meilleure comédienne que Gerry. (Son regard accrocha l'enseigne fixée au mur de brique masquant le jardin d'une villa.) J'aimerais pouvoir la visiter. J'aimerais bien. Voir à quoi ressemble la chambre d'Hemingway... la pièce dans laquelle il travaillait... Sans cette partie de billard, je n'aurais jamais su que tu avais lu Hemingway. Ni que tu en avais conservé un souvenir aussi précis. Avec une mémoire comme la tienne, tu aurais pu devenir acteur, ou indic.

– Moxie, crois-tu vraiment que les artistes, c'est-à-dire les hommes et les femmes voués à l'expression d'un art, quel qu'il soit, soient des êtres d'exception auxquels les règles de la morale commune ne s'appliquent pas?

– Ça tombe sous le sens! Déjà qu'il faut avoir une conception assez retorse de ladite morale pour choisir ce métier...

– Je pense à une confidence que ton père m'a faite cet après-midi. Nous parlions de ses relations avec toi, et avec ta mère, implicitement. Sais-tu ce qu'il a dit? « C'est à la portée de n'importe qui d'aimer une femme et d'engendrer sa progéniture. Combien d'hommes sont capables d'aimer le monde et d'engendrer des miracles? »

– Cher T.N.T. Il a le chic pour envelopper les plus noires pensées dans de la bourre de soie. Du reste, il a raison, ajouta-t-elle après un silence.

– Comment certains êtres peuvent-ils se soustraire aux règles de conduite édictées par un code moral admis par tous?

– Tu viens d'en faire toi-même la démonstration, Fletch. En me déconseillant de sortir sous prétexte que je risquais de me faire chahuter par la foule. Et moi, est-ce que je ne viens pas d'émettre le vœu impossible de visiter la demeure d'Hemingway? Sur une autre échelle, pourquoi ne puis-je concilier mes activités professionnelles et la gestion de mon budget? Pourquoi ai-je dû abandonner à quelqu'un comme Peterman la prise en charge d'une partie aussi considérable de mon existence? (Elle s'arrêta soudain et lui fit face.) Regarde-moi.

– Je ne peux pas. (Fletch se plaqua une main sur les yeux afin de leur épargner l'affreux spectacle des peintures de guerre.) Tu es trop moche.

– Me voilà dans une rue de Key West, un merveilleux patelin où l'on peut respirer à s'en faire péter la cage thoracique sans demander l'avis de personne. Pourtant, si ta lâcheté fondamentale ne t'empêchait pas d'affronter la réalité en face, tu constaterais que même ici, je suis soumise à un statut particulier.

– C'est la situation qui est particulière. Il y a eu meurtre.

– Et alors? Si Mme Lopez était impliquée dans une affaire de meurtre, elle serait libre de traverser toute la ville dans les deux sens sans être obligée de se faire la tête de Miss Piggy. (Ils atteignirent un carrefour. Le soleil leur sauta au visage.) Ce n'est jamais qu'une question de potentiel créatif, reprit Moxie avec force. D'où vient qu'à cet égard, certains soient mieux lotis que d'autres? Et comment tirer le meilleur parti de ce potentiel? Quand il fatigue, comment le régénérer? Voici l'éternel casse-tête dans lequel se débattent tous les créateurs. Cette petite étincelle, c'est notre capital; nous devons la protéger à tout prix. Parfois, le remède est pire que le mal. Vois le cauchemar où s'enlise Gerry Littleford. Pour préserver la grâce fragile dont nous sommes dépositaires, nous sacrifions tout, à commencer par ce que les autres appellent « une vie normale » : un foyer, des enfants. Comme si nous avions le choix. Nous ne sommes pas des géants, et les journées ne sont pas assez longues.

Ils déambulaient main dans la main sous les palmiers de Whitehead Street. Pendant un long moment, ni l'un ni l'autre n'eurent envie de rompre le silence. Puis elle laissa retomber sa main.

– Je viens seulement de comprendre le sens de ta question. Tu voulais savoir si leurs différences autorisent les artistes à commettre un meurtre.

– Ne pleure pas, dit Fletch. Tu vas creuser des rigoles dans ta façade.

– Je ne l'ai pas tué. Tu dois me faire confiance. C'est important pour moi.

– Je sais.

– Fichtre! s'exclama Moxie. En l'honneur de quel événement, tout ça?

– Coucher de soleil par temps clair.

Les quais grouillaient de monde. Admirative, attentive ou simplement curieuse, la multitude s'ordonnait en cercles fluides autour de nombreuses attractions séparées par de vastes « intervalles de tolérance réciproque ». Trois orchestres offraient la sérénade : rock, country et quatuor à cordes. A côté d'un jongleur d'oranges, une troupe d'acrobates jonglaient dans un parfait ensemble. Charlie Chaplin trottinait d'un groupe à l'autre, cinglant de sa badine les mollets des petites filles. Non loin d'un jeune homme sérieux qui prêchait la Parole du Seigneur, un autre jeune homme sérieux arborant un brassard rouge frappé du svastika prêchait l'extermination des Juifs, des nègres et des communistes. Entre les deux, un troisième jeune homme hilare exhortait les passants à glorifier le hulla-hoop.

Fletch et Moxie se fondirent dans la foule bigarrée, diaprée et fourmillante. Appendice absurde, la boucle des Keys déploie son arabesque unique dans le prolongement de la côte est de la Floride. Ultime grain du chapelet, Key West recueille le nectar et la lie de tout le continent nord-américain. Aucun autre récif ne peut s'enorgueillir de supporter autant d'intellos de choc et de paumés au kilomètre carré. Ils ont tous les âges. Ils ont réussi ou ils ont foiré. Certains sont arrivés. Ils sont arrivés depuis si longtemps qu'ils ont même oublié pourquoi et où; d'autres piétinent; d'autres encore ne quitteront jamais la case départ. Des solitaires en grand nombre s'y côtoient sans jamais se rencontrer. Les familles sont là aussi, avec ou sans descendance, avec ou sans col blanc, et, comme partout, de Rome à Rangoon, de Rio à Zanzibar, les shootés, les fourgues, les maquereaux, les dingues, les assassins, multitude aux visages terribles, matière humaine épaisse et fuyante vaquant à de secrètes et inéluctables occupations sur fond de soleil agonisant.

– Le crépuscule doit être bien content, dit Moxie. Quel succès!

– C'est comme ça tous les soirs. Ils espèrent tous apercevoir le rayon vert. A Key West, seul un ouragan peut vraiment vider le front de mer à la tombée du jour.

Ils écoutèrent les musiciens et les autres, les histrions, les ratiocineurs. Ils regardèrent les bateleurs et se retrouvèrent assis au bord du quai, jambes ballantes.

– Cette foule, plus irréelle qu'un peuple d'ombres... je ne sais pas pourquoi, ça me flanque un de ces cafards, dit Moxie.

– A propos d'ombres, j'ai une question à deux balles : qui sont le ou les producteurs de *Cauchemar d'une nuit d'été*?

– Steve Peterman.

– Ne m'avais-tu pas laissé entendre qu'il était producteur exécutif?

– Il cumulait les deux fonctions. Il y avait un autre producteur sur l'affaire, Talcott Cross. Je ne l'ai jamais rencontré. Il s'est occupé de la distribution, des repérages. Son boulot est terminé depuis longtemps.

– Où peut-on le trouver?

– A Los Angeles, comme il se doit. Il habite *Hollywood Hills.* Steve détenait, en fait, la totalité du pouvoir. Aussi longtemps qu'a duré le tournage, il ne nous a pas lâchés d'une semelle. Il avait l'œil sur tout.

– Plus précisément, lequel des deux producteurs a engagé Geoff McKensie, puis Sy Koller?

– Cross avait engagé McKensie. Peterman l'a balancé.

– Peterman a donc engagé Koller. Comment ça s'est passé avec Cross? Il n'a eu qu'à la boucler?

– Cross faisait figure d'employé. Il avait été embauché pour faire le travail de production qui rebutait Peterman ou dont il n'avait pas le temps de s'occuper.

– Cross était-il intéressé aux bénéfices?

– Je pense. Moins que Steve, cela va sans dire.

Une jeune fille en soutien-gorge rose et jean coupé au-dessus des genoux s'était assise à quelques mètres d'eux. Elle dévisageait Moxie avec une attention méfiante.

– Qu'est-ce qui conférait autant de poids à Peterman?

– Quand comprendras-tu? Les financiers. Les puissances occultes qui aboulent le fric. Les ombres.

– Bien. Les ignorants de mon acabit s'imaginent un tas de choses. Par exemple, que le boulot d'un producteur consiste à réunir les fonds nécessaires.

– Un producteur a bien d'autres responsabilités.

Une poignée de copains avaient rejoint la jeune fille au bermuda. Sans quitter Moxie des yeux, elle chuchota quelque chose à l'oreille de son voisin.

– Steve Peterman était-il chargé de la collecte des fonds, oui ou non?

– En l'occurrence, le bailleur s'appelait les *Productions Fantoches, Inc.* Jusqu'où l'humour ne va-t-il pas se nicher!

– Qui sont-ils?

– Une petite compagnie indépendante, semblable à des milliers d'autres. Elles prolifèrent sur toute la surface de la planète.

– Les Productions Fantoches? Jamais entendu parler. Ont-elles déjà financé des films?

– Je n'en sais rien. Il pourrait s'agir d'une association de dentistes cinéphiles qui auraient mis leurs économies en commun pour investir dans l'industrie du spectacle. A moins que ce ne soit encore une filiale d'I.T.T. Je m'en fous.

Enorme orange incandescente, le soleil se posa doucement sur l'horizon. Il s'aplatit aussitôt.

– Désinvolture troublante, tu avoueras. Les acteurs sont-ils toujours aussi peu soucieux de connaître l'identité de leur producteur?

Moxie suscitait un intérêt croissant chez les garçons et les filles de la petite bande voisine. Elle haussa les épaules.

– Mon producteur, je croyais le connaître sur le bout des doigts. C'était Steve Peterman.

Le globe resplendissant sombrait comme un navire. Il n'y eut bientôt plus qu'une calotte écarlate. Puis il n'y eut plus rien. Dans le port, le sloop *Providence* tira un coup de canon et baissa les couleurs.

Un tonnerre d'acclamations salua la descente de la bannière étoilée. Le soir pouvait tomber.

Fletch remonta ses jambes sur le quai et se leva d'une détente.

– Rentrons.

– Déjà? Mais c'est après la disparition du soleil que les nuages s'embrasent vraiment.

– Où vois-tu des nuages?

Moxie contempla le ciel.

– Tu as raison. Pas le plus petit cumulus. Je me sens plutôt bien. Pourquoi rentrer si tôt?

La jeune fille au bermuda sauta sur ses pieds. Les autres l'imitèrent.

– Allons-y, dit Fletch. Nous marcherons lentement.

Moxie se leva sans hâte. La petite bande se mit en mouvement vers elle. Formation au carré.

– Si tu crois qu'on n'a pas remarqué ton manège, dit la fille au bermuda.

Moxie s'agrippa au bras de Fletch.

– Tu essayes de te faire passer pour Moxie Mooney.

Des rires fusèrent.

– On dirait que c'est raté, dit Moxie.

Les rires redoublèrent.

– Pour commencer, Moxie Mooney ne se collerait jamais toutes ces tartines sur la figure, fit observer la groupie hardie avec sévérité. Elle est nature. Pas de maquillage.

– Tu l'as déjà vue? demanda Moxie.

– En vrai? Pas encore. Mais tout le monde sait qu'elle se trouve à Key West en ce moment.

– Pour moi, elle a fichu le camp à Stock Island, marmonna son copain. Loin des emmerdeurs. Elle a démoli un type.

Fletch sentit se contracter la main de Moxie.

– Vous le croyez donc? murmura-t-elle. Vous croyez vraiment que Moxie Mooney a tué quelqu'un?

– Pourquoi elle n'aurait pas tué quelqu'un? Qu'est-ce que ça change?

– En tout cas, je veux la voir et je la verrai, annonça la jeune fille hardie.

– Bonne chance, dit Fletch.

Il tira sur la manche de Moxie.

Ils s'éloignèrent sous les regards perplexes de la petite bande.

– Quand on vous voit de dos, comme ça, vous avez vraiment quelque chose d'elle, lança une fille.

Moxie se retourna une seconde.

– Merci! Merci bien. Vous parlez d'un compliment, ajouta-t-elle pour elle-même.

Ils étaient de retour dans Whitehead Street. Le ciel se teintait de rose.

– Pour en revenir à ton père, déclara Fletch de but en blanc, ça m'a fait rudement plaisir de discuter un peu avec lui.

– Dirait-on pas que tu t'es pris d'affection pour ce vieux picoleur?

– J'ai beaucoup d'admiration pour lui, en effet.

– Il a eu ses bons moments, concéda Moxie.

– Il est drôle. Il est à la fois Lear et le bouffon de Lear.

– Après avoir déclamé pendant tant et tant d'années, il ne peut pas ouvrir la bouche sans donner l'impression que les mots qui vont en sortir ont été inventé pour son usage personnel. *Bonjour,* dit-il, et ces deux syllabes insignifiantes résonnent à nos oreilles comme la promesse d'une journée de lait et de miel. On se sent obligé d'y croire. C'est là sa force.

– D'où lui vient ce soudain intérêt pour sa fille?

– Et toi, d'où sors-tu ces réserves inépuisables de naïveté? Freddy ne s'intéresse pas à moi. Il a simplement décidé de se faire prendre en charge. Je suis sa dernière cartouche, en quelque sorte. Plus personne ne veut travailler avec lui.

– Comment se sont effectuées les retrouvailles? A-t-il téléphoné un beau matin? Non, sûrement pas. Le mode épistolaire semble plus approprié quand il s'agit d'établir un bilan. Le bilan d'une longue absence, en l'occurrence. Raconte-moi.

– Il n'y a eu ni coup de fil, ni lettre. Simplement, il s'est installé chez moi, à New York. Je n'étais au courant de rien. Je l'ai découvert en débarquant à l'improviste il y a quelques semaines, dans les circonstances dramatiques que tu sais. On trébuchait sur les vêtements épars et les cadavres de bouteilles. Au milieu du désastre, j'ai trouvé un vieux bonhomme hébété, abruti de cognac, qui regardait des dessins animés à la télé. Je l'ai fourré au lit comme j'ai pu.

– Le plus grand acteur shakespearien de notre temps collé devant la télé! Quelle ironie!

– J'avais d'autres chats à fouetter. Des heures durant, je me suis égosillée au téléphone pour essayer de mettre la main sur Peterman.

– Lui avais-tu donné une clé de l'appartement?

– Penses-tu! Freddy n'avait jamais manifesté le moindre désir de venir à la maison. On se voyait si rarement.

– Comment est-il entré?

– Le concierge lui a ouvert. Après tout, on ne

laisse pas Frederick Mooney sur le trottoir. Même sans ça, tout le monde sait qu'il est mon père, et je n'ai jamais donné de consigne particulière, du genre « si vous voyez arriver un vieillard hirsute avec des bouteilles qui dépassent de ses poches, flanquez-le dehors à coups de pied dans le derrière! ». Il ne pouvait tout de même pas laisser ce génie vociférateur semer la panique dans le vestibule.

– Exemple frappant de traitement de faveur. Tu diras ce que tu voudras, tu me mettras dans le même sac que les gosses de tout à l'heure, mais je suis plutôt fier de connaître Frederick Mooney. C'est un type formidable. Ça me fait quelque chose de le côtoyer, de pouvoir lui adresser la parole, même si le vieux grigou s'obstine à me prendre pour un macchabée.

Moxie lui pinça le bras.

– Rudement appétissant, pour un macchabée. Evidemment, si tu continues à me faire signer des trucs dans le noir... qui sait ce qui peut t'arriver.

– Peu d'hommes peuvent se vanter d'avoir eu une vie aussi bien remplie.

– Qu'aurais-tu fait à ma place? Il a bien fallu l'emmener. Impossible de le laisser moisir entre quatre murs à New York. C'est comme ça qu'il s'est retrouvé à Fort Myers.

– Tu lui as noué sa cravate et hop, dans l'avion?

– Les passagers de première n'en croyaient ni leurs yeux ni leurs oreilles. Il était paf, comme il se doit. Une gamine de douze ans était assise de l'autre côté de l'allée. Freddy s'est mis en tête de lui raconter *Pygmalion*. Cinq minutes après, tout l'avion était au courant. Il imitait les onomatopées d'Eliza Doolittle. Puis ce fut au tour d'Higgins, le paternel. Il jouait tous les personnages à la fois. Il a enchaîné sur la bande-son de *My Fair Lady*. Tous les airs ont défilé. *Get me to the church, get me to the church, get me to the church on time*! Dans l'allée, on se marchait sur les pieds. Les passagers de seconde affluaient.

– Formidable!

– Grotesque!

– Demande à la petite fille. Demande à tous ceux qui se trouvaient là, de 7 à 77 ans. Ils ne sont pas près d'oublier Frederick Mooney leur offrant un *One Man Show* à trente mille pieds d'altitude.

– C'est dingue, je te dis. Dingue! Dingue! Dingue!

– Et moi je trouve ça formidable.

– Tous ces gens attroupés dans l'allée, au mépris des règles de sécurité les plus élémentaires...

– L'art a ses raisons. Sur ce point, au moins, je suis convaincu.

– Regarde ce qu'il est devenu. Un vieux clodo ravagé.

– Oserais-tu prétendre que tu ne ressens rien pour lui?

– Je l'aime comme j'aime Los Angeles. Moins je le vois, mieux je me porte.

18

Le repas du soir se composa d'une bouillabaisse, de beignets de tortue au marsala et d'une tarte au citron, spécialité maison. Grâce aux talents de Mme Lopez, les hôtes de la Maison Rose savourèrent le meilleur gueuleton de Key West.

Avant de passer à table, Lopez informa Fletch que *Global Cable News* avait appelé plusieurs fois. Fletch remercia et s'empressa d'oublier ce qu'il venait d'entendre.

On en était aux beignets, sauf Mooney qui chipotait sa bouillabaisse. Il se pencha vers Moxie.

– ... *Pourtant, tu es ma chair, et mon sang, et ma fille... Ah, bien plutôt le mal qui habite ma chair, et que je suis forcé de reconnaître mien.*

– Lear! Encore et toujours. En voilà assez!

– Freddy est un vieux gentleman très lyrique, susurra Edith Howell.

– Et vous, madame, vous êtes une outre pleine de vent.

– J'avais deviné que Dan Buckley et Steve Peterman étaient en cheville, dit Sy Koller. Buckley en voulait à Peterman.

Il récapitula sa théorie du meurtre, à une variante près : peut-être Peterman avait-il entraîné Buckley dans une magouille illégale...

Moxie se tint coite. Elle n'avait pour ainsi dire pas

ouvert la bouche depuis le commencement du repas.

– Marge Peterman, déclara Stella Littleford, plus chafouine encore qu'à l'ordinaire, couvant son mari du regard lugubre d'une femme accablée par la vie.

Le plongeon dans les vagues dorées du golfe du Mexique n'avait pas complètement débroussaillé Littleford. Nerveux, les lèvres figées en un simulacre de sourire, il parlait peu et restait sur ses gardes.

– A force d'encaisser, murmura Stella, une femme en arrive à ne plus considérer le divorce comme une solution adéquate. Depuis combien de temps les Peterman étaient-ils mariés? Dix ans? Je n'avais encore jamais rencontré Marge Peterman. J'ignorais jusqu'à son existence. Depuis dix ans, Peterman parcourait le monde, couchait avec n'importe qui et n'en faisait qu'à sa tête.

– Qu'en penses-tu, Moxie? demanda Fletch. Peterman avait-il l'habitude de coucher avec n'importe qui?

Moxie dépeçait son beignet. Elle y mettait beaucoup de délicatesse et d'attention.

– Steve ne pensait qu'au fric, fit-elle sans lever les yeux. C'était aussi l'homme le plus bavard que j'aie connu. Or, il ne parlait jamais d'autre chose. Le fric.

– Il advient que les épouses les plus patientes se lassent d'être considérées comme quantité négligeable. Elles en ont marre d'être traitées par-dessus la jambe, marre d'être tirées à hue et à dia quand elles ne sont pas cantonnées à la niche. Lorsque la coupe déborde, certaines trouvent assez d'énergie pour buter un salopard.

– Ne cherchez plus, ricana Littleford. C'est Stella qui a tué Peterman. Par esprit de solidarité vis-à-vis de sa femme.

Stella rougit jusqu'aux oreilles.

– Très bien. Explique-moi ce qu'elle faisait à Bonita Beach? Pourquoi cette soudaine apparition alors qu'aucun battement n'était prévu au programme et que son mari ne devait pas avoir une seconde à lui consacrer avant plusieurs semaines?

– Si je vous suis bien, dit Fletch, Marge Peterman aurait pris la décision de venir sur le tournage pour en finir avec Steve?

– Ça crève les yeux.

Fletch promena un regard circulaire.

– L'un d'entre vous sait-il si l'on attendait l'arrivée de Marge Peterman?

– A ma connaissance, non, dit Sy Koller. Quand ils sont sur un film, la plupart des réalisateurs... (son regard effleura McKensie)... préfèrent ne pas avoir leur épouse auprès d'eux. L'idéal serait d'interdire l'entrée du plateau à toutes les personnes étrangères à l'équipe. (Il considéra Frederick Mooney, qui clignait des yeux vers son assiette, puis Stella Littleford, cette dernière avec insistance.) Les éléments extérieurs représentent presque toujours une source de distraction, voire de perturbation dont le travail risque de se ressentir. C'est déjà assez difficile d'avoir à se coltiner les états d'âme de tous les collaborateurs, à commencer par les comédiens, sans que les époux, les épouses, les copains, les oncles, les tantes et toute la smala des parasites (nouveau coup d'œil appuyé sur Mooney) ne viennent ajouter leur grain de sel au psychodrame permanent que constitue le tournage d'un film. *Tu étais ab-so-lu-ment génial!* s'écria-t-il d'une voix théâtrale. *Tu étais archi-nul. Ça va faire un bide*, et tu étais ceci, et tu étais cela... *Dieu, quelle sale gueule tu te payes ce matin!... et fais-moi voir... on dirait qu'une affreuse pustule est en train de te pousser sous le nez! Ça me fait penser, tu devrais dire à Sy Koller que la scène d'hier manquait de punch. C'est mou, c'est avachi. Dis-lui de se remuer un peu les méninges. Tu es la vedette, non? Qu'il t'arrache de là en beauté!* Pauvre réalisateur! (Koller éclata d'un gros rire espiègle.) Ne croyez surtout pas que je profite de votre question pour enfourcher mon cheval favori. Ce n'est pas le cas. Ce dont je suis sûr, c'est que Steve Peterman n'aurait jamais demandé à sa femme de le rejoindre. Sur ce point, tout au moins, nous étions d'accord. En échange du sacrifice que représentaient deux mois de séparation, ma femme a exigé un voyage en Belgique. Elle a de la famille là-bas. Si Peterman s'était douté que sa femme avait l'intention de venir, il aurait tout fait pour l'en dissuader.

– Elle commençait peut-être à se sentir à l'étroit dans son chinchilla, riposta Stella d'un ton acerbe. En tout cas, elle est venue. La suite des événements a montré que même une Marge Peterman pouvait avoir de la suite dans les idées.

Gerry pouffa.

– Où se trouvait-elle pendant l'enregistrement du *Dan Buckley Show*? demanda Stella, glaciale.

– Avec moi, dit Fletch.

– Tiens! Et d'abord, qui êtes-vous?

– Personne.

– Il est notre hôte, dit Edith Howell. Quelqu'un pourrait-il me passer le vin, s'il vous plaît?

– Et plus tard? reprit Stella. Souvenez-vous, nous l'avons trouvée au fond du parking, derrière une caravane.

– Avec moi, répéta Fletch.

– M'avait tout l'air de se cacher, marmonna Stella.

Gerry Littleford posa ses couverts en croix sur son assiette.

– La question est réglée. Stella a poignardé le vieux bouc. Un ban pour le Women's Lib.

Les yeux mi-clos, Frederick Mooney dodelinait de

la tête. Le plus souvent, le contenu de sa fourchette arrivait à destination. Les buts manqués s'inscrivaient sur sa chemise.

– Je pense aux financiers, dit McKensie.

– Excellente idée! s'exclama Moxie. Parlons un peu des vrais croque-mitaines.

McKensie lui jeta un regard farouche. En authentique taciturne, à présent qu'il était décidé à l'ouvrir, l'Australien exigeait une attention absolue. Il attendit donc que le silence se fît. Quand il se mit à parler, ce fut sur un ton de courtoisie badine tout à fait hors de propos, compte tenu des flèches empoisonnées qu'il décochait à la ronde.

– J'ai réfléchi. Je me suis demandé à qui le crime profitait le plus. Or, que faisait Peterman? Il massacrait le film. Il en faisait de la charpie, littéralement. A l'origine, la boîte avait engagé un réalisateur de tout premier plan, Geoff McKensie. Je n'avais accepté qu'avec l'assurance d'avoir toute liberté pour remanier le scénario. J'ai travaillé dessus pendant un mois. Je débarque en Californie avec mon épouse, dont je ne me sépare jamais. Je revois la nouvelle version avec Talcott Cross. Ça nous prend une semaine, dix heures par jour. Il est d'accord sur presque tout. Naturellement : c'est un vrai professionnel. L'épreuve définitive du scénario sous le bras, j'arrive dans ce camp d'entraînement bétonné qui sert de Walhalla aux Américains...

– La Floride, sans doute, chuchota Fletch à l'oreille de Moxie.

– Et là je tombe sur Peterman qui se roule allégrement dans la fange comme le porc qu'il était. Tout ce que touchait Peterman se transformait en fumier, ainsi le veut le mimétisme.

Le visage de Sy Koller avait pris une teinte sombre.

– En d'autres termes, il vous a jeté.

– Je pense bien, dit McKensie. Pour me remplacer par un incapable, un vieux croûton qui n'avait pas tourné un seul plan correct en dix ans. Et qu'a fait le vieux croûton? Il s'est mis en devoir de tourner le scénario original comme si on pouvait en tirer quelque chose de bien. On ne peut pas.

– Excusez-moi si je ne prends pas mon café avec vous, dit Sy Koller sans bouger. (Il était cramoisi.)

Edith Howell posa les mains à plat de part et d'autre de son assiette.

– Soyez raisonnable, Geoff. Après l'épouvantable tragédie qui avait coûté la vie à votre femme, il était hors de question que vous assumiez la mise en scène du film. Personne n'aurait songé à vous le demander.

– Je ne connais rien aux us et coutumes des yankees, reprit McKensie sans même la regarder. Avec un peu de chance, je ne moisirai pas assez longtemps ici pour en avoir le cœur net. Mais chez moi, chez ces péquenots du bout du monde, quand il arrive un coup dur à quelqu'un, on le laisse souffler. On lui accorde un peu de temps pour récupérer. Un délai de grâce. Son travail de deuil accompli, on le remet doucement en selle. Voilà comment ça se passe chez moi.

– Pourquoi rêver? dit Littleford. Après l'accident, bien sûr, vous n'étiez pas en état de travailler, mais vous ne l'êtes toujours pas. Et qui songerait à vous le reprocher?

McKensie le dévisagea comme s'ils croisaient le fer. Le coin de sa bouche frémit légèrement.

– Laisse-moi te dire une bonne chose, *fiston.* Ta seule chance d'en sortir indemne, c'était de tourner mon scénario, avec moi derrière la caméra. Mais vu la façon dont les choses se passent, ajouta-t-il en agitant le pouce du côté de Koller, attends-toi à perdre un maximum de plumes.

Fletch fixait sur Moxie des yeux lourds de reproche. *Tu l'as cherché. Est-ce qu'on invite deux réalisateurs en même temps?*

– Je ne suis pas chez moi, reprit McKensie. Je suis chez vous. (Il cracha le mot comme un postillon.) Que s'est-il passé? Le lendemain du décès de ma femme, le tournage fut interrompu, cela allait de soi. Comme dit Littleford, je n'étais pas en état. Le soir même, je dis bien le soir même, arrive en catastrophe un réalisateur rétamé depuis des lustres que Peterman avait fait venir sans demander l'avis de personne. Mon scénario file au panier. On exhume la première version et le lendemain, tous comme un seul homme, vous commencez à tourner sous la direction de Koller. Sans même attendre que l'enterrement ait eu lieu.

– Sur ce dernier point, dit Moxie, j'en avais parlé à Steve. Je trouvais ça dégueulasse. J'ai tenté de le convaincre de différer le tournage.

– Quelle grossièreté! dit McKensie sur le même ton uniforme. Ma femme était quelqu'un de très bien. Elle méritait qu'on lui témoigne du respect.

– J'en suis sûre, murmura Edith Howell. Je regrette tellement que nous n'ayons pas eu le temps de faire connaissance.

– La réaction de Steve était prévisible, enchaîna Moxie. Un film, c'est tant de millions de dollars par jour. Est-ce qu'on va foutre en l'air tant de millions de dollars pour permettre à toute l'équipe de se tourner les pouces en attendant de défiler devant un cercueil?

– Se tourner les pouces! éructa McKensie. Moi, j'appelle ça un geste élémentaire de courtoisie à l'égard du veuf. Du reste, votre attitude ne m'a surpris qu'à moitié. Depuis mon arrivée dans ce pays, j'ai été frappé par la sauvagerie qui régit les rapports humains dès que l'argent est en jeu.

– Il m'a balancé quelques chiffres à la figure. Les investisseurs allaient faire un foin de tous les diables si nous fermions boutique pour quelques jours.

– Nous y voilà, dit McKensie. Les investisseurs. Ces phénomènes qui avancent masqués. Et s'ils avaient plus de discernement que ne le supposait Peterman? Il se trouve que j'ai un peu pratiqué ces gens-là. Je sais comment ils raisonnent. Souvenez-vous : *Réussi ou pas, débrouillez-vous pour que le film soit dans la boîte samedi, dernier délai.* Des ultimatums de ce genre, on devait en entendre cinq à la minute dans les couloirs de Hollywood, pendant l'âge d'or. C'est fini, ce temps-là. Il y a belle lurette que les investisseurs ne tiennent plus le même langage. Pourquoi? Parce que les films coûtent trop cher. Ils ne sont pas fous. Ils préfèrent limiter les risques d'échec en lançant sur le marché un produit de qualité, potentiellement rentable, plutôt que d'expédier en vitesse une saloperie indigne d'être touchée même avec des pincettes.

Le visage de Koller avait épuisé toutes les nuances du spectre. Il virait doucement au gris cendré.

– Dites donc, McKensie, si vous aviez une si piètre opinion du scénario de *Cauchemar d'une nuit d'été*, pourquoi avoir accepté de le tourner?

– Vous n'attendez tout de même pas que je vous réponde en toute sincérité?

Koller leva les mains et les laissa retomber comme si elles venaient de mourir à l'instant même.

– Franchement, au point où nous en sommes, je m'attends à tout.

– C'était pour moi l'occasion inespérée de réaliser un film aux Etats-Unis. J'étais naïf. Je croyais pouvoir convertir du plomb en or. Je m'en sentais capable. (McKensie se laissa aller contre son dossier. Lopez débarrassait.) Tout ça pour dire... si j'avais investi de l'argent dans cette affaire, et que l'on m'eût tenu au courant de la manière dont les choses se passaient, j'aurais tout fait pour éliminer Peterman. Tout.

– Mais justement, il n'y avait pas d'intrus sur le tournage, fit observer Gerry Littleford. Ni espion ni exécuteur. Il n'y avait que nous. Bon Dieu, les consignes de sécurité étaient assez strictes!

– Foutaises. Au moment du meurtre, une nuée de représentants de la presse, authentiques ou présumés, s'est abattue sur le plateau. Ne me dites pas qu'un tueur professionnel n'aurait pas pu se glisser au milieu d'eux.

– Me revoilà sur la sellette, dit Fletch.

McKensie se tourna vers lui.

– Vous êtes journaliste, paraît-il? Où planquez-vous votre machine à écrire? Je ne l'ai pas trouvée, et ce n'est pas faute d'avoir cherché. J'ai même fouillé votre chambre. Pas le moindre calepin, pas de stylo, encore moins de caméra...

– Ça fait mauvais effet, j'en conviens.

– Peut-on savoir dans quel but vous étiez venu à Bonita Beach?

– Consignes de sécurité ou pas, je confirme qu'on entrait à peu près comme on voulait, à condition de montrer patte blanche. Cette petite difficulté n'a jamais empêché personne de commettre un meurtre. Là-dessus, McKensie a raison.

Le silence se fit, mais quiconque regardait Koller sentait venir l'explosion. Il portait maintenant sa rage comme une camisole de force invisible dont il s'efforçait de faire sauter les liens. Une seconde avant qu'il y parvînt, tout le monde put l'entendre prendre son souffle.

– Geoff McKensie! tonna-t-il. Vous êtes une lope, un ringard, un fricoteur de quatre sous! Ou plutôt vous n'êtes rien. Vous me faites rigoler. Qu'avez-vous fait jusqu'à présent? Trois films. Trois! Tellement microbes qu'il faudrait une loupe pour les voir. Trois brimborions frimeurs qui tiennent avec de la ficelle et du chewing-gum. Voilà le bilan d'une vie entière. Personne pour lui gueuler après, personne pour lui appuyer le canon d'un revolver sur la tempe, peinard, les doigts de pied en éventail. Monsieur réalise trois films. Sacrebleu! Votre public, on le caserait dans un minibus, et sans pousser, encore! Et ne demandez surtout pas à ces pauvres bougres s'ils ont pigé quelque chose à vos petites divagations narcissiques. Ne demandez rien. Cadenassez vos quarante spectateurs de peur qu'ils ne s'éveillent brusquement avec l'envie de se cavaler en catimini. Le *nec plus ultra* du cinéma australien. Je parie que les petits mecs branchés de Melbourne en restent comme deux ronds de flan. Alors forcément, ça joue les dessalés, ça se prend pour un auteur. Un Auteur, avec un grand A. Je ne rigole plus. Je pleure. Vous savez combien j'ai réalisé de films, McKensie? Autant que vous avez rassemblé de spectateurs. Quarante. Vous me direz, dernièrement, j'ai pris cinq vestes consécutives. Reste trente-cinq. Trente-cinq, McKensie! Depuis le temps qu'on vit ensemble, rien qu'en m'écoutant, ma femme a plus appris sur le cinéma que vous n'en saurez jamais, et Dieu sait, à l'époque où on me foutait la paix, j'ai fait quelques films dont j'ai lieu d'être fier. Rien ne remplace le métier, McKensie. Moi, au moins, quand je tourne les scènes nocturnes de *Cauchemar d'une nuit d'été,* je laisse au spectateur une petite chance de discerner ce qui se passe sur l'écran. Avec vous, les malheureux n'auraient même pas assez de lumière pour trouver la sortie. (Koller expira bruyamment par la bouche.) Une dernière chose. N'allez surtout pas vous monter le bourrichon sous prétexte qu'on ne vous a pas encore renvoyé sur votre dernier rivage à grands coups de botte dans le train. C'est comme si nous l'avions fait, n'est-ce pas?

L'Australien ne semblait pas ému le moins du

monde. Il dégustait sa tarte au citron. Pendant quelques instants, les seuls bruits que l'on put entendre furent ceux que produisait McKensie en dégustant sa tarte au citron.

– Pardonnez-moi si je change de sujet, dit Edith Howell, mais je commence à être sérieusement inquiète au sujet de John. Fred, vous disiez qu'il était allé faire une course?

– En effet. Une course à New York. Il en a pour une minute.

– A New York? s'exclama l'actrice. Il ne m'en a rien dit.

– Moxie l'a chargé d'une commission. Un chic type, John Meade. Il ferait n'importe quoi pour elle.

– Monsieur McKensie! glapit Mooney, s'adressant au plafond. Monsieur Peterkin m'apprend que vous serez bientôt chef opérateur sur un film de William Shakespeare intitulé *Le Songe d'une nuit d'été.*

Des regards s'échangèrent, perplexes, ironiques, soulagés.

– T.N.T., fit doucement Moxie.

– Si cela était, continua Mooney, les yeux dans ceux de Sy Koller, je vous serais très obligé si vous m'obteniez un rôle, si modeste fût-il...

Gerry Littleford ricanait derrière sa main.

– Obéron est exclu, je m'en doute. Je n'ai plus la jambe assez leste. Mais si vous prenez la peine de reconsidérer la question, vous conviendrez que je ferais encore un Thésée très convenable. Je l'ai déjà joué, d'ailleurs, et si on me demande mon avis, Philostrate est un personnage épatant. J'ai toujours eu un faible pour Philostrate.

– Assez, T.N.T.

– Que veux-tu, ma petite fille. Ils m'ont rayé des listes. C'est la faute de mes agents, aussi. A force de faire monter les enchères... Si je devais payer ce prix-là pour m'avoir, je n'essaierais même pas. Mais pour jouer les seconds couteaux dans un film de William Shakespeare, il y a sûrement moyen de s'arranger. Sacré McKensie! Vous avez de la veine. (Il adressa à Koller un sourire enjôleur.) On peut dire que vous m'attrapez au vol. Avec tous ces engagements qui affluent...

– Vas-tu enfin la boucler? hurla Moxie. Vas-tu enfin comprendre que plus personne ne veut de toi? (D'une secousse, elle recula sa chaise.) Sais-tu ce que tu es? Un revenant, une baudruche gonflée de ses propres souvenirs. Au placard!

– Moxie... dit Fletch.

Elle sauta sur ses pieds. La chaise vacilla.

– J'ai une meilleure idée. Tu as édifié ton propre petit cabanon intérieur, n'est-ce pas? Tu as passé des années à le fignoler. Mais pourquoi ne vas-tu pas rejoindre maman dans le cabanon grandeur nature où tu l'as planquée? Sois sans crainte. La pauvre ne te reconnaîtra même pas!

Elle quitta la pièce.

– Chapeau, grommela Stella Littleford. Ses sorties s'améliorent au fil de la journée. Le coucher promet d'être spectaculaire. J'ai hâte de voir ça.

– Vous avez remarqué? dit Gerry. Cette fois, elle n'a même pas claqué la porte.

– Très réussi, approuva Koller, ses yeux rêveurs fixés sur l'assiette de Moxie. Produire un effet de claquement de porte sans claquer la porte. C'est comme la chaise. Elle a donné l'impression de la renverser rien qu'en la bousculant.

– Quelle porte? demanda Fletcher. Il n'y en a aucune.

– L'autre porte, murmura Koller. Celle que nous avons dans la tête.

– J'ai mis ma fille dans l'embarras, dit Mooney avec componction. Elle refuse d'admettre que son père en soit réduit à jouer les utilités. Sans doute a-t-elle oublié, si elle l'a jamais su, que j'ai dû faire la pute un nombre considérable de fois pour maintenir ma carrière à flot.

– Du café, quelqu'un? demanda Fletch.

Lopez venait d'entrer avec le plateau portant les tasses ainsi qu'un grand pot de faïence blanche.

– *Global Cable News*, annonça-t-il. Ils viennent de rappeler. Un M. Fennelli. J'ai dit que je transmettrai.

– Merci. (Fletch adressa un sourire à la ronde.) Pour l'instant, je ne vois rien d'intéressant à leur signaler.

19

Après le café, Fletch se replia dans la salle de billard. McKensie s'y trouvait déjà, en train de jouer contre lui-même. Fletch alla chercher une queue au râtelier. L'Australien rassembla les billes dans le triangle. Durant les dix premières minutes de la partie, ils n'échangèrent pas un mot. McKensie était excellent.

– Je vous présente mes excuses, dit-il soudain. Je me suis comporté comme un rustre.

– Pensez-vous. Vous en aviez gros sur le cœur. Il fallait vous soulager.

McKensie eut un rire bref et sans joie.

– Qu'allez-vous penser des Australiens!

– La même chose qu'avant. Vous serez toujours nos cousins préférés.

Fletch joua. La blanche évolua gracieusement, évitant toutes les billes qui se trouvaient sur son parcours. McKensie en fit tomber deux dans les poches et rata le coup suivant. Fletch marqua, puis échoua, laissant à son adversaire une table toute servie, la blanche au centre d'un magnifique éparpillement. McKensie n'avait plus qu'à les blouser l'une après l'autre. Il mit du bleu, assura ses pieds, posa sa main sur le tapis et se mit au travail. Fletch raccrocha sa queue.

– Toutefois, je voudrais vous poser une question,

dit-il. Ces choses que vous avez dites, les pensiez-vous vraiment ou n'était-ce qu'une argumentation polémique destinée à ratatiner Koller? Vous croyez que Peterman s'est fait refroidir par quelqu'un des Productions Fantoches?

– Je n'affirme rien. Ce qui est vrai, c'est que Koller a connu des jours meilleurs. C'était il y a longtemps, avant qu'il ne jette sa conscience professionnelle par-dessus bord, avec une pierre au cou. Aujourd'hui, il est prêt à tourner n'importe quoi du moment qu'il y a un peu de blé à la clé. Le plus triste de l'affaire, c'est qu'il sait à quoi s'en tenir. J'ajoute que Peterman bousillait le travail comme il n'est pas permis. Son meurtrier a fait œuvre de justice.

McKensie achevait de nettoyer la table.

– Selon vous, murmura Fletch, Peterman sabotait le film en connaissance de cause?

– Il n'aurait pas agi autrement. Ne me demandez pas pourquoi. A première vue, ce gâchis n'a aucun sens. Personne n'aime fiche de l'argent par les fenêtres.

La blanche restait seule sur le tapis. McKensie rangea sa queue au râtelier. Fletch l'aida à recouvrir la table.

– Un dernier verre? Il y a de la bière yankee dans le frigo.

– Je ferais mieux de monter. J'ai un autre scénario en train. Je vais m'avancer un peu. Quelque chose me dit que Koller dormira mieux s'il arrive à m'oublier.

20

Edith Howell et Sy Koller sirotaient des bourbons sur la citerne. Fletch s'installa à côté d'eux avec sa bière.

– Savez-vous? lui demanda l'actrice. Freddy a encore fait le mur!

– Key West est agréable à toute heure.

– Il est comme les chats. Il vous glisse entre les mains. Jamais là où on l'attend.

– A l'affût d'un peu de convivialité, dit Fletch. Vous êtes inquiète à son sujet?

– Inquiète au sujet de Freddy? Grand Dieu, non! Il est riche à millions.

– A millions de *quoi*? demanda Fletch sans sourciller.

– A dizaines de millions. Aussi vrai qu'il est en train de se pinter dans une gargote.

– C'est étrange. Je le croyais fauché. Il me semblait même que Moxie avait la même impression.

– Fauché, Frederick Mooney? (Edith Howell éclata d'un rire exultant.) J'aimerais être aussi fauchée que lui, avec des dizaines de millions de dollars qui dorment sur les cinq continents. Partout où il passe, il n'a qu'à se baisser. Je tiens le tuyau de copains dont les copains sont des copains de Freddy. Je suis certaine de ce que j'avance.

– Et tu aimerais bien qu'il te demande de l'aider à les ramasser, n'est-ce pas? fit Sy Koller.

– Je m'y emploie, mon chou. Je m'y emploie. Tu l'as entendu, à table, couiner pour qu'on le laisse tenir les hallebardes dans un film dont il ne peut même pas citer le titre sans se tromper? Il est grand temps que quelqu'un le prenne en main.

– Il déraille. Il est aussi dingo qu'un moustique enfermé dans les loges d'une troupe de call-girls.

– Je le trouve passionnant, dit Fletch.

– On voit bien que vous ne le connaissez pas, répliqua Edith Howell. Pénétrer dans l'intimité de Frederick Mooney, c'est comme attraper une maladie inconnue. Peu à peu, l'intérêt s'estompe. Il ne reste que la douleur.

Sy Koller riait sous cape.

– Pour quelques millions de dollars, on peut apprendre à serrer les dents. Qu'en penses-tu, Edith?

– Ça serait vite passé! Après tout, son foie n'est pas increvable.

21

Depuis quelques instants, la conversation se réduisait à des parenthèses alanguies, ouvertes et fermées par des pauses de plus en plus longues.

Edith Howell lampa son reliquat de bourbon.

– Il n'existe que deux sortes de silence inévitable, déclara-t-elle en se levant. Celui du tombeau et celui du sommeil. Quand je me suis tue pendant plus de deux minutes, c'est le signe qu'il est grand temps pour moi d'aller me glisser dans les toiles. Bonne nuit, tout le monde.

Après qu'elle eut disparu dans la maison, Sy Koller prit la bouteille et se versa une rasade maison. Il leva son verre aux étoiles. Un mince sourire retroussa les coins de sa bouche.

– Chiche que je ne le termine pas. Je n'ai même plus la force de me soûler la gueule.

– La journée a été rude, fit observer Fletch. Primo, un de vos acteurs vous agresse avec un couteau de cuisine, puis un collègue vous passe à la moulinette.

– Les risques du métier, ricana Koller. Pendant le tournage d'un film, le réalisateur est semblable à un chef de famille dont les enfants hagards, névropathes et dénaturés décrochent sans cesse de la réalité. A lui de maintenir le cap. Si vous croyez que c'est facile! On nous paie pour encaisser, paraît-il, mais pas assez, je vous jure. Pas assez.

– Je ne vois aucune raison de vous cacher plus longtemps ce que je sais, dit Fletch, ses yeux attentifs rivés sur ceux de Koller. La police a ouvert ses dossiers. Elle a découvert que vous et Peterman en étiez venus aux mains en sortant d'un bar de Los Angeles, il y a trois ans.

– Ils ont déterré ça? Et vous, comment êtes-vous au courant?

– Le lieutenant Roz Nachman a appelé cet après-midi. Elle voulait me passer un savon pour lui avoir soufflé ses principaux suspects.

– Je suis donc sur la liste? (Koller secoua la tête et fit claquer sa langue.) Ces flics ne pensent à rien.

– Pourquoi ne seriez-vous pas sur la liste?

– Pourquoi aurais-je zigouillé la poule aux œufs d'or? Peterman éliminé, toute l'affaire est dans le lac.

– Vous n'espérez même pas pouvoir terminer le film?

Koller haussa les épaules.

– De toute évidence, seul Steve Peterman semblait penser que ça en valait la peine.

– Pas vous?

– Vous rigolez? Peterman m'a donné le scénario à lire en précisant que les scènes devaient être tournées telles qu'elles étaient écrites, à la virgule près.

– Ainsi, vous n'avez jamais eu le scénario de McKensie entre les mains.

– Je l'avais réclamé à Peterman. Il prétendait que ça ne valait même pas la peine d'en parler tellement il l'avait trouvé lamentable.

– Vous l'avez cru?

– Bien sûr que non. Mais pourquoi insister? Je me doutais que McKensie allait traîner Peterman en justice. Il avait toutes les raisons de le faire. Dans ces conditions, à quoi bon me battre pour utiliser son scénario? Autant jeter de l'huile sur le feu. Vous ne connaissez pas ce milieu, on dirait.

– J'apprends aussi vite que je peux.

– Il faut être dans le bain pour comprendre vraiment. Imaginez une profession dans laquelle on doit tenter de faire carrière en se retrouvant au chômage tous les six mois. Le rocher de Sisyphe.

– Rien de plus éreintant que de se mettre à la recherche d'un nouvel emploi. C'est le pire boulot qui soit.

– Voilà pourtant de quoi est faite la vie d'un réalisateur. Acteur, scénariste, décorateur... tout le monde est logé à la même enseigne. De là l'hystérie collective, les palabres à n'en plus finir, la paranoïa chronique. Nous vivons sur les nerfs, mon cher monsieur.

– Tout de même, il arrive bien un moment où par le simple jeu de l'offre et de la demande, vous devenez riche, célèbre, puissant. Le rapport de forces s'inverse. C'est vous qui choisissez.

– Ça s'est vu mais ça ne dure pas. Vous gagnez des masses de fric. Vous dépensez le double. Pourquoi? Vous avez une réputation à soutenir et vous vivez à cran. A mesure que vos cachets augmentent, votre psychanalyste s'enrichit et la liste de vos créanciers s'allonge. On ne prête qu'aux riches, n'est-ce pas? C'est une spirale sans fin. Si vous conservez une parcelle de lucidité, l'enfer vous guette. Pour tenter de lui échapper, vous brûlez la chandelle par les deux bouts et la folle escalade continue. A la fin, vous vous retrouvez manutentionnaire chez Macy's ou momifié dans une villa de Beverly Hills.

Dans les frondaisons, les oiseaux déjà couchés battaient le rappel des retardataires.

– Pour en revenir à votre rixe avec Peterman, le dossier précise qu'il s'agissait d'une femme.

– Une femme? Nous n'avions rien trouvé de mieux?

– Vous aviez le dessus. Quand les flics sont arrivés, vous étiez en train d'étrangler Peterman.

– Je me souviens. Quelle sensation exquise...

– Ce devait être une sacrée femme, dit Fletch.

– Jamais rencontré de femme qui valût qu'on étranglât quelqu'un pour elle. (Koller alluma une cigarette. Il exhala et suivit des yeux l'ascension des volutes bleuâtres.) En somme, vous me demandez pourquoi j'en voulais à la vie de Steve Peterman?

– En somme, je vous le demande. Simple curiosité. A vous aussi, il avait essayé de coller sa note de téléphone?

Koller prit son verre et s'envoya une bonne rasade. Il semblait tout ragaillardi.

– Je vous répondrai d'autant plus volontiers que cette anecdote fâcheuse, vieille de trois ans, constitue la meilleure preuve de mon innocence actuelle. Quand je vous aurai tout dit, vous saurez pourquoi je suis la dernière personne susceptible d'avoir poignardé Peterman. (Koller tira sur sa cigarette. Le regard de Fletch se porta sur la braise rougeoyante. Le réalisateur ménageait son effet.) Je l'avais pris en flagrant délit d'escroquerie, anonça-t-il. C'était d'une banalité écœurante. Sur le moment, je me rappelle, ça m'avait fichu un coup. Peterman n'était ni le premier ni le dernier à exploiter ce filon pourri, mais il arrive que la coupe déborde. Le grenouillage sordide dont se nourrit l'industrie du cinéma vous monte à la tête : vous voyez rouge. Peterman rassemblait des fonds pour un film fantôme. Il avait ramassé dans une poubelle cent pages dactylographiées où il était question d'un propriétaire latifundiaire, de sa fille et de leurs démêlés avec un prêtre et un militant révolutionnaire. Au premier coup d'œil, la standardiste des studios Zoetrope aurait vu que ce torchon n'était pas un scénario. Pour l'occasion, Peterman s'était mué en colporteur. Son paquet de feuilles sous le bras, il avait sonné aux portes qu'il fallait et plumé quelques braves pigeons qui rêvaient de faire fructifier leur bas de laine et de saupoudrer leur morne existence de paillettes magiques quand l'aile dorée du Septième Art les frôlerait en passant. Le médecin, le cordonnier, la veuve et l'orphelin. Ils avaient tous donné leur écot. Naturellement, ils seraient invités à la première, à New York, ainsi qu'à la remise des oscars. Leurs investissements devaient être remboursés avec intérêts dès que la production serait rentrée dans ses frais.

– Et si, pour une raison ou pour une autre, la production ne se montait pas, tous ces mécènes en herbe pouvaient faire une croix sur leur mise de fonds ?

– C'était aussi simple que cela. Le film devait être tourné au Salvador. Ainsi parlait Peterman. Il avait tout prévu, même la S.A.R.L. salvadorienne, sans la moindre intention de monter ne fût-ce qu'un simulacre de production. Il avait récolté près d'un demimillion de dollars, engloutis jusqu'au dernier dans la jungle bétonnée de San Salvador. (La cendre de la cigarette oubliée entre ses doigts tomba sur les genoux de Koller. D'une pichenette, il éjecta le mégot éteint.) Deux raisons expliquent la violence de ma réaction, reprit-il. Tout d'abord, la profession n'a que trop pâti de ce genre d'imposture. Comment croyez-vous que réagiraient les investisseurs potentiels la prochaine fois qu'un type honnête viendrait les solliciter avec un vrai projet dans son cartable ? Les margoulins style Peterman sont la plaie de notre métier. Mais les salauds sont nombreux et se tiennent les coudes. L'autre raison, vous l'avez devinée, c'est qu'il se servait de mon nom. A tous, il avait laissé entendre qu'il espérait pouvoir me convaincre d'assurer la mise en scène. Les négociations étaient en bonne voie, affirmait-il.

– Qu'y avait-il de vrai?

– Me croirez-vous si je vous dis que je n'avais même encore jamais rencontré Steve Peterman? La première fois que j'entendis parler de l'histoire, ce fut de la bouche de Sonny Field. Peu après, un soir où quelques verres m'avaient donné du cœur au ventre, j'allai à mon rendez-vous avec Peterman dans ce bar de Los Angeles. Je l'empoignai au collet, l'arrachai à son tabouret et le traînai sur le trottoir. Il était mou comme une chiffe. Pas un atome de muscle. Une chiquenaude suffit à le flanquer par terre. Je m'installai à califourchon sur sa poitrine et je commençai à l'étrangler. C'était formidable. Plus je serrais, plus je me sentais délivré. Mes doigts s'enfonçaient dans sa gorge comme dans du beurre. Aucune résistance. Comment respirait-il encore à l'arrivée des flics, je me le demande encore.

– Pourquoi n'a-t-il pas porté plainte?

– Pourquoi ne l'ai-je pas fait arrêter pour escroquerie?

– Dites-le-moi.

– Nous avons préféré régler notre différend à l'amiable. Il a tenté de me convaincre qu'il avait utilisé cette combine avec l'espoir de pouvoir monter un vrai film tôt ou tard. J'ai fait semblant de le croire. Au point où en était ma carrière, mieux valait encore un avenir fondé sur le sable inconsistant de l'hypocrisie et un brigandage largement passé dans les mœurs que pas d'avenir du tout. Il fut donc entendu...

– Entendu?

– ... que le jour où il aurait vraiment besoin d'un réalisateur, il ferait appel à moi.

– Bref, vous l'avez fait chanter.

– Il m'a rendu la politesse, il me semble. Dans cette profession, le chantage sous toutes ses formes est presque devenu un état d'esprit. La hantise du chômage et de l'oubli consécutif pousse à toutes les bassesses, à tous les avilissements, à toutes les misérables petites transactions de la conscience.

– Qu'est devenu le demi-million de dollars?

– Il a sombré dans les poches de Peterman, avant de ressurgir sous la forme de souliers cousus main pour Monsieur ou de renard argenté pour Madame.

– Nous en arrivons à ce fameux *Cauchemar d'une nuit d'été* avec Moxie Mooney que Peterman tenait dans le creux de sa main et Gerry Littleford.

– Talcott Cross avait engagé Geoff McKensie. Je me suis rappelé au bon souvenir de Peterman.

– Aviez-vous lu le scénario?

– Non, mais je m'attendais au pire. Du reste, je n'ai pas été déçu.

– Pourquoi teniez-vous tant à réaliser cette cochonnerie?

– Dans l'intervalle de trois ans qui s'était écoulé depuis ma rencontre avec Peterman, mon déclin s'était accentué. Ma santé accusait le coup. Le cœur, l'estomac, les reins, tout foutait le camp. Cela arrive, quand on ne peut plus travailler. Je commençais à perdre la boule.

– En quoi le fait de signer un film nul vous aurait-il aidé à remonter la pente?

– C'était la preuve que des gens avaient encore envie d'investir de l'argent sur mon nom. Cela me tirait de la dèche noire dans laquelle j'étais tombé. La débine, la vraie, vous connaissez?

– Beaucoup mieux que les tripatouillages du cinéma, je vous assure.

– Voilà toute l'histoire. Aussi longtemps que Peterman produisait le film, Koller restait derrière la caméra. Peterman se fait étendre, Koller va au tapis, c'est aussi simple que cela. Pas très ragoûtant, je sais, mais quel suspect saurait imaginer meilleur alibi?

– Fletch? (La voix de Moxie descendit vers eux depuis le balcon du second.) Tu es toujours là?

Il se leva et s'approcha de la maison.

– Tu es de meilleure humeur? demanda-t-il, le nez en l'air.

– Si tu commences à grattouiller ta mandoline, je te vide mon pot de chambre sur la tête.

– Seigneur, si seulement tes admirateurs pouvaient t'entendre!

– Serait-ce trop te demander que d'aller chercher Freddy? J'y suis allée un peu fort, je crois.

– C'est le moins qu'on puisse dire.

– Quand je voudrai connaître ton avis sur la question, je te le ferai savoir, répliqua-t-elle.

– Tu viens de le faire.

22

Un raclement de gorge interrompit le long silence.

– Navré, mon vieux, fit la voix d'homme avec lassitude. Le lieutenant est trop occupé pour venir répondre.

– Insistez, je vous en prie, dit Fletch. Dites-lui que c'est son vieux copain Darwin.

– Darwin ? Le macaque qui fait le mariole ?

– Lui-même. (Fletch sourit. Il était seul dans la petite bibliothèque attenante à la salle de billard.) Il a besoin d'être tenu en laisse.

Nouveau silence, puis la voix de Roz Nachman, froide, cassante.

– Fletcher ?

– Merci d'être venue jusqu'au téléphone, lieutenant. Vous travaillez bien tard.

– Quoi de neuf ? Bourrelé de remords, un de vos invités s'est effondré en sanglotant après avoir signé des aveux complets ?

– N'y comptez pas. Notre coupable est plus subtil. Les remords ne sont pas son genre.

– C'est rarement le cas.

– Toutefois, j'ai une piste à soumettre à votre flair. Une suggestion de piste, plutôt.

– Allez-y. Suggérez toujours.

– Steve Peterman avait sans doute une voiture.

Peut-être une voiture de location. Avec tous ces va-et-vient sur la 41, chacun avait besoin de son autonomie.

– Peterman avait une voiture. Et puis?

– Je suggère que vous recherchiez le véhicule afin de vérifier si, par hasard, il n'aurait pas percuté quelqu'un au cours de ces dernières semaines.

– Mme McKensie?

– Ce n'est qu'une intuition. Mais voilà au moins une démarche qui ne coûtera pas cher au contribuable.

Personne ne rit au bout du fil. Fletch le regretta presque. A tout prendre, la dérision eût mieux valu qu'une absence totale de réaction.

– Sait-on jamais, dit-il.

– Entendu. Nous y penserons.

– Et les films? Toujours rien?

– Rien.

– Mais vos experts, acheminés à grands frais? Ont-ils trouvé du louche sur le plateau?

– Rien encore.

– Voilà qui est significatif.

– A plus tard, Darwin.

Elle raccrocha.

23

Dans la salle du *Durty Harry*, quelques rares consommateurs à l'œil creux s'abandonnaient à la voluptueuse torpeur des ivrognes. Les autres étaient dans le patio. Assis par terre ou adossés aux murs, ils regardaient tous dans la même direction.

Fletch prit une bière au comptoir et rejoignit le gros des troupes.

Il y avait là des gens de tout acabit. Des touristes, d'abord, en ces accoutrements insensés que les citadins se croient obligés de revêtir dès qu'ils franchissent les limites de leur agglomération. Chairs enflammées, derrières gargantuesques tendus de cotonnades vives, obésité affichée, exposée, exhibée : les touristes, incarnation visible, tangible du droit absolu au ridicule. Ensuite, des indigènes, authentiques fils de Key West, ennemis jurés du soleil, pâles comme des Scandinaves au sortir de l'hiver. Des artistes jeunes et vieux, prospères ou galeux, mais tous francs du collier, l'œil vif, l'expression intense. Et, comme partout, les camés, les rétamés des deux sexes, presque toujours émaciés, le geste trop lent ou trop nerveux, avec l'air meurtri de voyageurs qui viennent d'arriver d'un très long voyage.

Assis dans l'angle le plus éloigné, celui sur lequel

convergeaient tous les regards, Mooney buvait et pérorait, espèce de grand type, ni charnu ni efflanqué, coiffé d'une houppe de cheveux sauvages avec, en dessous, cette face de vieux soldat qui aurait conservé une âme d'enfant, un anachronisme invincible et rétif, champion du dévergondage tragique, toisant son public avec l'aisance narquoise d'un cabotin flegmatique conscient de son talent, conscient de la complaisance éperdue que lui valait sa ressemblance avec l'être que tous les habitants de Key West chérissaient le plus au monde, l'être dont la renommée ambiguë n'avait pas fini de courir sur les lèvres affectueuses de ses survivants : Ernest Hemingway.

– ... ni glorieux ni fascinant, rien de tel. Ceux qui persistent à penser le contraire sont des ânes. Ceux qui s'imaginent que pour être un bon acteur, il suffit de savoir écarquiller les yeux de stupeur... (Mooney fit les yeux ronds. Un frémissement rapide parcourut l'assistance)... ou décocher une œillade... (Mooney lança un coup d'œil incendiaire à l'intention d'une admiratrice du troisième âge. Rires)... ou chopper la maladie de Parkinson... (Ses mains et son menton se mirent à trembler comme de la gelée de coing. Rires plus intenses)... ou éclater en sanglots... (Ses yeux s'emplirent de larmes. Elles ruisselaient sur ses joues. Applaudissements)... ceux-là ignorent tout du métier d'acteur. (Le virtuose essuya son instrument et le projeta face au public.) Certes, il faut apprendre à contrôler chaque muscle de son visage, à placer ses épaules, à porter son corps, même quand on est hors champ, quand la caméra n'est plus sur soi, car la posture de l'acteur en dit plus long sur le personnage que tous les jeux de physionomie. (Mooney fit claquer sa langue.) Minute, les enfants. Ce laïus me donne soif.

Il était bien carré sur sa chaise, souple, naturel, désinvolte, dos calé, jambes croisées. Sa main sauta sur le goulot de la bouteille de cognac. Il s'adjugea une rasade gourmande, rentra le menton en prévision du rot qu'il fit monter de ses entrailles. Il l'expulsa bruyamment, un rot superbe qui dut s'entendre de la rue. Son sourire de satisfaction béate quémandait les applaudissements; il souleva l'enthousiasme.

– L'art et la technique, reprit Mooney. Plutôt que de connaître toutes les ficelles, disait Barrymore, il vaudrait mieux pour moi avoir les jambes droites. Naturellement, Barrymore avait des jambes de star... (ricanements)... mais la démarche d'un acteur, sa façon de se déplacer, de bouger dans ses vêtements, ça, c'est fondamental, et Barrymore le savait. Les mouvements ne sont pas les mêmes selon que l'on porte une toge, des blue-jeans, un haut-de-chausses ou un frac. Pour chaque nouveau rôle ou presque, un acteur doit réapprendre à marcher. Ainsi en est-il de ces petits gestes de tous les jours que l'on accomplit sans y penser. Fumer, par exemple. Même si un acteur ne consomme pas ces saloperies... (il agita une main dédaigneuse en direction d'un groupe de jeunes spectateurs)... il doit tenir son joint comme s'il fumait du hasch depuis le berceau. Et puis, même chez soi, dans ses pantoufles, est-ce qu'on traite une vulgaire cibiche comme un cheroot de Burma? Sur le chapitre de la violence, un bon acteur devrait pouvoir en remontrer à Lucky Luciano. Dans l'ensemble, nous sommes des créatures sensibles, de tradition plutôt pacifiste, et je n'ai jamais entendu parler d'une école d'art dramatique qui fournit autre chose que des projectiles à blanc et des cibles en carton... pourtant, quand un acteur tire son P.38 de l'étui ou épaule sa Ruger 10/22, il doit le faire comme si l'arme, colt, carabine, matraque ou couteau, était partie intégrante de son corps afin que le public sente d'instinct qu'il s'en sert avec l'intention de tuer. Acteur shakespearien par vocation et par formation, je suis monté sur tous les tréteaux des deux côtés de l'Atlantique et j'ai appris à manier l'épée comme si chaque duel devait être pour moi le dernier. Je peux me tenir sur un cheval à la façon d'un officier de la Garde ou d'un Indien cherokee. A propos de cheval, John Wayne déclarait à qui voulait l'entendre : « La poésie n'est pas mon truc, mais s'il faut arrêter un cheval emballé sur les repères, je suis votre homme. » Le génial salaud avait raison. Il est fichtrement plus difficile de bloquer un cheval emballé que de réciter des vers...

Il se tut. Ses yeux coururent sur les visages. Il les tenait captifs : sous son regard habile, les regards s'éclairaient. Il s'arrêta sur Fletch, l'espace d'une micro-seconde, et Fletch le sentit jusque dans l'estomac, ce regard intense, flamboyant, où, malgré l'âge et l'alcool, palpitait un feu toujours égal.

– Vous tous qui vous octroyez le droit de juger du talent d'un acteur sans avoir la moindre notion des ressources qu'il met en œuvre pour vous divertir, sachez qu'il n'y a rien qu'il ne puisse faire, et surtout pas terrasser son adversaire d'un uppercut à la mâchoire.

Cette fois, ses yeux parcoururent la surface circulaire de la petite table à la manière d'un fermier scrutant les sillons dans l'espoir d'y découvrir les petites pousses vertes annonciatrices de la future récolte. Il ne découvrit rien et ses yeux se perdirent.

Quand l'auditoire comprit qu'il avait dit son dernier mot, les questions fusèrent.

Monsieur Mooney, quel effet cela vous a-t-il fait d'être le partenaire d'Elizabeth Taylor?

Monsieur Mooney, votre plus grand rôle?

Est-il exact que vous ayez dû tâter de l'héroïne pour jouer le pianiste de jazz dans Keyboard?

Mooney croisa les bras sur la table; sa tête s'affaissa.

– Il n'y a rien de vrai, marmonna-t-il. Pas un mot. Tout n'est que mensonge...

Fletch se fraya un passage. Il enjamba des gens assis.

Quel sera votre prochain film?

– Rien de vrai... rien de vrai...

Pensez-vous être encore capable de tenir sur un canasson, dans l'état où vous êtes?

Fletch ramassa le sac publicitaire. Mooney redressa lentement la tête et le considéra.

– Ah! Monsieur Paterson.

– Je suis venu chercher votre sac.

– Bien aimable. (Le geste ample et incertain, il montra la bouteille, puis le sac.) La place de cette bouteille est dans ce sac.

Fletch reboucha la bouteille, la fourra dans le sac et ferma le zip.

Avez-vous réellement attrapé la malaria pendant le tournage de Jungle Queen?

– Exact. (Mooney se leva.) Et je l'ai toujours!

Penses-tu, Mooney! Tu es plein comme une outre. Tu sues comme une éponge!

Il s'avança vers eux en chavirant, clown déchu, doublure pitoyable du grand Frederick Mooney, résidu déchirant de l'ange de lumière dont il avait fait miroiter devant eux les multiples facettes. Le pied lui manqua plusieurs fois mais toujours il retrouvait l'équilibre. On s'écartait.

– Je voudrais saluer le chien, dit-il à Fletch.

– Quel chien?

– Le chien noir.

Ils atteignirent la salle.

– Ça m'ennuierait vraiment de partir sans avoir salué le chien.

– Je ne vois aucun chien, monsieur Mooney.

– Un grand chien noir. Empereur, c'est son nom.

Fletch jeta un coup d'œil sous les tables.

– Pas l'ombre d'un chien, monsieur Mooney.

– Il est derrière le bar.

– Si on prenait plutôt par là? C'est plus rapide.

– D'accord. (Mooney lui adressa un sourire séraphique.) Vous avez vu comme je les tenais? J'ai bien dû débiter cette homélie dix mille fois. Elle m'est presque aussi familière que les élucubrations de Richard III. Rien que des bobards, évidemment.

Au moment de franchir la porte, Mooney se retourna.

– Joli plateau. Net, bien éclairé.

24

La sonnerie du téléphone le jeta hors du lit. Avant même de s'en être rendu compte, il avait traversé la pièce et décroché.

– Allô ?

– Fletch ?

Martin Satterlee venait au rapport.

– Martin, bonjour. (Fletch s'assit en tailleur sur le tapis.) Quelle heure peut-il bien être à New York ?

Côté balcon, l'aube pointait à peine à travers les vitres.

– Pas loin de cinq heures.

– C'est donc qu'il n'est pas loin de cinq heures à Key West. (Moxie n'était pas dans la chambre. Elle avait opté pour le balcon. Fletch espéra qu'elle faisait de beaux rêves dans son hamac.) As-tu trouvé quelque chose ?

– Moins que je n'aurais dû si nous n'avions pas été interrompus. Voilà une heure, les autorités ont fait irruption dans les bureaux de Peterman où nous étions en train de travailler. Elles ont saisi tous les livres de comptes relatifs aux affaires de Miss Mooney. Nous fûmes invités à vider les lieux. En termes courtois, du reste, mais qui cachaient une grande fermeté.

– Ils ont fait vite. Leur as-tu montré la lettre de Moxie ?

– Evidemment. Crois-tu que j'avais l'intention de me faire coffrer pour cambriolage nocturne? Ils ont exhibé leur mandat.

– En somme, leur bout de papier pesait plus lourd que le tien?

– Il portait la signature d'un juge d'instruction; le mien celle d'une vedette de l'écran.

– A présent, tu vas me dire que Peterman n'avait rien à se reprocher, que Moxie a perdu la tête et qu'elle peut dormir sur ses deux oreilles...

– Un film intitulé *L'Orchidée jaune*, ça te dit quelque chose?

– Rien.

– *Dans le lit de Ramon?*

– Rien.

– *En plein midi?*

– Pas davantage.

– *Le Cauchemar d'une nuit d'été?*

– Je pense bien. C'est celui qui est en cours.

– Ils travaillent vraiment dessus?

– Au point où en sont les choses, personne ne semble savoir si l'aventure sera menée à son terme, mais le tournage avait commencé.

– Les films que je viens d'énumérer ont soi-disant été tournés avec l'argent des Productions Fantoches.

– *Soi-disant?*

– Société dont Miss Moxie Mooney est par ailleurs l'unique propriétaire.

– Juste ciel!

– Avec dans le double rôle de président du conseil d'administration et trésorier, le regretté Steve Peterman.

– Recommence, veux-tu? Moxie serait propriétaire des Productions Fantoches?

– A cent pour cent.

– J'en connais une qui va tomber des nues en apprenant la nouvelle. Quand elle fait allusion à la production, c'est toujours « ils », ou « eux ». Elle attend qu'ils se manifestent pour savoir si le tournage reprend ou pas. Comme les autres, ni plus ni moins.

– Moxie Mooney attend donc la décision de Moxie Mooney.

– J'en ai la chair de poule.

– Tu peux prétendre qu'elle n'était au courant de rien, Fletch, mais sa signature se trouve partout, au bas des statuts de la société comme des reconnaissances de dettes.

– Parlons un peu de ces fameuses dettes.

– Si seulement les flics avaient un peu traîné en route ! Enfin, nous avons eu le temps de constater les énormes déplacements de capitaux auxquels s'étaient livrées sans raison apparente les Productions Fantoches. Le plus souvent, il s'agissait de millions de dollars. A première vue, certaines sommes semblaient destinées à la production des films sus-mentionnés, mais nous n'avons trouvé nulle part trace de l'existence d'un seul de ces films, sous quelque forme que ce fût, à l'exception de *Cauchemar d'une nuit d'été* dont le budget, soit dit en passant, couvre à peine le prix de revient de la pellicule. Plusieurs emprunts ont été contractés auprès de banques suisses, colombiennes et boliviennes. Quelques-uns ont servi à rembourser d'autres prêts consentis par des établissements du Honduras, du Mexique et des Bahamas. Un micmac invraisemblable. Sur certains billets ne figuraient ni échéance de remboursement, ni rien permettant de supposer que le premier sou eût été restitué. Ailleurs, la somme était presque remboursée alors qu'aucun document n'attestait que l'emprunt avait bien eu lieu.

Fletch se sentit envahi par un grand froid intérieur. Il s'adossa au mur et ramena ses genoux sous le menton.

– Et toute cette kyrielle de noirceurs sous l'égide des Productions Fantoches?

– Pas du tout. L'essentiel des opérations fut effectué au nom de Moxie Mooney.

– De mieux en mieux.

– Je ne te le fais pas dire.

– Pour conclure, est-elle encore solvable, oui ou non?

– Tu n'as donc rien entendu? Ses livres de comptes établissent que des sommes fabuleuses dont elle partageait la responsabilité avec les Productions Fantoches se sont volatilisées.

– Escamotées?

– Evanouies.

– Bref, elle est saignée à blanc?

– Dans son cas, il faudrait inventer une expression nouvelle. Si tu étais à l'affût d'un mobile pour le meurtre de Peterman, tu l'as trouvé.

– A vrai dire, c'était plutôt le contraire.

– Elle est coincée, Fletch. Son jeune âge n'y changera rien. Il manque plusieurs millions. Si nous disposions d'un peu de temps pour démêler ce sac de nœuds, il se pourrait que nous en retrouvions une partie.

– Ne peut-elle invoquer la faillite?

– S'il n'y avait que les créanciers, Fletch, mais son nom a couvert d'innombrables pratiques suspectes qui se seraient sans doute révélées carrément frauduleuses si j'avais eu loisir d'y regarder de plus près.

– D'autres s'en chargeront, je suis tranquille.

– Et sa négligence à l'égard du fisc! Un modèle du genre. Versements minimums, délais maximums. Nous avons trouvé des duplicata de déclarations parmi ses papiers. Rien de sérieux ne figure. Recettes, dépenses, profits, pertes... celui ou celle qui a rempli ces rubriques possédait un solide sens de l'humour.

– Dissimulation de revenus. Elle risque la taule.

– A sa place, j'éviterais de prendre des engagements fermes pour le prochain réveillon.

– Mais puisqu'elle n'est pas responsable! Elle signait n'importe quoi les yeux fermés.

– Que veux-tu que je te dise? Tu n'as que sa parole. Ils ont les preuves.

– Et qu'en est-il de ses biens personnels?

– Elle est copropriétaire d'un appartement à New York, vermoulu d'hypothèques, ainsi que d'une somptueuse villa à Malibu qui se trouve dans le même cas. Ses tentatives de spéculations boursières connaissaient invariablement le même dénouement : elle achetait à cinquante pour revendre à douze.

– Invariablement?

– A de rares exceptions près.

– Tu ne crois pas que Peterman inventait des déductions fiscales?

– Il n'a pas inventé le trou de plusieurs millions, en tout cas. Une excavatrice n'aurait pas été plus efficace. Pas d'actions de priorité, pas d'obligations. Investissements dans des entreprises étrangères dont personne n'a jamais entendu parler. Une chaîne de boulangeries au Guatemala, par exemple.

– Hum, ça sent la galette.

– Une entreprise de camionnage au Mexique. Un restaurant à Caracas.

– *Caramba!*

– Tu ne peux pas imaginer. Du coup, les Etats-Unis sont réduits à la portion congrue. En plus de l'appartement et de la villa hypothéqués, elle n'y possède en tout et pour tout qu'un ranch à Ocala, en Floride, et encore, pas en totalité.

– Voyez-vous ça!

– Tu étais au courant? Le Ranch du Cinquième As.

– Il se trouve... (Fletch comptait ses orteils)... que le copropriétaire du ranch en question, un dénommé Ted Sills, était un ami de Peterman. Du moins Peterman nous avait-il présentés l'un à l'autre à l'occasion d'une soirée que Moxie avait donnée à New York.

– Sache que ton amie Moxie a financé le transport d'un régiment de chevaux de courses entre la Floride et le Venezuela.

– Martin, écoute-moi. Pas plus tard qu'hier, j'ai mentionné devant elle le nom de Ted Sills. Figure-toi que la Maison Rose lui appartient. Nous sommes chez lui.

– Dieu, que le monde est petit!

– Je me suis moi-même laissé entraîner à placer de l'argent dans sa maudite écurie.

– Peut-être devrais-je jeter un coup d'œil sur ta comptabilité, tant que j'y suis.

– Bonne idée. Sacrédié, Marty, où est-ce que ça nous mène?

– Pour être en mesure d'établir un bilan précis de sa situation financière, j'aurais eu besoin de deux jours de travail. A première vue, néanmoins, il semblerait que Moxie Mooney eût une excellente raison de vouloir se débarrasser de Steve Peterman. Si tu veux mon avis, elle aurait dû le faire depuis longtemps. De façon moins dramatique toutefois.

– On peut s'attendre à ce que la police suive le même raisonnement, n'est-ce pas?

– Mets-toi à leur place. Ils ont besoin d'un coupable et tout désigne Moxie Mooney. Evidemment, il reste une petite chance qu'ils découvrent dans cet embrouillamini financier un élément susceptible de tout expliquer. J'en doute. Quand on n'a rien à cacher, on prend rarement la peine de masquer son honnêteté sous des dehors crapuleux.

– Au bout du compte, Marty, ce brassage délirant sert-il les intérêts de Moxie?

Satterlee réfléchit un instant.

– C'est difficile à dire, mais la question n'est plus vraiment là. Celui qui jongle avec les irrégularités le fait forcément avec une arrière-pensée de profit personnel.

– Tout est si confus...

– Ainsi en est-il de la comptabilité de tous les escrocs. Neuf fois sur dix, ils se fichent dedans. L'échec ne constitue pas une preuve d'innocence.

– Nous voilà bien.

– Puis-je te faire observer, en qualité d'ami dont tu sollicites l'opinion, que Moxie Mooney a fort bien pu te mener en bateau? C'est une hypothèse que tu devrais commencer à envisager. Sérieusement.

– Il faudrait qu'elle soit une sacrée menteuse.

– Elle l'est. Il était même question de lui donner l'oscar, n'est-ce pas? Son père aussi était un sacré menteur.

– Marty, ne nous emballons pas.

– Je te suggère de creuser la question, c'est tout. Moxie Mooney était en cheville avec Steve Peterman. Un beau jour, elle se rend compte qu'il l'a grugée, qu'il n'a cessé de le faire depuis le début, et Peterman passe à la trappe. De deux choses l'une. Ou bien elle est la femme la plus coupable que j'aie jamais vue, ou elle est la plus idiote.

– Pour l'instant, je préfère l'imaginer dans le rôle de la demoiselle en détresse.

– Tout de même un peu anxieuse, si je ne m'abuse?

– Qu'est-ce qui te fait croire ça?

– Sinon, pourquoi m'aurais-tu demandé d'examiner les livres de Peterman?

– Que veux-tu? Je ne la vois pas en train de lancer le couteau.

– C'est égal. Que deviendraient les meurtriers si leurs amis les abandonnaient?

25

– A te regarder, on jurerait que tu n'as pas fermé l'œil, dit Moxie, alanguie dans son hamac.

– Jusqu'à une certaine heure, j'ai dormi comme un ange. Ensuite, les pensées les plus noires m'ont assailli. Impossible de trouver mon second sommeil. Ravi de constater qu'il n'en fut pas de même pour toi.

Après avoir raccroché, il était retourné au lit, mais seulement pour guetter les mille soupirs de la demeure endormie. A huit heures et demie, les Lopez avaient commencé leur service. Duval Street s'était emplie de grincements d'embrayages et de crissements de freins. Il était descendu prendre son petit déjeuner.

– Que dirais-tu d'une balade en mer? Nous pourrions louer un catamaran sur une des plages.

– Séduisante perspective!

Quelque part dans la maison, une vitre vola en éclats. De la rue montèrent des vociférations.

– Ne bouge pas d'ici. Je reviens.

Le balcon du second contournait la maison. Fletch l'y emprunta pour gagner la façade. Gerry Littleford et Stella l'avaient devancé. Ils regardaient en bas. A son approche, d'un mouvement identique, leurs têtes pivotèrent vers lui. Sur leurs visages se lisaient la stupeur, la colère et l'effroi.

Deux cars de ramassage scolaire qui avaient dû être jaunes autrefois, trois camions destinés au transport du bétail, plusieurs fourgonnettes déglinguées et quelques vieilles bagnoles étaient garés de part et d'autre de la rue. Sur toute la longueur des deux cars, un même bombage noir : « Sauvez l'Amérique. »

Les occupants de tous ces sympathiques véhicules s'étaient déversés sur la chaussée. Certains portaient de longues cagoules à capuchon avec des trous pour les yeux et le nez. On remarquait une trentaine de nazillons, chemises brunes à brassard, culottes de cheval, bottes noires. On remarquait aussi des ménagères en tabliers défraîchis; on remarquait des enfants.

– Pauvres gosses! dit Stella. Si jeunes et déjà pervertis.

Des camions étaient descendues des pancartes de manif que l'on se passait ensuite de main en main. Elles proclamaient : « Gardez l'Amérique blanche. Hollywood vend votre âme. Non au mélange des races. Nous tuerons la chienlit bâtarde. »

– C'est encore à moi qu'ils en veulent, dit Gerry.

– Pas du tout, riposta Stella. C'est à moi.

Sur la gauche, les nostalgiques du Reich se disposaient pour la parade aux braillements d'un énergumène à casquette cerclée de rouge. Il y avait des vieux schnocks bedonnants qui rentraient le ventre et de jeunes recrues, nettes, étrillées, impeccables, les yeux avides sous un front sans remords. Moxie les avait rejoints sur le balcon. Sa main étreignit celle de Fletch.

– Ces gens ont dû rouler toute la nuit, murmura-t-il.

– Des gens? souffla Moxie. Des gens, cette horde simiesque?

– La voilà! cria quelqu'un. Voilà Moxie Mooney!

Salope! Putain! entonnèrent à l'unisson les nazis, les cagoulards et les ménagères.

– Regardez! Gerry Littleford en personne!

Une pierre rebondit contre le mur, à cinquante centimètres de Gerry, et tomba sur le balcon.

Les premières mesures de *Green Leaves* (1) jaillirent, tonitruantes, de l'un des camions.

– Alors, tu t'imaginais que les questions de races étaient résolues une fois pour toutes? dit Fletch. Tu pensais sans doute qu'après la sanglante aberration d'une guerre dont les séquelles revanchardes se font encore sentir un siècle après, les hommes avaient cessé de ruer contre l'inévitable et s'étaient résignés, bon gré mal gré, à rétablir entre eux l'harmonie, sans considération de naissance, ou de couleur, ou de sexe? Où te cachais-tu, Marilyn? Un jour, l'espèce humaine aura achevé sa besogne d'anéantissement. Alors seulement, la violence cessera.

– Ce sont des tarés, dit-elle. De malheureuses créatures au cerveau dérangé. Elles crèvent de trouille, allez savoir pourquoi.

– Nous ne sommes pas aveugles! cria la ganache en uniforme. L'ennemi s'est infiltré dans notre société : il contrôle tous ses rouages. La preuve? D'où proviennent les capitaux qui servent à financer les films? De la poche du lobby sioniste. A qui appartient la grande presse? Aux Juifs! A qui appartiennent les salles de cinéma? Aux Juifs! Et les réseaux de télévision qui délivrent cette sale propagande dans nos foyers? Aux Juifs! D'où vient l'argent du lobby juif? De l'Est! Le communisme international et la gangrène juive travaillent main dans la main. Les Juifs ne sont pas fous. Ils se reproduisent entre eux! Et les Russes ont expulsé les Juifs

(1) Hymne sudiste.

d'Union Soviétique afin de préserver la pureté de la race slave...

– Quel salmigondis! ricana Moxie.

Des visages apparaissaient aux fenêtres. Les gens sortaient de chez eux et formaient de petits groupes sur les trottoirs. Des citoyens ordinaires, certains mal réveillés, qui s'interpellaient entre voisins et se rassemblaient peu à peu comme s'ils éprouvaient le besoin instinctif de resserrer les rangs de leur petite communauté face aux bruyants clabauds qui s'arrogeaient le droit de ressusciter les fantômes de l'épouvante et du désastre. La nouvelle avait dû se répandre en ville, car des pêcheurs firent leur apparition, toutes sortes de pêcheurs, les professionnels et les pêcheurs du dimanche et l'autre espèce, celle qui n'a jamais manœuvré de moulinets et considère la pêche comme une excellente couverture pour masquer d'autres activités, tout aussi sportives en un sens, et beaucoup plus lucratives. Fletch reconnut deux ou trois visages aperçus la veille au *Durty Harry*.

– Aimez-vous les uns les autres! cria une quinquagénaire qui tenait pension un peu plus bas sur le même trottoir que la Maison Rose.

Un jeune *Conch* (1) d'une dizaine d'années s'accroupit derrière un des cagoulards. Fletch le vit sortir un briquet de sa poche. Après plusieurs tentatives, l'engin voulut bien s'allumer. L'enfant mit le feu au bas du manteau. La toile s'enflamma comme de l'étoupe.

– ... notre patrie, terre de liberté...

L'homme sauta en l'air. Il assena sur son manteau de vigoureuses taloches et lança gauchement son pied dans le ventre du galopin qui l'esquiva en roulant de côté. Les flammes grimpaient vite.

(1) Conch : terme à connotation péjorative servant à désigner les immigrés originaires des Caraïbes et tout particulièrement de Cuba.

L'homme tournait maintenant sur lui-même en se donnant de grandes claques dans le dos. Une femme s'efforçait d'arracher la cagoule.

Les plus résolus parmi les badauds avaient formé barrage en travers de la chaussée.

– Rentrez chez vous! lança une jeune fille en première ligne. Key West n'a pas besoin de fanatiques!

Les pierres volèrent tous azimuts. Dans les deux camps, comme par enchantement, surgirent dans les poings matraques et chaînes de vélos. Il se produisit un bref et violent accrochage. De la mêlée chaotique fusaient des injures et des cris de femmes, en espagnol et en anglais. Chacun se replia sur ses positions. Il y avait des blessés légers de part et d'autre.

Ce fut alors que le nazi galonné voulut reprendre la situation en main et donna l'ordre à ses spadassins de faire une percée dans les lignes ennemies. Les trente godillots chargèrent au petit trot. Les coups de poing nickelés scintillaient dans la lumière. La petite armée des honnêtes citoyens s'écarta obligeamment pour leur laisser le passage avant de se refermer derrière eux. On leur tomba sur le paletot comme la grêle. Tout le monde s'en donna à cœur joie.

De très loin parvinrent les ululements sauvages et syncopés des sirènes. Fletch prit Moxie par le bras.

– Fichons le camp.

– Où allons-nous?

– Je t'ai proposé une sortie en mer. Ça tient toujours.

En descendant, ils croisèrent Edith Howell en peignoir de satin bleu. L'actrice montait dans sa chambre un copieux plateau de petit déjeuner.

– Cet amalgame des Juifs et des communistes,

c'était d'un drôle! lança-t-elle. Comme si on pouvait être les deux à la fois.

Lopez les attendait au bas des marches. Il avait passé une veste blanche empesée.

– Téléphone, monsieur Fletcher, fit-il avec déférence. C'est M. Sills. Si vous refusez de répondre, il me fout à la porte. Ce sont ses propres mots.

Sy Koller buvait son chocolat, adossé au chambranle de la porte de la cuisine.

– Sommes-nous vraiment partie prenante d'un vaste complot international? demanda-t-il.

– Balance-leur donc un exemplaire du scénario dans les gencives, riposta Moxie. C'est tellement nul que même ces abrutis seront obligés de croire en notre innocence.

– S'il n'était mort, je verrais volontiers là-dessous la main de Peterman, murmura Koller. Quelle publicité, mes enfants! Si ce film existe un jour, les distributeurs se l'arracheront.

– M. Sills est-il au courant des derniers développements? questionna Fletch.

Dehors, les bruits d'émeute et les rugissements formidables des sirènes toutes proches composaient un maelström vorace.

– J'ai rien dit, murmura Lopez entre ses dents.

Fletch se dirigea vers la bibliothèque. Le combiné l'attendait, posé sur le bureau.

– Salut, Ted. Une journée magnifique. Nous avons pensé faire un peu de voile.

– Pourquoi toutes ces sirènes?

– Quelles sirènes?

– Ces hurlements qui n'ont cessé de s'amplifier pendant que tu me faisais poireauter. Il m'a même semblé entendre quelqu'un chanter *Green Leaves.*

– Pas moi. Tu me connais.

– Et ces cris? Encore maintenant.

– Je n'entends rien. La communication doit être brouillée de ton côté.

– Vas-tu me dire ce qui se passe?
– Mais rien. Le petit déjeuner se termine. Tu as sans doute surpris Edith Howell en train de faire ses gammes. Bel organe, n'est-ce pas?
Une seconde vitre se fracassa.
– Qu'est-ce que c'était? hurla Sills.
– Quoi?
– Ce crépitement. On aurait dit un bruit de vitre brisée.
– Il y a de la friture, voilà tout.
– Bon Dieu, les sirènes, les cris, une vitre brisée... Quelqu'un est en train de prendre d'assaut la Maison Rose!
– Ted, je t'assure... appuie sur la fourche, ça va peut-être s'éclaircir.
– Fletcher, je croyais t'avoir dit de décamper?
– En effet.
– Tu es toujours là, je vois.
– Je m'offre ce fameux recul.
– Je l'ai entendu au bulletin de sept heures : tu es toujours chez moi, avec cette horde...
– A ce propos, Ted, quel jour ramasse-t-on les poubelles, ici? Je voudrais m'assurer que Lopez ne le laisse pas passer.
– Tu es décidé à le prendre sur ce ton? rugit Sills.
– Ne t'excite pas, voyons. Rien d'étonnant à ce que ton téléphone soit enroué.
– Parfait. J'arrive. Mais je te préviens, j'apporte mon fusil à pompe. Si vous êtes encore là quand je passerai la porte...
– Viens dès que tu peux; tout le monde sera enchanté. Au fait, tu ne m'avais jamais dit que Moxie Mooney était copropriétaire du Cinquième As.
Sills resta sans voix. En contrepoint de ce silence sépulcral, Fletch entendit dans la rue une violente

pétarade, comme si on s'était décidé à sortir les moyens calibres.

– Je l'ai appris ce matin, dit-il lentement. J'ignorais que vous étiez de vieilles connaissances.

– Il se trouve que Miss Mooney a des intérêts financiers dans mon ranch. Et alors?

– Alors rien. Ton insistance à vouloir nous foutre à la porte me paraît d'autant plus bizarre. Ce n'est pas une façon de traiter d'honnêtes partenaires financiers.

– Fletcher... (Sills poussa un soupir terrible.) Tu ne te rends pas compte du mal que tu me fais. Par ta faute, voilà ma chère vieille baraque transformée en bastringue.

– N'exagérons pas. D'ailleurs, je n'y suis pour rien.

Moxie parut dans l'encadrement de la porte de la bibliothèque. Elle avait les yeux agrandis, affolés.

– Stella est blessée à la tête, annonça-t-elle.

– Navré, Ted. Je vais devoir te quitter.

– Qu'est-ce que j'entends? aboya Sills. Qui est blessé?

– Mes œufs à la coque. Les trois minutes sont écoulées et personne pour les déguster. Ils sont blessés dans leur amour-propre.

Il raccrocha et se hâta de suivre Moxie dans le vestibule.

Ecroulée par terre, dos au mur, Stella Littleford tenait ses mains rouges de sang pressées contre son front.

– Il lui faut des points de suture, dit gravement Koller, agenouillé auprès d'elle.

Tout le monde avait les yeux gonflés. Le fragile brouillard de gaz anti-émeute qui flottait dans Duval Street s'insinuait par la porte d'entrée grande ouverte. Une guirlande de chevaux de frise interdisait l'accès de la Maison Rose. En face, des pancartes et quelques cagoules vides de leurs occupants jonchaient le trottoir. Un jeune drôle botté était affalé sur la chaussée, la tête dans ses mains.

Fuyant les vapeurs délétères, les protagonistes avaient déplacé l'action vers le bas de la rue où la violence continuait de répondre à la violence. Juste dans l'axe de la porte, un type qui pouvait être un pêcheur du dimanche comme un représentant de la troisième espèce était en train de crever les pneus d'un autobus jaune à l'aide d'un couteau taillé pour faire la peau des requins. Gerry Littleford arriva au galop, suivi de deux infirmiers portant un brancard. Ils le déposèrent un instant pour se battre contre les chevaux de frise. Quand l'accès fut dégagé, les hommes en blanc ramassèrent le brancard pour se remettre à trotter derrière Gerry.

– Putain de pays! cria-t-il à Fletch.

Il lui montra les éclats d'une bouteille de rhum éparpillés sous la véranda au milieu d'une flaque ambrée.

– C'est le projectile qui a blessé ma femme!

Une ambulance descendait la rue en marche arrière, s'arrêtant à la hauteur de la Maison Rose.

Dans le vestibule, Mme Lopez passait des linges humides à Moxie, laquelle les refilait à Koller qui les posait sur le front de Stella et les changeait à mesure. Les infirmiers mirent un terme à ces extravagances. Après avoir séché la plaie, ils appliquèrent dessus un rectangle de gaze.

Stella fut installée sur le brancard. Gerry parut soudain très désemparé.

– Veux-tu que je vous accompagne à l'hôpital? demanda Fletch.

– Je ne sais pas.

– Et Sy? Veux-tu qu'il vienne?

L'acteur haussa les épaules.

– Je ne sais pas.

– A plus tard, dit Fletch.

Les infirmiers emportèrent Stella. Gerry leur emboîta le pas. Fletch les regarda enfourner le brancard à l'arrière de l'ambulance. Moxie surgit à côté de lui dans la véranda.

– Attention à tes pieds! Il y a du verre partout.

Le brouillard se dissipait. La cohue hurlante et gesticulante, malaisément contenue par le cordon de police, remontait la rue. Fletch supposa que les manifestants tentaient de regagner leurs véhicules. Le pêcheur énigmatique avait bien travaillé : les pneus étaient presque tous à plat. De toute façon, échauffés par deux heures de pugilat, les esprits ne devaient pas être disposés à l'apaisement. Un miracle aurait pu figer le désordre, et encore.

Le miracle se produisit. La magie du Verbe, aurait dit Edith Howell. Une voix formidable comme celle de Zeus s'éleva depuis le balcon du dernier étage de la Maison Rose, prononçant des mots qui tombèrent sur la foule ébahie comme des pierres dans un étang. A pic. C'était seulement la voix la plus puissante et la mieux entraînée jamais sortie d'une poitrine humaine.

Voilà quatre-vingt-sept ans, nos pères jetèrent sur ce continent...

Les gens levaient la tête, reconnaissaient l'orateur et les bouches s'arrondissaient. Même celles des flics. D'un seul coup, on oublia de se battre.

– T.N.T., souffla Moxie.

– *... les fondements d'une nation nouvelle...*

– Allons faire du bateau, dit Fletch.

Ils traversèrent le jardin et s'éclipsèrent par-derrière, comme la première fois. Le bruit avait cessé. Il n'y avait que l'immense voix, projetant sur les villas, les cours et les jardins du quartier résidentiel, sur le fantôme d'Ernest Hemingway et jusqu'aux abords actifs de la petite cité, les paroles mémorables prononcées naguère à Gettysburg (1).

– Quelle puissance de souffle, pour un homme soi-disant brisé, murmura Moxie.

(1) *The Gettysburg Address* : discours prononcé par le Président Lincoln en 1863 sur le champ de bataille de Gettysburg, à l'occasion de l'inauguration solennelle d'un cimetière militaire.

26

– A présent que je suis à ta merci, dit Moxie lorsque la côte ne fut plus qu'une ligne sombre à l'horizon, il est temps de te poser la question qui me brûle les lèvres. Voilà quelques jours, sous le prétexte fallacieux de m'emmener dîner, tu me transportais assez loin des lieux d'un crime pour faire de Moxie Mooney une suspecte en cavale. Suis-je présentement la victime d'un second kidnapping? As-tu l'intention de t'enfuir à l'étranger avec moi?

Assis à la poupe, Fletch manœuvrait le gouvernail.

– Hélas, je suis un misérable et tu m'as percé à jour. Pas très original, mais qu'en penses-tu?

La lumière réfléchie par l'océan resplendissait dans les yeux de Moxie. La lumière, et rien d'autre.

– J'ai toujours rêvé de connaître Cuba. Les discours-fleuve, la récolte de la canne à sucre... Tu savais, bien sûr, qu'Hemingway et Castro étaient de grands amis?

C'était presque les premières paroles échangées depuis qu'ils avaient pris la mer. Auparavant, ils s'étaient offert un savoureux petit déjeuner dans un restaurant anglo-cubain en bordure de plage; personne n'avait demandé à Moxie Mooney de dédicacer la nappe. Entre deux brioches, la jeune femme s'était inquiétée de savoir si le front de Stella Littleford resterait marqué pour la vie. Non seulement ça, avait répondu Fletch, mais une commotion était à craindre car celui qui avait lancé la bouteille s'était gardé d'en boire le contenu. Le salaud devait savoir qu'une bouteille pleine fait plus de dégâts. Ils avaient acheté des fruits, de l'eau minérale et commandé un pique-nique que l'hôtesse avait emballé dans un carton muni d'une poignée.

Ils avaient longé l'océan jusqu'à une plage éloignée du centre où l'on pouvait louer des catamarans à la journée. Après avoir rangé les provisions à bord, Fletch avait appelé une bande de gamins à la rescousse et tout le monde avait poussé l'embarcation à flot. L'opération avait envoyé assez d'eau à l'arrière du bateau pour noyer le pique-nique. Tandis que Fletch hissait la voile et cherchait le vent, Moxie avait extirpé en riant du carton détrempé les fruits et les sandwiches qui pouvaient être sauvés. Elle portait son bikini orange dont elle avait ôté le soutien-gorge bien qu'elle eût choisi de s'installer dans l'ombre de la voile.

– Parle-moi, veux-tu?

– Que veux-tu que je te dise?

– Quelque chose de gentil.

– Les femmes se ressemblent toutes. Le silence les angoisse. « Si tu ne parles pas, tu meurs. » Je cite Edith Howell.

– Si Edith Howell cessait de parler, ce sont les autres qui tomberaient raides. De saisissement.

– Elle convoite les millions de ton père.

Moxie fit entendre un reniflement persifleur.

– Ses millions d'illusions perdues? Grand bien lui fasse. (Elle roula sur le ventre et fit traîner dans l'eau le bout de ses doigts.) Choisissons un sujet plus agréable. Me diras-tu par exemple d'où te vient le privilège d'être riche sans travailler?

– Tu veux que nous parlions d'argent?

– Ma foi, pour quelqu'un qui vit dans l'oisiveté, tu as un bien joli pied-à-terre sur la Riviera italienne.

– En voilà une question indiscrète. On se connaît à peine.

– Ce n'est pas une réponse.

– C'est une longue histoire.

– Qu'à cela ne tienne. J'ai toute la journée pour l'entendre.

– Longue et tortueuse. Franchement, je ne me sens pas capable de la raconter en fournissant les mille détails croustillants où se complairait ta curiosité gloutonne.

– Cesse de tergiverser! As-tu violé la loi? Es-tu en train de dilapider un bien mal acquis? Suis-je tombée dans les filets d'un aigrefin, un de plus?

– Un aigrefin, moi? Quel mot brutal.

– Je te connais. A la suite de quelles circonstances rocambolesques t'es-tu retrouvé rentier?

– A vrai dire, je fus admirablement servi par le hasard. Il advint qu'un soir je me retrouvai seul dans une pièce en compagnie d'une masse de beaux billets bien usés. Cette somme rondelette m'était due en règlement d'un forfait pour lequel on m'avait engagé. Je n'avais rien fait, mais la chose s'était accomplie malgré tout, sans intervention de ma part. Une coïncidence miraculeuse.

– Aux innocents les mains pleines. Quel scandale! Fletch, raconte-moi tout depuis le début.

– Pas aujourd'hui. Trop long. Trop compliqué.

– Tu as tout de même empoché l'argent.

– Il le fallait bien. Sa présence dans la pièce aurait éveillé la curiosité. Il y aurait eu une enquête. Des têtes seraient peut-être tombées. Des réputations auraient été salies.

– Au fond, tu l'as pris par charité?

– Sur le moment, aucune alternative ne s'est présentée. Je n'avais pas le choix.

– Qu'en as-tu fait?

– J'étais désemparé. Comme tu sais, je n'ai jamais été un homme d'argent.

– C'est à moi que tu oses dire ça? J'ai le souvenir d'un certain déjeuner...

– Quel déjeuner?

– Un déjeuner qui me restera toujours sur l'estomac.

– Il ne devrait jamais être question d'argent entre amis.

– Précisément. Il n'y en avait pas. C'était sans doute la raison pour laquelle tu m'avais invitée dans la crèmerie la plus snob de Los Angeles.

– Oh, ce déjeuner!

– Tu n'as pas oublié, toi non plus? Si ce pouvait être la mauvaise conscience...

– A ta place, je n'y compterais pas trop.

– Pour tout dire, j'aimerais bien récupérer ma montre, un de ces jours. Celle que j'ai dû laisser en gage.

– Une Piaget, si ma mémoire est bonne?

– Avec des petits diamants pour indiquer les heures.

– Quelle heure est-il? demanda Fletch.

Moxie haussa les épaules.

– Est-ce qu'on a besoin de savoir ça?

– Je ne te le fais pas dire.

Elle jura entre ses dents, distinctement.

– Tu ne changeras donc jamais?

Il eut un sourire angélique.

– Je me bonifie au fil des ans. Seuls s'en aperçoivent les véritables amateurs.

– Ta fausse candeur sera bientôt aussi éraillée qu'un vieux microsillon abandonné dans le sable depuis mille ans. Revenons-en à ton désarroi. Comment as-tu dépensé l'argent que tu as volé?

– Je n'ai rien volé.

– Il s'est matérialisé un certain soir de solitude où tu avais besoin de compagnie.

– Garde présent à l'esprit le fait qu'il s'est passé des choses avant. Longues et tortueuses. Le magot faisait route vers l'Amérique Latine. Je l'ai suivi. C'est plus fort que moi, vois-tu. J'aime aller au fond des choses. Une piste interrompue, une affaire non classée, ça me détruit le moral.

– Et la biographie d'Edgar Arthur Thorpe, elle n'est pas interrompue?

– Elle est en cours d'achèvement. Je me suis donc retrouvé en Amérique Latine, plein aux as pour la première fois de ma vie. Ç'aurait dû être agréable. Ça ne l'était pas. Quelque chose me turlupinait. Un obscur sentiment de culpabilité, va savoir. Ce pognon me brûlait les doigts. J'ai acheté de l'or.

– Tu as fait ça?

– Une décision soudaine.

– Et le prix de l'or a monté en flèche?

– Je l'ai appris par hasard en regardant la télé dans un bistrot. Mon désarroi s'est aggravé, tu t'en doutes. J'ai vendu vite fait. Qu'est-ce que je haïssais le plus, après l'or? Les compagnies pétrolières. Elles font le mal partout. Quelqu'un devait se décider à leur rendre la monnaie de la pièce. Nul doute que cet argent douteux dût leur porter la guigne.

– Donc, tu as investi dans le pétrole?

– Jusqu'au dernier cent, ou peu s'en faut.

– Et les cours se sont mis à grimper?

– Ils étaient déjà à la hausse, mais mon intervention n'a pas eu l'effet escompté. En fait, la tendance s'est accentuée. Mon moral a suivi la direction inverse.

– Pas de chance.

– Je me suis débarrassé de ces sacrés trucs en un temps record.

– Dans l'intervalle, le magot avait pris du volume. Qu'est-il devenu?

– Me croiras-tu? J'ai fait un bilan personnel. Je me suis interrogé sur mes motivations. J'avais agi en égoïste et en irresponsable. Il fallait être le dernier des ballots pour s'obstiner à acheter ce qui vous faisait le plus horreur.

– Tu as enfin décidé de te faire plaisir?

– Au lieu de continuer à pourfendre des ombres trop grandes pour moi, je pris le parti d'une politique d'aide systématique aux entreprises en difficulté.

– Une manière de se dédouaner en douce...

– Ça branlait dans le manche à la *General Motors*. Les cours s'effondraient allègrement. Personne n'achetait.

– Tu t'es payé la *General Motors*.

– Tu l'as dit. Les réseaux par câble avaient mauvaise mine? J'investissai à tour de bras.

– Grand Dieu, Fletch, à ce stade, l'incompétence est presque un péché!

– Ai-je jamais prétendu avoir le moindre talent dans ce domaine?

– Tu aurais dû suivre des cours d'initiation accélérée. *Apprenez à investir en quatorze jours.*

– J'aurais dû, c'est vrai.

– L'argent est une chose sérieuse. Quand cesseras-tu de te comporter en enfant gâté?

– Je me fous de l'argent. *General Motors* va beaucoup mieux, merci.

Enfin le Gulf Stream les saisit dans sa longue main chaude. Moxie ôta le slip orange et se laissa glisser dans l'eau. Fletch baissa la voile. Après s'être dévêtu et non sans avoir entortillé un filin autour de sa cheville, il plongea à son tour. Longtemps, ils se livrèrent à des batifolages fertiles en pittoresque vu la dérive du bateau qui s'obstinait à les séparer, vouant à l'échec toute tentative d'étreinte rapprochée. Ce furent des rires sans fin, des tasses carabinées. Une heure d'exaltation intense, puis raisonnable, puis franchement lasse. Ensuite, ils se hissèrent à bord.

– Puisque tu as mis la conversation sur l'argent, celui qu'on a sans se fatiguer...

– J'avais l'impression que nous avions fait le tour du sujet.

– ... Je me demandais si les Fantoches avaient de l'appétit.

Ils avaient abordé une île et traîné le bateau sur une plage déserte. Là, ils avaient bu l'eau minérale tiède, mangé l'ananas que Fletch avait débité avec son canif et quelques sandwiches racornis. Puis ils avaient fait la sieste. Le soleil était bas et la frêle trame des nuages émoussait encore ses dernières velléités d'ardeur. Moxie posa la main sur la poitrine de Fletch. Elle ne voulait plus parler d'argent.

– Moxie, qui les Productions Fantoches ont-elles plumé exactement?

– Les canailles ont plumé une petite caille, dit-elle sombrement.

Elle lui jeta un regard blessé. Sa main abandonna la poitrine de Fletch. Elle se cacha les yeux.

– Tu as raison. En un sens, tu es la première victime. N'as-tu pas le privilège d'être l'unique propriétaire des Productions Fantoches? Satterlee m'a appelé ce matin.

Elle ne bougea pas d'une ligne.

– Tant mieux. Je vais pouvoir arrêter ce cirque.

– *Cauchemar d'une nuit d'été*?

– Le cauchemar se termine. Ce soir ou demain, je donnerai congé à toute la smala. Edith Howell, Sy Koller, Geoff McKensie, Gerry Littleford, Talcott Cross... adieu et bon vent! Adieu la 41!

– Faut-il comprendre que tu n'en savais rien?

Moxie referma la main sur une poignée de sable.

Puis elle souleva celle qui lui masquait les yeux. Ils s'étaient rouverts. Leur regard noir et perçant surprenait dans cette figure impassible.

– Tu me demandes si je savais que Moxie Mooney était les Productions Fantoches à elle toute seule? Tu me le demandes? Crois-tu que j'en serais là si je l'avais su?

– Moxie, lorsque tu es allée dans le bureau de Peterman, il y a trois semaines, qu'as-tu appris au juste? (Fletch regardait la masse éthérée d'un gros nuage. Elle se délitait insensiblement et l'espace d'un instant, elle adopta tout à fait la forme d'une baleine.) Qu'as-tu découvert pour te donner la frousse au point de t'inciter à convoquer d'urgence ton vieux copain Fletcher?

– Il n'y avait pas trace de déclarations d'impôts. Rien de sérieux. Des bouts de papier sans queue ni tête. Dix fois, j'ai réclamé les dossiers fiscaux. Ils continuaient d'amonceler devant moi des chemises remplies de choses folles où il était question du Honduras, de la Suisse et du Mexique. Je commençais à redouter le pire. J'étais folle de rage. Et j'avais peur.

Fletch croisa les mains derrière sa nuque. La baleine s'était dénouée en sinuosités nonchalantes.

– Marty n'a pas eu le temps d'épuiser toutes les ressources de tes livres de comptes. A quatre heures, ce matin, la police a investi les locaux. Elle a tout emporté. Tout ce qui te concernait.

Elle se dressa comme un ressort.

– Les flics ont fait main basse sur mes dossiers? Dieu tout-puissant!...

– Tu devines...

– Je ne devine rien! (Son poing s'abattit sur le sable.) Tu parles bougrement trop.

D'une détente, elle fut debout. Elle suivit une trajectoire oblique jusqu'à la mer. Elle entra dans l'eau jusqu'aux genoux et s'éloigna en suivant la plage.

Depuis longtemps, la mince silhouette avait disparu derrière une dune. Fletch rassembla dans un carton les reliefs du pique-nique, ramassa leurs draps de bain et porta le tout dans le bateau qu'il fit pivoter face au large.

Il s'installa sur la coque pour attendre.

– Moxie?

Le vent gonflait la voile. Le ciel rougeoyait au-dessus de la poupe. La jeune femme avait enfilé une chemise sur son bikini. Elle était assise à la turque, très droite, les yeux dans l'eau.

– Moxie, connais-tu le propriétaire de la Maison Rose?

Elle souleva les épaules, sans le regarder.

– D'où le connaîtrais-je?

– Ted Sills. Hier, déjà, tu prétendais ne pas le connaître.

– C'est la vérité.

– Selon toute apparence, vous êtes copropriétaires d'un ranch en Floride.

Cette fois, elle le regarda bien en face. La colère ou la perplexité creusait deux rides verticales entre ses sourcils. Une petite plaque de sable était restée accrochée à sa pommette gauche.

– Ce type et moi, nous sommes associés?

– Le Ranch du Cinquième As. Ocala, Floride.

Elle examina la paume de sa main droite.

– As-tu d'autres révélations à me faire? dit-elle d'un ton pensif. Ce paysage, que tu dévoiles par petites touches, je ne m'y suis jamais promenée; pourtant, c'est étrange, ses contours me sont familiers...

– C'était un ami de Steve Peterman.

– Si tu te décidais à lâcher le paquet? cria-t-elle brusquement. Ces escarmouches me fatiguent.

Dieu, je suis lasse! (Elle regarda autour d'elle avec exaspération. Ses yeux s'arrêtèrent sur Fletch.) Parle!

– Navré. Le paysage n'est pas complet. Les flics sont arrivés trop tôt. Marty en avait vu assez, cependant, pour confirmer ce que nous redoutions. Primo, le petit gars du Trésor public avait raison. Tu leur dois plusieurs années, sans compter les majorations qui doivent représenter à elles seules l'équivalent de la masse salariale de la *General Motors* avant les licenciements. Secundo, tu es endettée auprès d'un tas d'établissements bancaires de par le monde. Ces emprunts sont colossaux. D'après Satterlee, aucun n'était fondé.

Moxie mit la main en écran devant ses yeux pour scruter l'horizon.

– De quel côté, Cuba?

– Par là.

Fletch montra l'est.

– Tu me déposes où j'y vais à la nage?

– Sous le couvert de ton nom s'est opéré un trafic d'argent éhonté, incompréhensible. Qu'as-tu à répondre?

– Comment pourrais-je comprendre l'incompréhensible?

– De l'avis de Martin Satterlee, ces transferts de capitaux n'ont aucun sens. A première vue, tout au moins.

– De l'avis de ton copain Marty, ma comptabilité exhalait une forte odeur de brigandage?

– Marty n'a rien dit de tel. Il s'efforçait à l'impartialité.

– Il a dû se faire une douce violence, non?

– Et je lui en sais gré. (Fletch descendait la voile.) Personne n'a pu se livrer à une activité financière aussi intense sans ton consentement tacite, voire ton approbation expresse. Voilà ce qu'il pense et qu'il a préféré passer sous silence.

Moxie se contentait de le dévisager. Elle tournait le dos à Cuba. Les reflets du couchant embrasaient sa peau.

– A tous, tu diras que tu n'étais au courant de rien. Personne ne te croira. Ni les flics, ni le juge, ni les jurés. Ils penseront que tu les mènes en bateau.

Elle considéra le carton bosselé et blanchi de sel, bourré de bouteilles, d'écorces d'ananas et de papiers gras.

– Ce matin, tu as tenté de justifier ta soudaine richesse et je ne t'ai pas cru, dit-elle tristement.

– Je vois bien, ricana Fletch.

– Ne ris pas. C'est un jeu dangereux. Je sens que je n'y serai pas très forte. Il m'ennuie déjà. Qu'ils pensent ce qu'ils veulent. (Elle semblait au fond de l'abattement le plus extrême. Puis elle remonta d'un bond et lui adressa un radieux sourire.) Merci pour cette belle journée.

– Tout le plaisir était pour moi. J'étais enchanté de cette occasion de faire plus ample connaissance. On n'est jamais au bout de ses surprises avec ceux qu'on aime.

Fletch mit le cap sur leur plage de départ. Il avait pris soin d'en repérer la position par rapport aux tours Martello (1).

– L'examen de mes dossiers fournira à la police le mobile qui lui manquait pour me coller ce meurtre sur le dos. C'est aussi simple que cela, n'est-ce pas?

– L'examen de tes dossiers convaincra la police que Peterman était ton pire ennemi.

Le bateau louvoyait, dérive relevée, entre les têtes des baigneurs attardés.

(1) Tour à la Martello : du nom de leur constructeur, l'ingénieur Martello, tours ou fortins qui servirent au XIXe siècle à la défense des côtes.

Moxie serra sa chemise autour d'elle. Quelque chose s'était installé sur son visage, une expression inquiète, traquée, qui lui allait comme un masque.

– Fletch, donne-leur un autre os à ronger, dit-elle d'une voix frémissante. Pas moi. Je refuse d'écoper pour un autre.

– Je tâche, mon ange. Je tâche.

La nuit s'était installée sur Key West. C'était l'heure où les gens aiment à se retrouver chez eux autour d'une table. Les rares passants qu'ils croisaient n'avaient pas de chez-eux, ou n'avaient pas faim. Ils se hâtaient dans le reste de clarté, Moxie enfermée dans un silence maussade que Fletch avait de plus en plus de mal à respecter à mesure qu'ils approchaient de la Maison Rose.

– Il reste une dernière petite chose, Moxie. Une dernière petite question.

– Les types dans ton genre se trompent de siècle. Tu aurais fait merveille sous l'Inquisition.

– La promenade en mer n'était qu'un prétexte. Je voulais te parler sans témoin.

– Pas du tout. Tu es grand et généreux. Tu voulais seulement m'offrir quelques heures de vraie détente. Quand j'y songe! C'est horrible. Tu m'as fait sortir de cette baraque dans le seul but de pouvoir me taper dessus à ton aise.

– Quand je l'ai rencontré dans ce bar de Bonita Beach, ton père a évoqué ces deux années que tu avais passées en Angleterre étant gamine.

– Drôle d'idée! D'ailleurs, tu as toujours su que j'avais passé un peu de temps là-bas.

– Je n'avais jamais songé à m'interroger sur les vraies raisons de cette parenthèse britannique. Etait-ce ta volonté ou celle de Freddy?

– La sienne. Sa femme était morte pour lui. Il a dû se souvenir qu'il avait une fille. Je lui écrivais quelquefois.

– Bizarre. Au cours des deux années en question, il n'a pour ainsi dire pas mis les pieds en Angleterre.

– De nouveaux engagements sont arrivés, bouleversant son programme. Tu connais Freddy. Je l'ai à peine vu.

– Moxie, ton père a fait allusion à l'assassinat d'un prof dans le bahut où tu étais pensionnaire en Californie. Il enseignait l'art dramatique.

La main de Moxie se chiffonna dans celle de Fletch.

– J'avais quatorze ans, murmura-t-elle.

– Je sais. Et alors?

Elle récupéra sa main et se figea. Les pointes de feu s'étaient ranimées dans ses yeux.

– Alors Freddy, dans l'un de ses rares instants d'indubitable reconnaissance paternelle, a décidé que la fréquentation prolongée d'un lieu macabre pouvait nuire à l'équilibre d'une jeune fille de quatorze ans. D'autres parents ont eu la même réaction. Satisfait?

Elle pivota et se remit en route. Elle marchait à deux mètres devant lui. Il ne fit rien pour la rattraper.

– Crois-tu que j'aie assassiné Mister Hodes? demanda-t-elle deux pâtés de maisons plus loin.

– Je ne crois rien. Je ne savais rien de cette histoire. C'est la première fois que quelqu'un prononce devant moi le nom de ce pauvre diable.

– Un sale petit faisan, dit-elle.

– Je m'étonne, tout au plus. Je me demande quelle grave raison peut inciter un père à changer sa fille d'établissement, de continent même, en cours d'année scolaire.

Ils s'étaient arrêtés ensemble.

– J'avais quatorze ans! cria-t-elle sans se retourner. J'étais ravie de changer d'air. On m'avait dit qu'en Angleterre, le climat était excellent pour le teint!

– Rends-toi compte. Je te demande si tu as fracassé le crâne de ton prof d'art dramatique et que trouves-tu à répondre? « J'avais quatorze ans! »

Elle le dévisagea par-dessus son épaule.

– C'est ce que tu penses vraiment? demanda-t-elle sur un ton de réelle angoisse. Que je l'ai tué?

– Je ne sais plus, Moxie. Des soupçons m'assaillent, que je refoule avec horreur. Il suffirait d'un mot de toi. Oui ou non as-tu assassiné le petit faisan?

Il y eut un long silence pendant lequel elle ne fit que le regarder, les prunelles enflammées. Puis elle cessa de le regarder et se remit à marcher.

– Je me moque de ce que tu penses.

Ils abordèrent la Maison Rose en ordre dispersé. L'écart entre eux s'était creusé. De loin, il la vit se faufiler par l'entrebâillement du portail des Lopez.

Quand il y parvint, Fletch se heurta à l'énorme poubelle que le Cubain enlaçait à grand-peine.

– Ah! C'est demain le jour du ramassage?

Lopez sourit de toutes ses dents gâtées.

– Il y en a encore deux comme celle-ci. Des éclats de verre, surtout. Ils ont lancé beaucoup de pierres.

– Je m'en doute. Les dégâts sont importants?

– Pas vraiment. Nous avons tout balayé. Dès demain, je commencerai à remplacer les vitres.

Au sommet de la poubelle, trois grandes bouteilles de jus de pomme étaient fichées cul par-dessus tête. Personne ne buvait de jus de pomme à la Maison Rose. Si projectiles il y avait, pourquoi diable ne s'étaient-elles pas brisées?

– Je tiens à m'excuser pour le chahut de ce matin,

dit Fletch. Tout ce travail supplémentaire. Je suis le dernier des locataires!

Lopez lui assena une tape familière sur l'épaule.

– Pensez-vous! Pour une fois qu'on a l'occasion de rigoler un peu!

27

– Combien de points de suture? s'enquit Fletch.

Stella Littleford ne semblait pas plus souffreteuse qu'à l'ordinaire. Petit visage, petite mine. Le pansement qui lui barrait le front en diagonale était moins important que prévu. Deux oreillers la maintenaient assise. Son regard sérieux, précis, attentif, était levé sur Fletch.

– Six, dit-elle sans sourire.

Vautré sur une chaise, les pieds croisés sur le lit, Gerry regardait sa femme. Sans doute n'avait-il pas quitté l'hôpital de la journée, car il portait toujours son short. On lui avait prêté une blouse blanche et ses pieds étaient chaussés de pantoufles en papier.

– Ils la gardent pour la nuit, expliqua-t-il. Le choc. Ils craignent des suites.

– Je vous ai apporté des fleurs, dit Fletch. L'infirmière doit être en train de les brouter. (Il traversa la chambre pour aller s'asseoir sur le rebord de la fenêtre.) Que s'est-il passé au juste? Je n'ai rien vu. J'étais au téléphone.

– Ils sont devenus très agressifs, fit sèchement Littleford. Le rassemblement tumultueux a tourné à l'émeute.

– Je suis descendue dans la cour et je leur ai montré le poing, dit Stella. Et j'ai crié à pleins poumons. Je les ai traités de tous les noms. « Salopards. » « Fumiers. » « Ordures. » Ils n'ont pas apprécié.

– C'est douloureux, quand vous parlez?

– Un peu. (Elle réprima un sourire.) Ce matin, je me sentais en pleine forme. Ce matin, j'aurais pu gueuler pendant des heures, si on ne m'avait pas interrompue.

– Ils l'ont éteinte comme une chandelle, précisa Gerry. Il a suffi d'une seule bouteille. Le maraud visait bien.

– Il visait pour faire mal. La bouteille était presque pleine.

– Tant mieux, dit Stella. (Son petit visage se plissa de malice.) C'est toujours ça qu'ils n'ont pas eu.

– Je ne vous avais encore jamais vue aussi détendue, fit observer Fletch.

– Cette femme, c'est la grande incompréhensible, dit Gerry. Toujours à prendre des initiatives singulières au moment où personne ne les attend. Comme de devenir Mme Gerry Littleford.

Stella lui jeta un regard de curiosité pensive.

– Aviez-vous déjà entendu parler de l'une de ces sectes? demanda Fletch. Coups de fil, lettres anonymes?

Ni Gerry ni Stella ne répondirent.

– J'essaie de déterminer quels objectifs poursuivaient ces gens, reprit-il. Foutre en l'air le film ou juste se défouler?

Les deux autres se tinrent cois.

– On a tué quelqu'un, vous vous souvenez? Aujourd'hui, c'est le tour de Stella. Elle s'en tire avec des points de suture et une légère commotion, mais c'est un coup de chance, vous le savez bien. Ce matin, des émeutiers manifestaient sous nos fenêtres pour réclamer l'arrêt du film. Ma question n'est pas si farfelue.

– Qu'a décidé la production? demanda Gerry.
Fletch éluda en réitérant sa question initiale.
– Dites-moi la vérité. Ces groupuscules avaient-ils déjà tenté de vous effrayer par un moyen quelconque?
Gerry Littleford posa ses pieds sur le sol. Il redressa le buste comme s'il venait d'être appelé à la barre des témoins.
– Pour être tout à fait franc... oui.
– Des lettres?
– Sous forme de tracts. Des petits morceaux d'anthologie qui avaient le goût du sang. « Honte à la race blanche qui continue de laisser germer en son sein les vipères de la haine et du racisme! »
– Nous avons reçu quelques coups de fil, murmura Stella.
– J'y arrivais, dit Gerry.
– Encore des menaces?
– Des menaces de mort. Une balle dans la tête si je terminais le film. Mon corps serait brûlé et mes cendres dispersées au vent. (Les yeux de l'acteur parcoururent le visage de Fletch comme une caresse au vitriol.) Un Nègre a parfois du mal à discerner dans les propos d'un Blanc ce qui relève de l'hystérie raciste ou de la conversation courante.
– En avez-vous parlé à quelqu'un?
– Vous plaisantez? A qui aurions-nous pu en parler?
– Aux responsables du film, pour commencer. Steve Peterman, Talcott Machin, Sy Koller. Aux flics.
– Vous me prenez pour un malade ou quoi? Vous croyez que j'ai envie de me retrouver au chômage?
– Avez-vous conservé une de ces lettres?
– Certainement pas. Je les ai lacérées avec mes

dents et jetées dans les goguenots. Autant en emporte la chasse d'eau.

– Comment étaient-elles signées? Vous rappelez-vous des noms?

– C'étaient toujours des pseudos pas possibles. *La Confrérie des bouffeurs de nègres en chemise. La Ligue pour le retour des burnous dans les champs de coton.* Tout un programme!

– Sans oublier le coup de fil de cette organisation noire, dit Stella.

– En effet. (Gerry eut un sourire rêveur.) Certains copains encouragent les Nègres à rester sur leur quant-à-soi. Eux non plus n'aiment pas les bâtards.

– Ecoutez-moi, dit Fletch. Ecoutez-moi tous les deux. Pensez-vous réellement que la production de *Cauchemar d'une nuit d'été* soit la cible d'organisations racistes ou néo-nazies capables de recourir au meurtre pour arriver à leurs fins?

– Ce ne serait pas la première fois que cette racaille encagoulée commettrait un meurtre, marmonna Gerry Littleford. Mais jusqu'à présent, c'était les Noirs qui trinquaient. Qu'il y ait des assassins en puissance dans la meute de ce matin, c'est évident. Stella est bien placée pour le savoir. Elle pourrait être morte à l'heure qu'il est. Mais ces gens sont des excités, des tarés que j'imagine mal en train de concevoir une action aussi sophistiquée qu'un meurtre anonyme filmé par des caméras de télévision. Celui qui a réussi ce coup-là doit être de première force.

L'infirmière entra avec un vase de roses. C'était le premier bouquet qui franchissait le seuil de la chambre.

– Bravo! (Fletch se décolla de l'appui de la fenêtre.) Vous ne les avez pas mangées, en fin de compte.

– J'avais dîné chez moi avant de venir, dit l'infirmière. Un ragoût de pâquerettes.

Fletch gagna la porte.

– Tu rentres bientôt, Gerry?

– J'ai tout le temps. Je me trouve très bien ici.

28

La nuit était aussi claire qu'un planétarium. Il régnait une fraîcheur de cave, immobile, stagnante, propice à de lentes maturations. Des chiens hurlaient au loin, pris de fureur. Fletch ne voulait pas rentrer. La déambulation qu'il croyait abandonnée au hasard le guida vers le vieux centre commercial et, sans hésiter, il s'engagea dans l'allée qui conduisait au *Durty Harry.* Frederick Mooney ne s'y trouvait pas. Le lieu était presque désert.

Il s'installa au bar, commanda une bière et jeta un regard circulaire, guettant le petit déclic qui le distrairait pour un temps de ses incertitudes moroses. Il était debout depuis trop longtemps. Le mouvement de ses pensées se confondait avec les rotations épuisées d'une brindille au fil de l'eau. Une pendule aperçue en chemin indiquait onze heures et quart, mais Key West se moquait bien du temps qui passe. Ses pendules fantasques avaient pour fonction avouée de donner de la substance au rêve.

De la galerie du second descendirent un homme et un chien. C'était un animal énorme, tout hérissé de noir. Ils empruntèrent l'escalier en spirale, traversèrent la salle et disparurent dans le patio.

– Comment s'appelle-t-il? demanda Fletch.

– Empereur, répondit la jeune serveuse. N'est-ce pas qu'il est superbe?

– Superbe.

Fletch mouilla ses lèvres et le regretta aussitôt. La bière l'écœurait. Il arrivait au terme d'une journée singulière, petite péripétie rayonnante et fatale, traversée de crépitements de méfiance et de cris de haine, parcourue par le vent du large qui ne balayait rien mais conférait aux plus noires mélancolies un arrière-goût de volupté. Depuis l'aube, depuis le funeste appel de Martin Satterlee, les événements n'avaient cessé de souffler sur lui le chaud et le froid. Il avait mérité un peu de repos. Il ne désirait toujours pas rentrer. Il songea à *Global Cable News.* « Tout de suite, M. Fletcher », le privilège du fric. Il songea aux côtelettes de Jim Fennelli, l'ennemi numéro un du chewing-gum. Pourquoi le producteur de service lui avait-il prêté une oreille si complaisante avant même qu'il eût commencé à parler? « Evidemment, si c'est une amie à vous... » Serait-ce que l'actionnaire moyen est plus fiable, ou plus malin, que l'auditeur moyen?

A la prochaine occasion, il les appellerait sous un faux nom. Il balancerait sa petite histoire et il verrait bien. Pour un actionnaire, cela promettait d'être une expérience riche d'enseignement.

Le sommeil le frappa d'un seul coup. Il ne fit pas mine de terminer sa bière. Il posa deux pièces sur le comptoir.

– Vous saluerez Empereur pour moi.

29

Il s'éveilla en sursaut dans la pénombre recueillie. Le petit jour s'insinuait entre les volets mi-clos de la porte-fenêtre; une aube intérieure d'un jaune délicat naissait peu à peu dans l'espace tranquille de la chambre. Fletch tendit l'oreille. Le silence était si pesant qu'il avait presque l'intensité d'un grand bruit.

Il sortit sur le balcon. Deux policiers faisaient le pied de grue sous le figuier banian. Devinant sa présence, ils levèrent aussitôt les yeux vers lui. Il rentra dans la chambre et courut inspecter la rue par les interstices des volets de façade. Il fut accueilli par les éclairs bleus des gyrophares.

– Bordel, dit Fletch.

Il courut le long du balcon. Toutes les chambres bénéficiaient d'une double exposition. Une seule porte, la dernière, était grande ouverte. Gerry Littleford avait déserté son grand lit. Fletch s'approcha vivement du hamac dans lequel l'acteur dormait recroquevillé. Il lui secoua l'épaule.

– Debout. Vite. Les flics font une descente.

Gerry ouvrit un œil pétillant comme du vif-argent.

– Les flics font quoi?

Venaient-ils arrêter un assassin présumé? Sûrement pas. Trop nombreux. Ils étaient maintenant trois à palabrer sous le figuier banian. Deux autres exploraient le jardin. Le reste devait s'activer devant. Il y avait cinq voitures arrêtées dans la rue. Les avait-on avertis que les cinglés de la veille comptaient remettre ça? Dans ce cas, que faisaient-ils à fouiner dans le jardin? Silence, rapidité. Ils se comportaient comme des flics munis d'un mandat de perquisition.

– Une descente. Ils sont partout. Grouille-toi. Si tu as de la came, débarrasse-t'en vite fait. (Saisissant le hamac par le fond, Fletch le fit basculer. L'acteur se reçut comme un chat.) Dans les goguenots, Gerry. Autant en emporte la chasse d'eau.

De retour dans la chambre, il enfila son bermuda et sa Lacoste. Il chaussa ses espadrilles.

– Pourquoi toute cette agitation? demanda une voix languide à demi étouffée par l'oreiller. Quelle heure est-il? Pourquoi t'habilles-tu?

– A ta place, j'en ferais autant. Nous avons de la visite. Les flics.

Elle se dressa sur-le-champ. Un changement foudroyant altéra ses traits. Les vestiges du sommeil se dissipèrent d'un coup, remplacés par une expression hagarde, terrifiée, comme si le cœur, soudain, lui battait dans la gorge.

– Je sais, dit Fletch. Tu n'as tué personne. Nous verrons bien.

Il quitta la chambre.

Quand il ouvrit la porte d'entrée, les trois policiers qui se tenaient derrière parurent déconcertés. Ils n'avaient ni sonné, ni frappé. Ils n'étaient pas pressés. Ils avaient besoin d'un peu de temps pour se décider. L'initiative de Fletch les prenait de court.

– Ceux qui sont morts dix fois sur les écrans petits et grands et mourront encore pour vous plaire vous saluent! Les dons en espèces sont les bienvenus. Vous pourrez les déduire de vos impôts.

Ils n'avaient pas l'air trop flambards sous leurs casquettes. L'un d'eux portait des lunettes de soleil. A six heures du matin. Aucun ne mâchouillait de chewing-gum, ni ne se curait les dents, ni ne chiquait. Derrière eux, la rue était nickel. Les échauffourées de la veille n'avaient été qu'un épiphénomène, une comédie bruyante dont il ne restait rien, pas même une tache de sang.

Fletch tendit la main, paume offerte. Le plus âgé – il arborait des galons de sergent – y laissa tomber un papier plié.

– Permettez que nous entrions? demanda-t-il poliment.

Fletch agita le mandat.

– Le meilleur des coupe-file.

– Sergent Henning, déclara le vieux flic.

– Fletcher. Locataire momentané des lieux.

Ils échangèrent une poignée de main.

– Nous devons perquisitionner.

– Faites. Un peu de café?

Henning considéra les hommes en bleu qui affluaient de tous côtés dans le vestibule : par la porte principale, celle de la bibliothèque, celle de la cuisine, celle du salon. Une dizaine en tout. Pas un qui eût besoin d'être encouragé pour regarder sous l'oreiller de Moxie Mooney. Il sourit à Fletch.

– Bonne idée.

Fletch le précéda dans la cuisine. Il mit la bouilloire sur le feu et sortit deux tasses du placard. Le sergent s'assit et l'observa.

– A propos, je ne vous ai pas remercié pour votre intervention d'hier.

Henning posa sa casquette sur le formica.

– C'était peu de chose. Nous sommes arrivés trop tard. Le manque d'entraînement. Key West est un patelin paisible. On ramasse les camés à la pelle, on donne des tranquillisants aux femmes violées, on console les bijoutiers qui pleurnichent devant leurs vitrines fracassées. A l'occasion, on bute sur un vrai meurtre. La routine. Jamais de politique. Jamais d'émeute. Nous ne sommes que de pauvres bougres de flicaillons de province.

– Vous devriez vous arrêter les uns les autres, histoire de garder la main.

– Pour tout dire, nous avons hésité à venir. Ces dingos sont des citoyens comme les autres. Tout le monde a le droit de s'exprimer.

– Vous en avez bouclé quelques-uns, j'espère?

Fletch versa deux cuillerées de café soluble dans chaque tasse. A l'étage, on marchait en tous sens. On remuait des meubles. Edith Howell laissait éclater son indignation.

– Neuf. On va les relâcher ce matin.

– Le lanceur de bouteille ne serait pas du nombre, par hasard? Six points de suture. Il y aurait lieu d'être fier.

L'eau sifflait dans la bouilloire.

– On leur a posé la question à tous sans exception. Gentiment, en y mettant les formes. Pas un seul amateur de rhum.

Fletch remplit les chopes. Il poussa l'une d'elles vers le sergent.

– Vous n'auriez pas un peu de sucre? demanda celui-ci. (Fletch souleva le couvercle du sucrier.) Un bon caoua bien sucré. Un toutes les heures. C'est ça qui entretient mon humeur de dogue.

Deux jeunots entrèrent dans la cuisine. Sans regarder personne, ils commencèrent à farfouiller.

– Allez-y mollo, dit Fletch. Vous connaissez Mme Lopez?

– Je la connais, dit l'un d'eux.

– C'est elle qui fera le ménage derrière vous.

Fletch emporta son café sur les marches de la

cuisine. Henning l'imita. Le jardin baignait dans une lumière voilée.

– Pourquoi cette perquisition? demanda Fletch.

Henning eut un haussement d'épaules.

– Détention de substances illégales.

– Admettons. Mais pourquoi? Quelle preuve avez-vous présentée au juge pour obtenir le mandat?

– Des preuves suffisantes, on dirait. Quel figuier, mes aïeux! Voilà un siècle que je n'avais eu l'occasion de le contempler. Il est encore plus grand que dans mon souvenir. Vous faites dans le cinéma, vous aussi?

– Pas le moins du monde.

– Encore un de ces mirontons qui traînent dans leur sillage.

– C'est ça. Je ramasse leurs mégots et je respire leurs dessous parfumés.

– Ce doit être plutôt décevant de les voir dans la vie de tous les jours. Plus de dialoguiste pour leur mettre dans la bouche des répliques cinglantes, plus de metteur en scène pour guider leurs pas. Je suis d'avis de les laisser là où ils sont à leur avantage, sur l'écran.

– Je suis certain qu'ils vous approuveraient. Ils doivent détester qu'on vienne les reluquer sous le nez à six heures du matin.

– Ce M. Mooney, par exemple. Frederick Mooney. Quelle descente! (Henning gloussa.) Je l'ai aperçu en ville. En voilà un qui aurait besoin d'être chaperonné, par exemple!

– C'est un homme remarquable.

– Je ne dis pas non. Une de nos voitures de ronde l'a ramené ici l'autre nuit. La nuit de votre arrivée.

– Bien aimable.

– Chuck nous a raconté. Le vieux a déclamé tout du long. Jessie James était de retour. On n'avait qu'à bien se tenir. Jessie James allait casser la baraque. Feriez bien de le tenir à l'œil. (Le sergent aspira une longue gorgée. Au-dessus, Edith Howell beuglait comme la sirène d'un bateau à vapeur.) S'il n'y avait que Frederick Mooney! Tout le pays est schlass. Ou défoncé. A chacun son trip, comme ils disent. Petits fumiers.

– Le monde entier, sergent Henning.

– Ils ont découvert la drogue. Toutes sortes de drogues. Ils n'en fichent plus une rame. Les machines font le sale boulot. On appelle ça des drogues récréatives. De mon temps, on jouait au base-ball. On pêchait la truite. Quelle honte!

– Les rivières sont polluées, sergent Henning, et les chômeurs n'ont pas forcément le cœur à jouer au base-ball.

Un des policiers qui étaient entrés avec Henning s'encadra dans la porte de la cuisine. Il avait les yeux injectés de sang. Les lunettes de soleil dépassaient de sa poche.

Le sergent se leva, posa sa tasse sur la table et suivit son adjoint dans le vestibule. Il sembla à Fletch que la cuisine était plus propre qu'avant. Ils avaient peut-être passé le chiffon.

John Meade tourna vers Fletch un visage mélancolique. Il portait une salopette grise sur sa chemise boutonnée jusqu'au menton, des pataugas flambant neufs et des menottes.

– Des amphés, fit-il avec un sourire modeste.

– Désolé, dit Fletch. Je n'aurais jamais pensé à vous.

– Je les avais rapportés de New York.

Le sergent prit la boîte en métal des mains du jeune flic. Il la secoua pour faire grelotter les comprimés. Il l'ouvrit et les compta.

– Vous avez une ordonnance, monsieur Meade?

– Mon médecin est mort il y a onze ans.

– Condoléances. Vous étiez formidable dans *Easy River.*

– Je trouve aussi.

– Vous avez donc obtenu ces produits par des voies illégales. Je ne vous félicite pas, monsieur Meade. Vous avez de bien mauvaises fréquentations.

Leur fouille terminée, les policiers convergeaient à nouveau vers le vestibule.

– Etes-vous vraiment obligé de l'emmener? dit Fletch.

– Je pense bien. (Le clair regard du sergent Henning brillait de contentement.) Avec tous ces flics qui témoigneront contre lui? Je pense bien.

30

Fletch battit en retraite dans la bibliothèque dont il ferma la porte, fragile rempart en vérité contre les fougueuses invectives d'Edith Howell. Dressée dans la véranda en kimono de soie, l'actrice déchargeait ses foudres contre les « brutes étatiques qui avaient osé passer les menottes à la crème des hommes ». Les voitures démarraient. Son ire se tourna vers une autre cible. Pourquoi Frederick Mooney restait-il planté là? Qu'attendait-il pour porter secours au pauvre John?

Ainsi, Frederick Mooney était dans la maison. Il avait tout vu, tout entendu et s'était tu. Pour une fois d'accord avec Edith Howell, Fletch trouvait surprenante l'exceptionnelle discrétion du grand vitupérateur. Les autres invités n'avaient pas assisté au départ piteux du héros de *Easy River*. Fletch gardait le souvenir d'une apparition fugitive dans une embrasure de porte : la gueule de bois de Sy Koller, yeux battus, regard torve, teint brouillé. Lopez et Gerry Littleford jouaient au badminton dans le jardin. Mme Lopez avait repris possession de sa cuisine immaculée. Elle préparait du vrai café pour le petit déjeuner. Ni Geoff McKensie ni Moxie Mooney n'avaient daigné se manifester.

Il ne devait pas être plus de huit heures. Fletch composa sans hésiter le numéro du Cinquième As.

Dans un ranch, l'habitude est de se lever avec les poules.

A la vingtième sonnerie, on décrocha. De guerre lasse, Fletch s'était affalé dans le fauteuil.

– Ici Fletcher. Passez-moi M. Sills, je vous prie.

– Il est absent, monsieur Fletch. Je suis Max Fenlabise.

– Salut, Max. Ted a dû tomber du lit. Il y a une course quelque part?

– Il y a toujours des courses, mais ce n'est pas là qu'il est allé. J'ai mis le bourrin dans la remorque et j'étais sur le point de filer, mais le téléphone n'arrêtait pas. C'est une jument à vous, monsieur Fletch. *Scarlet Pimple-Nickle.* C'est-y pour ça que vous appelez? Pour lui souhaiter bonne chance?

– En a-t-elle une, de chance?

– Aucune. Sinon, on l'aurait amenée à l'entraînement hier. Elle ne vaut pas son pesant de fourrage.

– Dans ce cas, à quoi bon la faire courir aujourd'hui?

– L'exercice lui fera du bien.

– Hum.

– Et l'expérience. Qu'est-ce qu'un coursier qui n'a jamais essuyé le feu de la bataille?

– Est-ce qu'on peut la faire progresser?

– C'est sans espoir.

– Mince, pourquoi je l'ai achetée, alors?

– Ça m'a toujours épaté. Peut-être qu'elle avait bonne mine, la semaine où vous êtes venu.

– Juste cette semaine-là?

– Ni avant ni depuis.

– Peut-être voulait-elle me séduire. Elle a brûlé toutes ses cartouches en l'espace d'une semaine.

– Possible. Vous devriez venir plus souvent, monsieur Fletch.

– Pourquoi? Pour en acheter d'autres?

– Pour aller aux courses, cette idée!

– Afin que tout le monde sache de quoi je suis

l'heureux propriétaire? J'en mourrais de confusion.

– Si elle sentait vos yeux sur elle, *Scarlet Pimple-Nickle* garderait les siens fixés sur la ligne d'arrivée au lieu de lorgner le postérieur de ses concurrents. Elle se sentirait motivée, comprenez-vous?

Fletch souhaita par-devers lui que les poulains de Fenlabise courent aussi vite que dégoisait leur entraîneur.

– Dites donc, Fenlabise, vous insinuez que ma jument souffre d'une fixation anale?

– A Dieu ne plaise, monsieur. La perversion n'est pas son fort. Je dis seulement que la pauvre n'a guère eu l'occasion de contempler d'autres paysages. De là son absence d'imagination. On ne gagne pas si on ne rêve pas de la victoire.

– Bravo, Fenlabise. Ce trait dénote une bien belle âme.

– Je me figure parfois que je suis un moniteur chargé de dégrossir de petits paysans. Ou un missionnaire avec des Nègres d'Afrique.

– Les chevaux ont plus de jugeote que les hommes. Jamais vous n'en verrez investir un picotin d'avoine sur nos mollets et prendre plaisir à nous faire tourner en bourrique.

– Ils n'ont pas confiance en nous. Voilà où le bât blesse.

– Où est Sills, Fenlabise?

– Il a quitté le pays.

– Vraiment? Et ça l'a pris d'un seul coup, comme vous diriez?

– Ça remonte à hier soir. Il a bouclé ses valises et pffffft! Il avait pourtant prévu d'aller à l'hippodrome ce matin.

– C'est ce qui s'appelle décamper *subito prestissimo.* A-t-il fait allusion à une quelconque terre d'accueil?

– Il a parlé de la France, en termes vagues et plutôt flatteurs.

– Il comptait s'y rendre comment, Fenlabise?

– Par avion, monsieur Fletch.

– J'entends bien, Fenlabise, mais à partir d'où? Miami? New York?

– Atlanta, je crois. Il a dit je ne sais plus quoi au sujet d'Atlanta.

– Alors, il est déjà au-dessus des vagues.

– A votre place, je n'en serais pas si sûr. Mon cousin Gonzague, de Piddle – vous saviez, vous, que j'avais un cousin à Piddle? – est venu me rendre visite au ranch, l'an passé. Il est reparti par Atlanta. A midi tapant, le mardi, il est entré dans l'aéroport. On n'a plus entendu parler de lui avant samedi tantôt. Par la suite, il a dit qu'il attendait que quelque chose se passe mais que rien n'arrivait jamais.

– Mon vieux, je vais faire en sorte qu'on vous surveille de près.

– Ça me plairait bien. Pour la compagnie, surtout. Toujours ces sacrés canassons, d'un bout de l'année à l'autre. Et maintenant que M. Sills n'est plus là... La solitude me pèse déjà.

– Monsieur Sills vous donnera-t-il de ses nouvelles?

– Le contraire m'étonnerait.

– Dites-lui donc que les flics ont perquisitionné chez lui. A six heures, ce matin. Ils cherchaient des stupéfiants.

– Pas possible? Vous au moins, pour ce qui est de la distraction, chapeau! Hier, les chemises brunes et les encapuchonnés. Je le sais. Je les ai vus à la télé. Aujourd'hui, les cognes. De quoi demain sera-t-il fait, je vous le demande, monsieur Fletch?

– Dieu seul le sait, Fenlabise.

– Cette part de hasard qui fait de chaque course une aventure poignante.

– Et depuis quand savez-vous de quoi est faite une course?

Dans la foulée, il eut envie d'appeler Roz Nachman. Il n'y a pas d'heure pour les braves, et les flics, comme les directeurs de production, dorment par roulement. Si le lieutenant avait regagné son petit bungalow jaune à dix kilomètres de la plage, il pourrait toujours laisser un message.

Elle était là.

– Vous devriez vous reposer, lieutenant. Sérieux. J'ai mon brevet de secouriste.

– Votre sollicitude est hors de propos, Fletcher.

– Je tenais surtout à vous exprimer ma reconnaissance.

– Et pourquoi, je vous prie?

– La perquisition de tout à l'heure. Impressionnant. Dans trente secondes, je vais sûrement comprendre le pourquoi de la manœuvre. Vous vouliez sans doute savoir qui couchait avec qui? Il suffisait de le demander. Du reste, vous l'aviez déjà fait.

– A part ça, quel temps fait-il à Key West?

– Exaltant.

– Chez nous aussi.

– Faire boucler John Meade pour quelques malheureux comprimés, voilà qui n'avait rien d'exaltant.

– John Meade, dites-vous?

– Il pourrait se retrouver au frigo pour un bout de temps si personne n'y met le holà. Il est célèbre. Les flics d'ici souffrent d'un complexe de frustration. Son arrestation les ferait mousser un peu.

– Qu'a-t-il à se reprocher? « Détention illégale de substances soumises à réglementation »?

– C'est pour ça qu'ils l'ont embarqué.

– Pauvre garçon! Il m'avait envoûtée, pratiquement, dans *Easy River*.

– Il en garde un bon souvenir, lui aussi. Comment

trouverait-il l'occasion de vous émouvoir à nouveau si on le laisse moisir à l'ombre?

– Tant pis. Je reverrai *Easy River.* Il passe tout le temps à la télé. Venons-en à votre piste, vous savez bien? L'automobile de Peterman.

– Alors?

– Nous avons vérifié. Elle était dans le parking de Bonita Beach. Cadillac Eldorado. Bleu cobalt.

– Louée?

– Louée. Etat neuf. Pas une égratignure. Qu'est-ce que vous dites de ça?

– Date de location?

Fletch crut percevoir un petit sifflement admiratif.

– Un point pour vous, Darwin. Vous avez tout ce qu'il faut pour réussir dans le métier, plus le reste. Il l'a louée *après.*

– Qu'est-ce que vous imaginiez? Qu'il allait conserver une bagnole esquintée?

– Pour tout dire, j'en viens à me demander quel jour Steve Peterman est arrivé en Floride.

– Et c'est à moi que vous posez la question? Quel aplomb! C'est à vous de savoir des choses pareilles.

– D'accord. On s'en occupera.

– La piste est encore fraîche, hein?

– On s'en occupe, je vous dis.

– Autre chose. Vous n'êtes pas sans savoir que l'émeute a grondé sous nos fenêtres? Des créatures d'un autre âge ont voulu s'en prendre aux locataires de la Maison Rose. Les voisins n'ont pas apprécié. Ils se sont un peu tapés dessus.

– Ne me racontez pas. J'ai lu le compte rendu dans la presse et j'ai vu les images à la télé. Tous les noms ont été cités, sauf le vôtre. Qui êtes-vous donc, Irwin Maurice Fletcher?

– Et si ces gens s'étaient mis en tête d'arrêter le film à tout prix? S'ils avaient commis un meurtre pour atteindre leur objectif? Hier soir, Gerry Littleford a reconnu qu'il avait déjà reçu des lettres de menaces et des coups de fil lui intimant de cesser...

– A-t-il conservé ces lettres?

– Non. Mais sa femme est à l'hôpital avec des points de suture à la tête. Dans le tas, il y avait des zèbres plutôt vicelards.

– Gardons notre sang-froid, voulez-vous? Vous voyez vos nazillons se glisser sur le plateau du *Buckley Show* et faire jaillir le couteau fatal par l'opération du Saint-Esprit? Vous les voyez?

– Non.

– Persévérez, Darwin. Votre petite fiancée a plus que jamais besoin des services zélés d'un ami dévoué à sa cause. Les présomptions les plus graves continuent de s'accumuler sur son beau front.

– Vous essayez de me faire peur?

– Nullement. Nos conseillers techniques commencent à justifier leurs tarifs onéreux. Un petit détail focalise leur attention. Le numéro de danse de Moxie Mooney. En fait, ils ne parlent plus que de ça.

– Quel numéro?

– Comment, vous n'y avez pas prêté attention? Vous étiez là, pourtant.

– Quel numéro?

– Juste avant ce que vous savez, Moxie Mooney s'est levée de sa chaise afin d'exécuter quelques cabrioles. Il s'agissait de présenter à Buckley un échantillon de ce qu'elle avait fait sur une scène de Broadway.

– Des cabrioles? Dans son peignoir de bain?

– Peignoir, négligé, déshabillé, quoi qu'il en soit, il est en velours de coton bouclette avec deux poches plaquées. Nous l'avons. J'aurais juré qu'il pouvait en contenir quatre comme elle.

– Je ne comprends plus. N'est-elle pas hors de cause?

– Au contraire. Après sa petite exhibition, elle est retournée s'asseoir en passant *derrière* Peterman.

– Elle est passée derrière lui?

– Les bandes vidéo sont formelles. De fait, cela peut paraître bizarre qu'au lieu de regagner directement sa chaise, elle ait préféré faire ce crochet qui l'obligeait à contourner Peterman. Elle avait le choix entre la ligne droite et la courbe. Elle a fait le choix, le plus long et... le plus mauvais.

– Ça ne tient pas debout. Comment le geste de poignarder Peterman serait-il passé inaperçu?

– Nos experts sont des virtuoses de la craie. Ils ont couvert le sol du plateau de vastes figures géométriques. De plus, ils s'expriment en racines cubiques. Vous comprenez ce langage?

– Pas plus que vous.

– De leur pathos, il ressort qu'à moins d'avoir une raison précise, Moxie Mooney n'aurait jamais dû retourner s'asseoir en passant *derrière* Peterman. Je ne suis pas entièrement convaincue. C'est pourquoi je vous adjure de ne pas vous laisser abattre, mon bon Darwin. Croyez-moi si vous voulez, je préférerais épingler une bande de fanatiques plutôt qu'une jeune actrice au talent incontestable. Certains flics, dont je suis, se font une assez noble idée de leur fonction.

– Faut-il comprendre que l'enquête suit d'autres directions?

– J'ai bien le droit d'avoir mes petits secrets. Cela dit, je réitère mon avertissement, monsieur Fletcher. Ne vous avisez pas de lui faire quitter Key West, si ce n'est pour la ramener ici.

– Ça va. Je sais.

– Certains collègues ont regardé d'un sale œil votre escapade maritime. Elle a fait monter leur tension.

– Comment êtes-vous au courant?

– L'hélico des garde-côtes a décrit plusieurs cercles au-dessus de vos têtes.

– C'est pas vrai!

– Je vais me gêner! Fallait-il que vous fussiez absorbés, pour ne pas l'avoir remarqué. Le spectacle en valait la peine, m'a-t-on rapporté. C'était presque du *hard core*. En plus poétique.

31

– Il coulera de l'eau sous les ponts avant que j'accepte une nouvelle invitation à séjourner chez vous, monsieur Fletcher Quelque chose.

Edith Howell venait de s'asseoir à la table ronde du petit déjeuner, dressée sur la citerne à l'ombre du figuier. De tous ceux qui avaient dormi dans la Maison Rose, seule manquait encore Moxie.

– Quel pont? s'enquit Koller, la diction pâteuse. (Il décalottait son troisième œuf à la coque.) Du Pont de Nemours, Pondichéry ou le Pont-aux-ânes?

– Hier, c'était presque la guerre civile. Une foule en furie menaçait de nous lyncher. Ils ont bien failli tuer la pauvre petite Stella. Peut-on savoir pourquoi vous n'avez pas appelé la police?

– Pondichéry, Karikal, Yanaon... saviez-vous que j'avais des ancêtres français? marmonna Koller en taillant des mouillettes dans le pain brioché.

– Ce matin, à l'aube, perquisition! Ils ont fait irruption dans ma chambre comme en terrain conquis. Ils se sont fait recevoir, je vous assure! Je leur ai jeté mon tube de somnifère à la tête. J'en ai touché un à la joue.

– ... Mahé, Chandernagor...

Koller égalisait ses mouillettes.

– Ils ont brutalisé le cher John. Ils lui ont passé

les menottes, sous prétexte qu'ils avaient trouvé des pastilles vertes dans une boîte en fer-blanc...

– Qu'ois-je? fit Mooney. Nous avons été perquisitionnés ce matin? Pourquoi ne m'a-t-on rien dit?

Edith Howell le dévisagea, attendrie. Son expression orgueilleuse fondait comme neige au soleil.

– Quel amour! (De sa main, elle couvrit la main de Mooney.) Il a déjà oublié. Ils se sont répandus partout, Freddy.

– Comme des cancrelats, précisa Gerry Littleford.

– Mais alors... ils ont fouillé ma chambre?

– Ils ont fouillé toutes les chambres, Freddy. Ainsi que les autres pièces, et même le jardin.

– Quelle impudence! Dire que je n'ai rien entendu. Je dormais sans doute d'un profond sommeil.

– Comme un ange, Freddy, j'en suis certaine. Vous devez être somnambule car je me souviens de vous avoir aperçu sous la véranda.

Lopez versa du jus d'orange à la ronde.

– *Global Cable News,* monsieur Fletcher.

– Dites que je rappellerai, merci.

– Fletcher. (Les traits altiers d'Edith Howell se minéralisèrent. Elle regardait Fletch.) Une de vos invitées est à l'hôpital, un autre est en cabane. Vous ne croyez pas le moment venu de prendre une initiative?

– Nous tombons comme des mouches, grogna Koller.

Il étalait du beurre sur ses mouillettes.

– On se croirait dans *Les Dix Petits Nègres,* ricana Gerry Littleford.

– Les Yankees n'ont aucun sens de l'humour, fit froidement observer McKensie.

Sy Koller le dévisagea, l'air effaré.

Moxie parut enfin, une ample chemise de lin blanc ouverte sur son bikini.

– Salut, ma toute belle, minauda Edith Howell.

Moxie écarta l'unique chaise. Gerry Littleford se serra contre Koller pour lui faire de la place. Fletch se décala d'une brusque secousse. Un pied de sa chaise s'enfonça dans une faille du ciment, à l'angle du carré de quatre-vingts centimètres de côté, muni en son centre d'un gros anneau de fer rouillé, et découpé sur le sommet de la citerne. Fletch redressa son siège.

– As-tu bien dormi? s'enquit Frederick Mooney. Il paraît qu'il y a eu un foin de tous les diables.

Lopez était de retour avec un autre pot de café. Il remplit le bol de Moxie.

– Quelqu'un a-t-il une idée du fonctionnement de ces vieilles citernes? demanda Fletch.

Moxie lui jeta un regard impérieux. Il s'avisa seulement de l'expression solennelle de son visage.

– Autant en finir tout de suite, déclara-t-elle avec force. (Elle prit une longue gorgée de café. Ses yeux s'appesantirent sur chacun tour à tour.) La production s'est enfin manifestée. Le film s'arrête.

Ce fut ainsi, par ces paroles lapidaires, qu'une personne présente sur deux apprit qu'elle se trouvait une nouvelle fois sur la touche. Mooney n'était pas dans le coup. Il s'empressa de rompre le silence consterné.

– Quelle production, fifille? Celle du *Songe d'une nuit d'été*?

– T.N.T., nom d'un chien!

– Quelle poisse! soupira Mooney. (Son regard escalada le tronc du figuier jusqu'au ciel.) J'escomptais bien décrocher un petit rôle.

– Mais pourquoi? s'exclama Edith Howell. (En moins de trente secondes, la stupeur lui avait coupé le souffle.) Tout marchait comme sur des roulettes. (Moxie fit les gros yeux.) Comme sur des roulettes! répéta Edith Howell avec ferveur. S'il était là, le pauvre John serait de mon avis. Voilà des années que l'on ne m'avait proposé un rôle de cette qualité.

Je m'y sentais comme dans des pantoufles. Sy y était pour quelque chose, naturellement.

– Qui t'a renseignée? demanda Littleford.

– Un type dont je n'ai pas compris le nom. Ils ont appelé il y a vingt minutes. Voilà pourquoi j'ai tardé à descendre. Je ne savais pas comment vous l'annoncer. Ils ont tous les droits, ajouta Moxie après une pause réfléchie.

– Pourquoi t'ont-ils appelée, voilà ce que je ne pige pas, remarqua Koller d'un ton aigre.

– Ils ne m'ont pas appelée. C'est moi qui ai décroché, tout simplement. Nos contrats prennent fin à dater d'aujourd'hui.

– Viré, murmura Littleford.

– La vie d'artiste : une vicissitude épuisante de lumières et de ténèbres, observa Mooney d'un ton compatissant.

– Mais ce n'est pas juste! cria Edith Howell. J'ai sous-loué mon appartement de New York. J'ai refusé un premier rôle dans une pièce sensationnelle. Où irai-je? Que vais-je devenir? Freddy!

– Oui? répliqua l'interpellé du bout des lèvres.

– Pauvre Geoff! (Koller regardait McKensie avec un sombre sourire. On aurait dit qu'il se réjouissait d'une mauvaise blague dont l'Australien venait d'être victime.) En fin de compte, vos poursuites judiciaires contre les Productions Fantoches ne vous seront pas d'un grand réconfort.

McKensie rougit violemment.

– Ce sont des crétins, affirma-t-il. On n'est pas fichu d'observer pendant vingt-quatre heures le deuil pour l'épouse du réalisateur, mais on s'effarouche quand quelques abrutis congénitaux s'emmitouflent dans leurs draps de lit et balancent des pierres contre une façade. Ils ont dû vraiment mouiller leur culotte pour se résigner à perdre ainsi tout ce qu'ils avaient déjà investi.

– Ils sont assurés, je présume? demanda Fletch.

– L'humour, McKensie, dit Koller qui ne souriait plus du tout. C'est le moment de montrer votre force de caractère.

– La vérité, c'est que le film ne s'est pas remis du coup fatal que lui avait porté l'assassin de Peterman, dit Moxie. Les événements d'hier l'ont achevé. Trop de pub pourrie. Je vous donne la version de la production.

– La pub pourrie, ça n'existe pas, répliqua Edith Howell. Tout fait vendre, même le meurtre. Rien de tel qu'un scandale saignant pour lancer un produit. Voilà trois jours que nous nous maintenons à la une de tous les canards, sans compter les infos à la télé. Un coup comme celui-ci, ça n'a pas de prix! Au nom du ciel, pourquoi n'est-ce pas moi qui ai décroché le téléphone?

– Il y a plus grave, reprit Moxie avec sévérité. Le bruit court qu'il s'agit d'une production fauchée, bricolée à partir d'un scénario exécrable. Que vous le vouliez ou non, ça fait mauvais effet.

– Même s'ils me suppliaient à genoux de reprendre l'affaire, en utilisant *mon* scénario, ce serait non, dit McKensie.

Koller lui adressa un nouveau sourire en lame de faucille.

– Vous avez perdu une bonne occasion de vous taire, McKensie. Nous sommes tous témoins.

– Reprocheraient-ils par hasard au scénario d'exploiter le filon raciste? demanda Littleford, goguenard.

Moxie leva les yeux au ciel.

– Il a été question de ça aussi. La violence en noir et blanc. Débridée, gratuite. Ils n'aiment pas. Ils préfèrent le technicolor.

Mooney bâilla.

– De quoi vous plaignez-vous? Vous voilà tous en vacances.

Edith Howell lui jeta un regard de souverain mépris.

– Ce n'est pas drôle, Freddy. Ce n'est pas chic. Il n'est pas donné à tout le monde de pouvoir se prélasser sur un matelas de beaux billets verts.

– Certes non, reconnut-il.

Koller considéra ses mouillettes, rangées en ordre de bataille. Il n'avait plus faim. Il n'était pas le seul. Moxie buvait son café à petits coups, le visage empreint d'une gravité sereine qui pouvait passer pour du cran. Les autres, physionomies absorbées, contemplaient un avenir consternant dont la proximité s'était brutalement rapprochée. Fletch semblait perplexe. Mooney comptait les mouches avec une mine de tartufe insupportable.

– Quels qu'ils soient, soupira Gerry Littleford, ceux qui voulaient faire avorter ce projet peuvent se frotter les mains.

32

– Si John Meade se met à table, acceptez-vous de le relâcher? demanda Fletch avec un sourire encourageant.

Ne sachant où se trouvait le commissariat de Key West, il avait appelé un taxi. Le temps pressait. Il fallait prendre de vitesse les mécanismes de la justice et ceux de la presse avant que Meade ne fût perdu de réputation. Le sergent Henning était arrivé aussitôt. Il ne disposait ni d'une pièce à lui, ni même d'un pupitre d'écolier. Toutefois, ses galons lui octroyaient le droit d'inviter ses visiteurs à s'asseoir sur un banc du hall d'entrée.

– Meade sait donc quelque chose?

– Il saura quand je l'aurai mis au courant.

Henning le scruta d'un air outrageusement incrédule.

– Au courant de quoi?

– Tout de même, sergent, vous n'avez pas perquisitionné la Maison Rose pour le seul plaisir pervers de priver un acteur de ses pastilles Valda?

– Quand cela serait? (Henning sauta lourdement sur ses pieds.) Vous voulez goûter notre eau de vaisselle?

– Pas vraiment, merci.

Le sergent traversa le hall, contourna le bureau d'accueil et disparut dans le bureau voisin. A son retour, il tenait un gobelet de plastique qui contenait un fond de liquide brunâtre.

– Vous prétendez savoir quelque chose qui contribuerait à tirer votre copain de ce guêpier?

– Pas si vite, dit Fletch. Je ne suis sûr de rien. C'est seulement une idée. Il ne tient qu'à vous de la prendre au sérieux.

Henning broya le gobelet dans son poing et sans regarder, d'une pichenette, l'expédia dans la lointaine corbeille à papier.

– Peut-on savoir pourquoi vous n'avez rien dit ce matin? Vous aviez peut-être envie de vous assurer que les murs du commissariat avaient été fraîchement repeints?

– Ce matin, la lumière ne m'avait pas encore visité. Depuis, j'ai remarqué un truc auquel je n'avais pas prêté attention jusqu'alors. Pourquoi l'aurais-je fait, vous comprenez? C'est votre petite démonstration qui m'a mis la puce à l'oreille.

Le sergent le dévisageait, indécis. Il se demandait si c'était du lard ou du cochon.

– Vous ne raconteriez pas des histoires?

– Je suis un citoyen respectueux des lois. Je vous offre mon humble collaboration.

– Si l'on peut dire. Vous essayez de me corrompre.

– John Meade n'a rien à faire en taule, et vous le savez. Chaque fois que vous pincez quelqu'un de connu pour usage de stupéfiants, vous contribuez à rehausser le prestige de la drogue aux yeux du public. L'impact est d'autant plus désastreux que le coupable jouit par ailleurs d'une excellente réputation. C'est tout à fait le cas de John Meade, acteur populaire s'il en est. Une agence de pub ne s'y prendrait pas autrement si elle voulait l'engager pour vanter les mérites d'une marque de graines de tournesol ou de coton à repriser. La seule différence, c'est qu'au lieu d'un chèque, vous lui offrez un casier judiciaire. Avez-vous envie de briser sa carrière?

– Alors, sous prétexte qu'on voit leur binette à la télé, ces phénix au rabais peuvent tout se permettre?

– Je n'ai pas dit ça. Je ne suis pas certain de le penser. Si le gars a trucidé sa famille à la tronçonneuse, pas de quartier. Dans le cas qui nous occupe, il faut considérer l'objectif à atteindre. Que diable, il ne vous est pas interdit de faire un peu de tactique. Allez-vous prendre la responsabilité d'encourager l'usage de la drogue sous prétexte qu'un brave type un peu trop solitaire s'endort en suçant des comprimés?

– A vous entendre, ce serait un crime de boucler John Meade.

– Pire que ça, sergent Henning. Ce serait une faute. A moins qu'il n'entre dans vos vues d'en faire un martyr?

– Jamais rien entendu d'aussi spécieux. Vous y allez un peu fort.

– Ce doit être la fréquentation des stars. Depuis trois jours que je baigne dans leur aura...

– Assez ri, Fletcher. Sortez ce que vous avez à dire. Et que ça ronfle.

– Je veux voir John Meade.

– Primo, vous lui refilez un tuyau; secundo, il nous refile le tuyau en échange de quoi nous le raccompagnons au portail du château avec le sermon habituel. Est-ce que j'ai bien compris?

– Pas tout à fait. En plus de sa liberté, je vous demanderai de détruire toute preuve de son passage entre vos murs.

– Vous vous foutez de moi?

– D'un point de vue tactique, ce serait une grave erreur.

– Je n'aime pas vos façons. Etes-vous décidé à parler, oui ou non?

– Je ne suis pas fou des vôtres. Si je parle, promettez-vous de le libérer?

Une expression de sombre et cauteleuse sournoiserie passa comme un battement d'aile sur le sympathique visage du sergent Henning. Il se fendit d'un sourire qu'il croyait suave et qui était cousu de fil blanc.

– Marché conclu.

– C'est juré?

– Sur la tombe de ma grand-mère.

– C'était quel genre, votre grand-mère?

– A soixante-quinze ans, elle était pétulante comme une poulette.

– Le propriétaire de la Maison Rose est un certain Ted Sills.

– Voilà bientôt quinze ans que nous sommes au courant, merci.

– Il a d'abord refusé de me la louer. Il y mettait une obstination effrayante, mais j'ai tellement insisté qu'il a fini par céder. Il fallait que je trouve un endroit peinard, pas trop éloigné de Fort Myers, où Moxie Mooney pourrait récupérer après l'épreuve.

– L'affaire Peterman.

– Tout juste. C'est une jeune femme très sensible. Je voulais lui offrir quelques jours de calme et d'oubli.

– Vous croyez qu'elle s'en remettra?

– Elle a beaucoup de volonté. Bref, dans un ultime effort pour me décourager, Sills a proposé un loyer exorbitant. A son grand désarroi, j'ai accepté.

– Combien?

– Vous ne me croiriez pas... Le lendemain, la presse écrite et la télévision lui apprenaient l'horrible vérité : Frederick et Moxie Mooney étaient les hôtes de la Maison Rose. Il a sauté sur son téléphone en poussant les hauts cris. Imaginez un caniche qui vient de déterrer un os et s'aperçoit qu'il est cerné par les dogues du voisinage. Il m'a fait l'effet d'un homme gagné par la panique.

– Entre nous, il y avait de quoi.

– Clairement, tous ces regards braqués sur la Maison Rose ne faisaient pas son affaire. Il appelait sans arrêt et chaque fois, le ton montait d'un cran. La dernière fois, il a menacé de rappliquer avec son fusil à canon scié dans la malle arrière.

– Ça vous a flanqué une trouille bleue, on dirait.

– Est-ce que j'avais le choix? Vous me voyez en train de déménager Edith Howell? Vous me voyez, sortant Mooney d'un bar contre sa volonté? Un stratège capable d'expliquer la bataille d'Austerlitz y parviendrait peut-être, et encore.

– Je sais. Chuck a employé la force. Mooney a riposté avec Jessie James.

– Ce matin, vous avez perquisitionné la Maison Rose.

– Et trouvé des clopinettes.

– Content de vous l'entendre dire. Après votre départ, j'ai appelé Ted Sills. Je frétillais à l'idée de lui décrire la martiale efficacité avec laquelle vous aviez éventré les matelas et les tubes de pâte dentifrice. Ted Sills n'était plus là pour m'entendre. L'homme avait fui à l'étranger. Comment appeler un départ décidé la veille au soir alors qu'il était attendu le lendemain matin sur un champ de courses?

– En plein dans le mille, Fletcher. Ce n'est pas d'hier que nous soupçonnons Sills d'être un gros bonnet de la drogue. Depuis longtemps, nous cherchions un prétexte pour perquisitionner chez lui. Vous nous l'avez fourni sur un plateau. J'attends toujours votre colossale révélation.

– La clarté s'est faite d'un seul coup. Si Ted Sills s'effrayait de voir tout ce remue-ménage autour de sa vieille baraque, ce n'était pas pour des chimères sentimentales. Il y avait de la came entreposée quelque part. Or, vous étiez repartis bredouilles. Il me restait à faire le recensement des planques qui avaient échappé à la vigilance des as du commissariat de Key West.

– Soyez poli, Fletcher.

Fletcher s'était tu. Le regard accommodé sur le mur d'en face, il cligna plusieurs fois de suite.

– Vous le relâcherez?

– Sur la tombe de ma grand-mère.

– Et vous détruirez tous les vestiges de sa présence ici?

– Je les boufferai avec ma casquette. Où est le héros?

Fletch ramena les yeux sur Henning.

– Je n'en sais trop rien.

– C'est le bouquet! Qu'est-ce que je fous assis sur mon derrière à écouter les bobards d'un traîne-galoches tout juste bon à...

– Mmmmm?

– Vous le savez mieux que moi! cria Henning.

– Nous prenions le petit déjeuner sur la citerne, dans le jardin de derrière. J'ai dû déplacer ma chaise, et c'est alors que j'ai remarqué l'ouverture de la trappe, un rectangle dans le ciment avec un anneau scellé, le tout comme une plaque d'égout. L'air salin a déposé partout sa fine pellicule blanchâtre, aussi je ne saurais dire si le rectangle a été rapporté. De plus, je ne connais rien au fonctionnement des citernes.

– La trappe, c'est normal. Une citerne doit être nettoyée à intervalles réguliers.

– Lopez m'a renseigné sur un point. La Maison Rose ne s'est plus servie de la citerne depuis que l'eau courante a été installée dans l'île.

– Avez-vous soulevé la plaque pour regarder à l'intérieur?

– Non.

– Pourquoi?

– Ce n'est pas mon boulot. D'ailleurs, si je n'avais rien trouvé, quelle raison aurais-je pu invoquer pour venir vous voir?

– Incroyable! Ces mabouls ont peut-être déteint sur vous, mais vous aviez des dispositions. Heureusement qu'on ne vous a pas sur le dos tous les jours!

– Vous vous trompez sur mon compte. Ce matin, Edith Howell a décrété qu'elle ne mettrait plus les pieds sous le même toit que moi. J'en suis très affecté.

– Quelle femme, bon sang! Le croiriez-vous? Elle a lancé ses somnifères à la figure de l'agent Owen King. Il a un hématome sous l'œil. Si Mme Howell ne s'était trouvée au plume au moment de l'incident, elle tiendrait maintenant compagnie à John Meade. Le juge n'aurait pas apprécié que nous tirions une dame de son lit. On nous aurait encore accusés de choquer la décence.

– Il faut croire que l'épouvantail des brutalités policières est plus efficace qu'on ne le dit. Mon histoire vous a plu?

Le sergent Henning ne dit ni oui ni non. Il se leva en prenant appui des mains sur les genoux et s'éloigna en traînant la jambe.

– Allons toujours soulever cette plaque.

– Dites donc, vous n'oubliez rien?

– Attendez au moins qu'il ait fini de graver ses initiales sur tous les ceinturons!

33

Accoudé à la balustrade du balcon, Fletch surveillait l'activité policière. Henning dirigeait l'enlèvement des meubles qui encombraient le sommet de la citerne.

Au salon, pour certains, c'était l'heure des mondanités. On déambulait, un verre à la main. Les fariboles ricochaient; les réputations mordaient la poussière. De la salle de billard où s'était enfermé McKensie parvenait le claquement intermittent de l'ivoire. A peine arrivé, John Meade s'était jeté sur la cuisine. Il engloutissait un petit déjeuner tardif. Lopez était chez le vitrier. Moxie regardait la télévision dans sa chambre.

Deux policiers empoignèrent l'anneau et s'arc-boutèrent. La plaque de ciment fut soulevée sans effort. Henning se pencha pour regarder puis s'agenouilla. Son bras disparut dans le trou jusqu'à l'épaule. Il ramena un sac de plastique gonflé. Il recommença et ramena un autre sac.

Le *corpus delicti* posé à ses pieds, il leva ses yeux vers le balcon et mit ses pouces en batterie. Il arborait un sourire dont il n'aurait pas l'occasion de se servir avant longtemps.

Fletch en fit autant, des pouces et du sourire.

– Le brouillard se dissipe, ou mes yeux se dessillent, comme tu voudras.

Fletch éteignit le poste de télévision. Il s'assit au bord du lit. Moxie était à plat ventre, la tête sur ses bras repliés. Les flics viennent de découvrir deux jolis sacs de neige. Ils étaient dans la citerne.

Moxie continuait de fixer l'écran.

– Tu les a mis sur la voie?

– Parfaitement.

– Pourquoi?

– Je n'ai jamais gobé l'héroïne. Ni ceux qui l'importent en douce. Ni ceux qui la vendent à de pauvres mecs paumés. Je suis un diplodocus.

– Bravo. Et qu'est-ce que j'y gagne? (Elle se mordit la lèvre.) Tu m'as recommandé d'être égoïste, n'est-ce pas?

– Personne ne te fait de reproche. (Il se leva et marcha de long en large.) Voilà comment ça se présente. Nous savions que Steve Peterman et Ted Sills avaient des atomes crochus. Nous ignorions à quel point.

» A leurs moments perdus, les deux compères se livraient au trafic de l'héroïne. La répartition des tâches est facile à imaginer. Sills s'occupait de la marchandise; Peterman s'était réservé la partie financière. La Maison Rose servait de planque. De là l'accablante solitude dont les Lopez ne perdent pas une occasion de se plaindre. Jamais d'invités. Jamais personne, en fait. Sills lui-même venait le moins souvent possible... (Fletch se permit un pâle sourire)... sauf lorsqu'il voulait jouer les grands seigneurs auprès des diplodocus assez ballots pour se laisser épater. Peterman, lui, jonglait avec les comptes en banque. Les Productions Fantoches lui fournissaient une raison sociale. Parfois, il se couvrait du seul nom de Moxie Mooney. Tu lui servais de blanchisseuse, mon ange. Voilà pourquoi tu as des comptes partout. Au Honduras, en Colombie, même en France. Dieu, en as-tu lessivé des millions!

– Qu'est-ce qu'ils s'imaginaient? Que ça durerait jusqu'à la saint-glinglin?

– Moxie, ils ne se souciaient pas plus de toi que de l'Olive de Popeye.

– C'est agréable.

– La seule contrainte, c'était de conserver aux Productions Fantoches une manière de crédibilité. La mort dans l'âme, Peterman a compris qu'il devait se résoudre à faire un film. Ou plutôt se résoudre à faire semblant de faire un film. Le plus mauvais possible. Bon, il eût infailliblement attiré l'attention sur la maison de production.

– En toute connaissance de cause, il a mis sur pied cette affaire pourrie. (Moxie regardait toujours l'écran. Il y avait maintenant sur ses lèvres la morne suggestion d'un sourire.) Un film tellement exécrable que tous les distributeurs s'enfuiraient en courant.

– La tête qu'il a dû faire quand Talcott Cross s'est cru autorisé à engager un bon réalisateur, lequel, circonstance aggravante, s'est présenté avec un bon scénario!

Moxie adressa un vrai sourire à son reflet dans l'écran.

– Cher Geoff!

– Pauvre Geoff, oui! Sans le savoir, l'excellent McKensie risquait de torpiller les plans de Peterman. Il fallait s'en débarrasser au plus vite et le remplacer par un béni-oui-oui qui filmerait sans protester le scénario original.

– Je sens venir l'instant de vérité. Sills a tué Peterman, c'est ce que tu penses?

– Ma foi, non.

– A ma connaissance, ce gros plein de bière n'a même jamais mis les pieds à Bonita Beach.

– La question n'est pas là. Il aurait pu engager un tueur. Mais quel intérêt aurait-il eu à supprimer son associé?

– Le grain de sable McKensie aurait pu révéler des divergences que nous ne soupçonnons pas.

– Penses-tu! Peterman éliminé, Sills ne s'en trouve pas mieux loti puisqu'il a mis les voiles pour la France hier soir. A moins que ce ne soit de ma faute. J'ai mis les pieds dans le plat en vous amenant ici.

Le visage de Moxie s'était assombri. Fletch enregistra le changement d'expression, la chute soudaine dans l'inquiétude.

– Où cela nous mène-t-il?

– Je l'ignore, Moxie. Mon inspiration s'épuise. Quelle mouche t'a piquée le jour où tu t'es embarquée sur ce rafiot indigne? Surprenante paralysie de flair de la part d'une jeune personne qui jamais n'a compté la modestie au nombre de ses vertus!

– Dois-je me répéter? Il était question d'un autre scénario et d'un autre réalisateur. Les choses en étaient là quand je suis arrivée en Floride. Puis ce fut la valse des coups de théâtre. La mort de Mme McKensie. L'apparition de Koller. L'exhumation du scénario original. L'équipe, les autres acteurs, tout le monde était sur la ligne de départ. En ce qui me concerne, je n'avais pas d'autre projet immédiat et le drame m'avait fichu un coup. Je me demandais sans cesse quand viendrait le tour de Freddy. Qu'aurais-je dû faire? Déserter la partie avant le coup d'envoi? Lâcher mon vieux compagnon, l'indispensable, l'irremplaçable, l'ineffable Steve Peterman?

– Allons donc! Tu en étais venue à le détester, tu me l'as dit toi-même.

– Il n'empêche. Le salaud était habile. Veux-tu un exemple? L'épisode de mon poignet brisé. J'étais à Londres, tu te souviens?

– Depuis ta première dent de lait, il y a tout de même des choses que l'on a omis de me dire sur ton compte.

– L'accident s'est produit au beau milieu d'un tournage. Le film s'appelait *La Main dans le sac.* Le chirurgien me conseillait d'arrêter. Peterman devait se trouver à mi-chemin entre le Honduras et la Suisse, j'imagine. Il a pris le premier avion. Le lendemain, j'étais installée dans la suite royale du *Montcalm.* Des fleurs partout. Il a fait retoucher le contrat. Il a sorti de son chapeau une gouttière amovible pour mon poignet. A tous, il voulait montrer que nous étions capables d'aller jusqu'au bout.

– Tu as tourné *La Main dans le sac* avec une fracture du poignet?

– Une bonne partie. Si tu as l'occasion de le voir, tu remarqueras que pendant des séquences entières, je ne me sers pas du tout de ma main gauche.

– Et tu voudrais me convaincre que Peterman t'a fait un cadeau en te mettant dans l'obligation de continuer à travailler dans ces conditions?

– Sur le moment, il m'avait semblé formidable. Quel dynamisme!

– Pas possible! L'animal t'avait jeté un sort. Et comment va ton poignet gauche?

Elle fit jouer l'articulation.

– Pas mal. Encore un peu coincé, peut-être.

– Remercie Peterman.

– J'avais besoin d'argent. D'ailleurs, un tas de gens s'entêtent à vouloir mener des vies normales en dépit d'un membre plâtré. Sarah Bernhardt a bien joué *L'Aiglon* avec une jambe de bois.

– Pour ce qui est de l'argent, toutes mes félicitations. Peterman avait vraiment pensé à tout.

– Fletch! Les sarcasmes sont l'arme des faibles. Toi, au moins, ce n'est pas le dynamisme qui t'étouffe.

– Ne te gêne pas, surtout. Décharge ta bile sur moi. Ça ira mieux après.

Moxie s'était assise en tailleur. Elle tendit les bras en arrière, arracha le drap et s'en couvrit les épaules.

– Comment m'y suis-je prise pour en arriver là? fit-elle d'une voix sourde. J'étais déjà une petite dinde doublée d'une meurtrière. Pour compléter le tableau, me voilà devenue trafiquante d'héroïne. Je ne me souviens pas d'avoir fumé trois joints dans ma vie, mais je travaille main dans la main avec ces nouveaux vampires qui sucent les forces vives de la nation. Mince! Je suis vraiment chou. A côté de moi, Eva Braun fait figure de Bernadette Soubirou.

Fletch l'observait avec inquiétude. A deux reprises, ils ignorèrent la sonnerie du téléphone.

– Attends un peu pour craquer, d'accord? Nous commençons seulement à y voir clair. Le paysage dévoile doucement ses lignes de crête.

– Le plus fort, c'est qu'il est fier de lui. Qu'as-tu fait d'autre que m'enfoncer la tête sous l'eau? (Elle parlait toujours d'une voix égale, avec un fond de rage latente, mais ses doigts s'acharnaient à triturer le drap.) Je suis innocente. Je n'ai tué personne. Je hais la drogue!

– Si Peterman était vivant, je lui ferais la peau, dit Fletch.

– Ce qui revient à dire que n'importe qui l'aurait fait à ma place?

– Tu avais plus de raisons qu'il n'en fallait.

– Non! (Elle s'était mise à crier.) Le poignard, ce n'est pas moi. Pourquoi t'ai-je suivi? Pourquoi ai-je pensé un seul instant que tu voudrais m'aider? Tu es comme les autres. Tu ne lèveras pas le petit doigt quand ils viendront me prendre...

– Sy Koller en sait beaucoup plus qu'il ne veut bien l'admettre. Nous avons échangé des confidences. Il a toujours su que Peterman était un escroc. Il était également au courant de la magouille entre lui et Buckley. Je me demande s'il y a quelque chose qu'il ignore au sujet de Peterman.

– Qu'attends-tu pour le faire arrêter? Il pourra mettre en scène sa propre exécution. Voilà au moins un boulot qu'il aura loisir de conduire à son terme.

On frappa à la porte.

– Monsieur Fletcher? Le lieutenant...

C'était la voix de Lopez.

– Le lieutenant Nachman?

– Une dame de la police. Elle est au téléphone. Elle vous réclame.

– Bien. Dites que j'arrive. Je prends la communication en bas.

Dès qu'il eut quitté la chambre, Moxie ralluma le poste. C'était l'heure du bulletin météorologique régional. Ciel bleu, mer étale, les habitants de Key West avaient bien de la chance.

Fletch croisa Koller en haut des marches. Le réalisateur respirait bruyamment. La chaleur, l'effort ou l'émotion collaient son T-shirt à son abdomen. Il avait les yeux rouges et le regard flou.

Fletch attendit qu'il se fût engagé dans le couloir conduisant aux chambres.

– Koller? (L'homme pivota lentement. Il regarda Fletch sans paraître le voir.) Koller, j'ai repensé à vos aveux de l'autre soir. Etait-ce hier soir? Je ne sais plus où j'en suis. Votre bagarre avec Peterman?

Koller était revenu sur ses pas. Il s'arrêta devant Fletch. Il avait dû trouver le courage d'avaler son bourbon et même toute la bouteille. Son haleine aurait tué une mouche à dix pas.

– Vous prétendez que Peterman empochait les fonds destinés à des productions bidons. Exact, mais il y a des trous dans votre histoire. Pourquoi ne pas avoir précisé que Peterman se servait des Productions Fantoches et de Moxie Mooney pour disséminer à travers le monde les bénéfices du trafic de l'héroïne ?

Le visage de Koller s'alluma comme s'il avait la fièvre. Il leva le bras. Ses doigts griffèrent le vide.

– Je le tenais par les testicules, mon gars ! Il ne pouvait rien me refuser. Rien !

Il tourna les talons et se véhicula pesamment dans la direction de sa chambre.

– Sy, vous saviez que *Cauchemar d'une nuit d'été* ne serait jamais distribué ?

– Celui qui me donne l'occasion d'exercer mon métier et qui me paye pour ça, je suis son homme.

34

– Quel temps fait-il à Fort Myers en ce moment? Toujours photogénique?

– Je me moque du temps qu'il fait à Fort Myers, dit Roz Nachman. Je suis à l'aéroport de Key West et la fente de l'appareil vient d'avaler ma dernière pièce. Bon sang, pourquoi me faites-vous toujours attendre?

– Je vous prie de m'excuser; je ne voulais pas rater le bulletin météo de la mi-journée. Si vous saviez à quoi ressemble la météorologue.

– La police locale doit venir me prendre d'un instant à l'autre. Elle a déjà cinq minutes de retard.

– Soyez indulgente. Ils ont eu une matinée chargée. Branle-bas de combat à six heures du matin. Quelle aventure!

– Je vous ai appelé avant mon départ, en fait. Votre laquais a répondu que vous étiez sorti.

– En effet. J'assistais la police dans des manœuvres souterraines. Quoi de neuf?

– Vous allez faire en sorte que personne ne quitte la Maison Rose avant mon arrivée. Je compte sur vous, Fletcher.

– Ne me faites pas languir, lieutenant.

– S'il manque un seul moucheron, je vous tiens responsable. C'est bien compris, Fletcher?

– Steve Peterman avait-il loué une première voiture avant celle que vous avez examinée?

Le lieutenant hésita.

– Oui, fit-elle avec lassitude. Une Cadillac Eldorado. Bleu cobalt. La même. Il s'était adressé à une autre compagnie. Le jour de l'accident, il a abandonné la première Cadillac dans le parking de l'aéroport avant d'aller louer la seconde.

– La première était-elle endommagée?

– Elle l'était.

– La tôle de l'une des ailes enfoncée, comme si elle avait percuté quelqu'un?

– Nous avons trouvé du sang et un bout d'étoffe sous le pare-chocs avant. La partie visible avait été nettoyée.

– Les groupes sanguins correspondent?

– Sans doute. Nous le saurons bientôt. Ça y est, ils sont là. Je ferais bien de me montrer. Que personne ne sorte, Fletcher.

– Il y a au moins quelqu'un qui sera content de vous accueillir, lieutenant. Votre petit Darwin.

35

Fletch retourna dans la chambre. Moxie était toujours assise en tailleur, face au poste. Elle avait baissé le son à la limite de l'audible. Sur l'écran, des femmes belles et chics expliquaient comment elles avaient vaincu l'herpès.

Fletch s'assit à côté d'elle.

– Roz Nachman m'appelait de l'aéroport. Elle arrive. Elle vient arrêter Geoff McKensie pour le meurtre de Peterman.

Les femmes belles et chics enjoignaient les téléspectatrices concernées de ne pas se voiler la face. Le mieux était de prendre le taureau par les cornes.

– Peterman a tué Mme McKensie. Il s'est servi d'une Cadillac bleu cobalt.

Moxie s'était mise à frissonner. Fletch lui ceignit les épaules. Il l'attira contre lui.

– Koller avait raison en fin de compte. Seul quelqu'un du sérail pouvait réussir ce coup-là.

Moxie se leva et marcha jusqu'au mur. Elle s'y appuya du front. Fletch pouvait l'entendre pleurer.

– J'espérais que d'une certaine façon tu serais soulagée.

Elle se moucha dans un coin de sa chemise.

– Pauvre Geoff! C'est affreux. Pourquoi a-t-il fallu qu'ils découvrent ça?

Elle courut à la salle de bains. La clé tourna. Fletch perçut des sanglots étouffés, un bruit de trompette, puis d'autres sanglots.

– Je descends, annonça-t-il à la porte close.

36

Mme Lopez leur ouvrit la porte. Après avoir fait le tour des lieux afin de s'assurer de la présence de chacun, Fletch s'était posté dans le salon, face à la porte ouverte sur le grand hall. Le sergent Henning entra sur les talons de Roz Nachman.

Fletch s'avança pour les accueillir. Il leur serra la main.

– McKensie se trouve dans la bibliothèque. Il est au téléphone en train de réserver un aller simple pour Sydney.

– Parfait, dit Roz Nachman.

– Quelle journée, n'est-ce pas, sergent Henning?

– J'en ai connu des plus calmes.

Moxie descendit l'escalier. Elle avait revêtu le pantalon de lin blanc assorti à la chemise et chaussé des sandales dorées, cadeau de Fletch. Sans doute s'était-elle tamponné les yeux à l'eau fraîche, mais ses larmes récentes ne faisaient de doute pour personne.

– Lieutenant, bonjour.

– Avant d'en venir au fait, mademoiselle Mooney, sachez que tout ce que vous direz pourra être retenu contre vous...

– Qu'est-ce que ça signifie? hurla Fletch.

– Si vous me lâchez un peu, je vais lui réciter

ses droits constitutionnels, dit Roz Nachman avec calme.

– Vous arrêtez Moxie?

– J'en ai bien l'intention.

– Mais c'est impossible!

– C'est mon devoir. Et je l'accomplirai même si vous devez faire un écart. Je suis venue arrêter Moxie Mooney pour le meurtre de Steve Peterman.

Frederick Mooney venait d'apparaître derrière le sergent Henning. Il était pâle comme un linge, avec un drôle de regard creux, comme épuisé. Il donnait l'impression d'un homme qui vient de recevoir un coup mortel et reste debout un instant avant de s'effondrer.

– C'est Geoff McKensie qui a tué Peterman! s'écria Fletch. (Il fit volte-face. McKensie se tenait sur le seuil de la salle de billard.) Peterman a tué Mme McKensie!

– Il a raison sur ce point, dit Roz Nachman. Mais je regrette que vous l'appreniez si brutalement, monsieur McKensie.

McKensie ferma les yeux et s'appuya au chambranle.

– Il y a longtemps qu'il le sait, insista Fletch.

– Taisez-vous! McKensie n'était même pas à Bonita Beach, si vous voulez le savoir. Dans l'après-midi du meurtre, il se trouvait à Miami en compagnie de ses avocats.

– Mais je l'ai vu de mes yeux, au commissariat de Fort Myers!

– En effet. La radio de son véhicule l'avait renseigné sur le meurtre. Il est venu aussitôt se présenter, sachant que nous souhaiterions l'interroger.

– Un citoyen zélé! Bonté divine...

Nachman regarda Moxie Mooney et lui récita ses droits constitutionnels. Aux oreilles de Fletch, le discours sonnait comme les marmonnements d'un prêtre au-dessus d'une fosse. Les yeux de Moxie, écarquillés, fixaient ceux du lieutenant, pétrifiés comme si elle n'était déjà plus de ce monde, songea Fletch, éperdu.

– Quelle preuve? demanda-t-il sans conviction.

– Un peu de cran! répliqua Roz Nachman. Moxie Mooney avait le meilleur mobile concevable : l'argent. Elle se trouvait sur le plateau. Elle portait un ample peignoir dans lequel on aurait pu dissimuler une batterie de cuisine. Elle est passée juste derrière lui à l'instant précis où il a reçu le couteau. Une seule autre personne aurait eu l'occasion de tuer Peterman. Dan Buckley. Il n'a pas bougé de sa chaise.

Frederick Mooney se mit subitement en mouvement vers l'escalier. Au passage, sa main effleura la manche de Moxie. Elle le suivit du regard jusqu'au palier du premier.

Le sergent Henning détacha les menottes de son ceinturon.

– Pas de menottes! s'interposa Fletch.

Henning adressa un sourire aimable à la jeune femme.

– Navré, Miss. C'est la loi.

– Me permettez-vous d'emporter ma brosse à dents?

– Nous fournissons les brosses à dents, de nos jours, dit Roz Nachman. Surtout dans le quartier des criminels.

Moxie tendit les mains. Les menottes claquèrent. La jeune femme semblait atterrée et, en même temps, au-delà de ce qui arrivait. Elle se laissa conduire sans résistance vers la porte.

– Je t'accompagne, dit Fletch.

– N'en faites rien, Darwin. Il n'y a pas assez de place dans l'hélicoptère.

Fletch gagna la véranda. Moxie descendait les marches. Elle se tourna vers lui.

– Me diras-tu enfin pourquoi on l'appelle la Maison Rose?

– Il y a longtemps, la Maison Rose était un bordel, dit Roz Nachman. Un clandé. Une maison close.

– Dire que je ne savais pas, balbutia Fletch.

Il tourna les talons. McKensie n'avait pas bougé.

– Merci pour le coup de grâce, dit l'Australien.

Il marcha vers l'escalier.

Ils la firent monter à l'arrière. Roz Nachman s'installa à côté d'elle. La voiture démarra. Rideau. Fletch se demanda comment le temps allait passer pour lui dans les jours, les semaines et les mois à venir.

– Vous prendrez bien quelque chose, fit derrière lui la voix compatissante de Mme Lopez. Un *Cuba libre.* Ça vous donnera des forces.

– Donnez-moi un jus de pomme.

– Un jus de pomme? Jamais entendu parler.

Fletch se détourna de la porte-fenêtre pour lui faire face.

– Il n'y a jamais eu de jus de pomme dans la maison?

– Du jus de pomme, en Floride? C'est plein de microbes et ça donne le cancer. (Il la dévisagea avec attention. Il devait avoir une expression bizarre, car elle ajouta d'une voix radoucie :) Que diriez-vous d'un rhum de derrière les fagots avec des feuilles de menthe fraîche et un zeste d'orange?

Elle aurait dû s'écarter de la porte. Il la bouscula en oubliant de s'excuser.

Il grimpa l'escalier plus vite qu'on ne le fit jamais dans *Arsenic et vieilles dentelles.*

37

Il frappa et, sans attendre d'invitation, pénétra dans la chambre de Mooney. Le vieil acteur était affalé dans un fauteuil à dossier réglable, les mains recroquevillées sur ses genoux. Il tourna légèrement la tête. Nul n'aurait pu dire lequel de ses yeux asymétriques exprimait la plus grande douleur.

– Depuis quand avez-vous lâché l'alcool? demanda Fletch.

– Depuis trois ans.

Le sac publicitaire béait sur la descente de lit. Fletch en sortit une bouteille de cognac et la déboucha pour en renifler le contenu.

– Même en Floride, murmura Mooney, oui, même en Floride on trouve du jus de pomme dans toutes les épiceries.

Fletch posa la bouteille sur la table de chevet.

– Votre numéro de Peterkin-Peterson... quel comédien vous faites!

– Je croyais que vous le saviez. (Mooney se tortilla sur sa chaise. Ses yeux soudain pétillaient d'humour.) Je jouissais, il est vrai, d'un avantage considérable. Voyez-vous, une fois qu'ils se sont mis en tête que vous êtes un poivrot, les gens ne veulent plus en démordre.

– Moxie prétend que vous étiez ivre mort quand elle vous a trouvé dans son appartement.

– Les cadavres de bouteilles éparpillés, les verres dégueulasses abandonnés dans tous les coins... du chiqué. Ma réputation et mon aspect décourageant ont fait le reste. Je savais qu'elle finirait par se montrer. J'étais prêt à la recevoir.

– Mais pourquoi cette mise en scène?

– Je voulais la voir telle qu'en elle-même, sans être vu, pour ainsi dire. Quel meilleur subterfuge que celui qui consiste à jouer les vieux soûlographes retombés en enfance? Face à ce débris pathétique, Marilyn n'avait d'autre ressource que de se montrer à visage découvert. Il était grand temps que je fasse la connaissance de ma fille, n'est-ce pas? Voilà près d'un mois que je l'observe. Expérience concluante. Elle est sensationnelle.

– Elle n'a toujours pas fait la connaissance de son père.

– C'est sans importance, dit Mooney. Tout ce qui compte vraiment se trouve sur pellicule.

– De sorte que vous avez tout entendu, ce jour-là. Elle dit n'avoir pas lâché le téléphone. Vous saviez à quoi vous en tenir sur Peterman.

– Profitant de son absence, j'ai même lu le scénario de *Cauchemar d'une nuit d'été*. Dès lors, je me suis douté qu'il y avait anguille sous roche. Vous savez, Fletcher, Peterman n'était pas un étranger pour moi. Voilà bien des années, j'ai rencontré mon premier Peterman. Je n'avais pas trente ans. Un de ces gangsters qui s'improvisent agent artistique et deviennent les compagnons de cœur de leurs victimes. Si vous aviez vu à quoi je ressemblais après son passage. Quelque chose que l'ouragan aurait accroché à un fil télégraphique... J'étais ruiné, je ne dormais plus, les toubibs ne donnaient pas cher de mon avenir. Combien d'avocats n'ai-je pas consultés! Les gens de notre espèce sont si rares et si fragiles. Nous devrions être placés d'office sous la protection de la loi. Dix ans plus tard, je me suis retrouvé la proie d'un autre monstre du même acabit. J'ai dû repasser par toutes les affres d'une interminable procédure judiciaire. J'ai obtenu gain de cause, bien sûr, mais qui dira les souffrances infligées par l'humiliation, la peur, l'amitié trahie... Si j'avais su alors combien le temps nous était compté, j'aurais tué quiconque m'aurait empêché d'exercer mon art comme je l'entendais.

– Vous êtes devenu sage, à présent : vous avez tué Peterman.

– C'était bien le moins qu'un père indigne pendant tant d'années pût faire pour sa fille.

– Comment vous y êtes-vous pris?

– Je suis un grand acteur. J'étais devant la porte-fenêtre du salon. Je regardais Moxie monter dans la voiture, menottes aux poignets. Un souvenir est lentement remonté à la surface.

– Votre fille parlait souvent de son père, véritable « enfant de la balle ». Il y a longtemps, elle m'avait raconté que dès votre plus jeune âge, vous étiez lanceur de couteau dans une troupe ambulante. Dans le sillage de ce souvenir en a surgi un autre, beaucoup plus récent : trois bouteilles de jus de pomme qui se trouvaient fichées au sommet d'une poubelle pleine.

– Rien de tel qu'une bonne cure de jus de pomme pour retrouver l'adresse de ses douze ans. (Mooney eut un sourire mélancolique.) De toute façon, je n'ai jamais picolé le dixième de ce qu'a prétendu ma légende. Une image que j'ai bichonnée avec amour. J'en étais arrivé à tenir des salles entières dans un état d'incertitude permanente sur mes capacités à rester debout jusqu'au baisser de rideau. N'allais-je pas plutôt tomber dans le cirage au milieu d'une réplique et me mettre à ronfler? Ils venaient pour savoir si Mooney pouvait encore jouer *Hamlet*. Encore, et encore, et encore. Vous qui êtes amoureux de ma fille, vous me croirez. Aucun ivrogne n'aurait pu faire ce que j'ai fait.

– Monsieur Mooney, dites-moi comment vous avez tué Peterman sans être vu. Avec toutes ces caméras.

– Je me suis fait la dégaine d'un ramasseur de détritus. Un éboueur aux petits pieds. Quelques guenilles malodorantes, une moumoute sur le sommet du crâne, quelques poils pour étoffer ma barbe, les yeux chassieux, la poitrine creuse, l'allure somnambulique d'un boxeur qui a raccroché pour cause d'invalidité. Je déambulais sur le tournage, récoltant les paquets de clopes usagés, les papiers de bonbons. (Il fut secoué de rire.) Edith Howell m'a demandé vertement de déménager une poubelle qui serrait d'un peu trop près sa caravane. Quel ton pour s'adresser à un pauv' travailleur qui avait passé depuis longtemps l'âge de se faire secouer les puces!

– Elle guigne vos millions.

– Normal. Elle n'a jamais eu les yeux dans sa poche. Toujours dans celle du voisin. Dans *Il est minuit, docteur Livingstone,* elle regardait déjà dans toutes les mauvaises directions. Bon sang, si jamais une femme m'a donné du fil à retordre, c'est bien celle-ci, aussi longtemps qu'a duré cette fichue pièce.

– Etes-vous riche?

– Naturellement.

– Riche à millions?

– Pourquoi pas? J'ai exercé pendant de longues années une activité délicate et fort lucrative. Mes goûts sont modestes : le luxe m'ennuie. Toutes les chambres d'hôtel se valent.

– Moxie vous croit sur la paille.

– Tant mieux. Ça lui a formé le caractère.

Fletch répondit par un soupir.

– Donc, reprit Mooney, en qualité d'employé

toléré du service de la voirie, j'ai pu surveiller l'installation du plateau du *Dan Buckley Show.* N'allez pas vous imaginer que nous autres comédiens ignorons tout des angles de prise de vues. J'ai dû remonter toute la largeur de la plage, depuis la lisière des vagues jusqu'au rideau de fond de scène en suivant une trajectoire en zigzag infiniment périlleuse, mais je ne suis pas une seule fois dans le champ. Dieu merci, la brise était avec moi. Le rideau n'a pas bronché.

– Pourquoi avoir lancé le couteau quelques secondes après que Moxie fut passée derrière Peterman ?

– Une coïncidence malheureuse. Je ne pouvais pas voir ce qu'ils faisaient sur le plateau. J'ai lancé le couteau à l'instant précis où les pans du rideau se sont entrouverts.

– Puis retour en zigzag vers la mer.

– Exactement. Vous avez été long à venir. Quand vous m'avez déniché dans ce bar, je faisais mon numéro de pochard depuis plus de deux heures. Le serveur s'était gentiment laissé convaincre que j'étais déjà cuit en arrivant. Le coup de l'escalier.

– Et personne ne vous aurait cru capable de commettre un meurtre aussi brillant.

– Pas même vous. A présent, mon cher Fletch... ça vous gêne que je vous appelle Fletch ?

– Mon Dieu... je commençais à m'habituer à Peterkin.

– Acceptez-vous de trinquer avec moi ?

– Vous plaisantez ?

– Regardez au fond du sac. Vous y trouverez une bouteille avec du vrai cognac. Les verres sont dans la salle de bains.

Fletch leur versa à tous deux une rasade digne d'un homme qui sort de trois ans d'abstinence.

– A la vôtre, monsieur Mooney. Vous êtes un

sacré bonhomme. Jamais rencontré quelqu'un d'aussi stimulant, je dois le reconnaître.

– A la vôtre, monsieur Fletcher. Vous avez fait de votre mieux, j'imagine.

Mooney avala son cognac cul sec. Fletch l'imita.

– Vous comptiez vraiment vous en tirer? demanda-t-il quand l'alcool eut cessé de lui labourer la peau du ventre.

– Non, bien sûr. Je savais que tôt ou tard, ils découvriraient le vrai coupable.

– Le cas échéant, que devenait Frederick Mooney?

– Plus de Mooney. Il se diluait dans le paysage. Il se fondait dans le grand carnaval. Il se mélangeait à l'humble fretin qui compose le terreau de l'humaine comédie. Vous me voyez avec une chemise à fleurs, un nez pelé et des Ray Ban? Vous me voyez en dragueur de plage, en motard fou, en rond de cuir, en pasteur presbytérien? J'aspire à la retraite. J'aspire à ne plus être ce que je suis tout en continuant à savoir ce que je sais.

– Ne rêvez plus. Ils ont arrêté Moxie.

– C'était fichu de toute façon. A cause de vous, espèce de spadassin transi. C'était fichu dès l'instant où vous m'aviez fait atterrir sur ce récif ridicule. J'avais encore mes guenilles dans mon sac, mais les guenilleux affrètent rarement des navires ou des avions. Frederick Mooney avait pu commettre un meurtre en conservant son anonymat. Il lui était impossible de s'évader de Key West sans laisser de trace suspecte. Moxie m'aurait fait rechercher. Un passeur se serait souvenu du vieux clodo trop généreux; un automobiliste aurait fait le rapprochement avec le type ramassé à l'entrée du pont. La nuit de notre arrivée, je me suis cavalé en douce afin de mener ma petite enquête. J'ai marché pendant des heures. Partout, les gens me reconnaissaient. J'étais prisonnier de Key West. Ecœuré, j'ai décidé de réintégrer les pantoufles du soiffard. Les flics m'ont ramené ici. Vous aviez fait du joli! acheva-t-il avec un soupçon d'amertume.

– Content de voir que vous ne me gardez pas rancune. Saviez-vous que Peterman avait tué Mme McKensie? L'écraseur, c'était lui.

– Ça ne m'étonne guère. Un homme né pour faire le mal autour de lui. Au fait, il était dans quelle combine? La drogue?

– C'est bien ça.

– Quand le boulanger ne vend plus de pain, c'est qu'il fait sa pelote ailleurs. Peterman n'avait rien produit depuis des lustres.

Fletch posa son verre vide sur la table de chevet, à côté de la bouteille de jus de pomme.

– L'heure est venue de rentrer à Fort Myers, monsieur Mooney. Je m'occupe de nous réserver des places.

– Le plus tôt sera le mieux, n'est-ce pas? Nous ne devons pas faire attendre Marilyn.

– Pourquoi n'avez-vous rien dit, tout à l'heure? Pourquoi les avoir laissés emmener votre fille?

– L'arrestation de Marilyn m'a fait l'effet d'une bombe. La police pataugeait et tout le monde y allait de sa version du meurtre. Certes, je m'attendais à ce qu'ils viennent me chercher un jour ou l'autre, mais je m'étais fait une raison et j'espérais tant que ces vacances dureraient un peu. J'ignorais qu'elle était passée derrière Peterman au pire moment. Et puis... qu'aurais-je pu dire qui puisse les convaincre? *Je suis au jus de pomme depuis trois ans? Je lançais déjà le couteau quand j'avais des culottes courtes?* Moxie m'aurait encore enguirlandé.

Ils s'esclaffèrent à l'unisson. Au moment de sortir, Fletch se retourna.

– Une dernière question, monsieur Mooney. Quand nous nous sommes rencontrés dans ce bistrot de Bonita Beach, vous m'avez laissé entendre que Marilyn avait assassiné son professeur d'art dramatique. Pourquoi avoir évoqué ce drame alors que vous la saviez innocente du meurtre de Peterman?

– Pour écarter les soupçons de ma personne, tiens! Tous les soupçons, et particulièrement les vôtres. Elle vous avait demandé de venir. Je savais qui vous étiez. Un vieux copain, un amant de toujours. Vous l'aimez. Votre résistance à admettre sa culpabilité était naturelle. En vous inoculant une petite dose de soupçon, je n'ai fait que donner le coup de pouce nécessaire.

– Vous m'avez rendu aveugle. Le cadavre du petit prof ne m'a pas quitté d'une semelle. Qu'y a-t-il de vrai dans cette histoire?

– Avez-vous questionné Marilyn à ce sujet?

– Oui. Au terme d'un dilemme affreux.

– Vous a-t-elle affirmé qu'elle n'avait pas tué Mister Hodes?

– Non.

La figure de Mooney se fendit de plaisir.

– En voilà une qui sait tenir son public en haleine.

38

Ce n'était pas une mince affaire que d'affréter un avion pour Fort Myers. Fletch finit par dénicher un charter de Miami qui acceptât de faire un crochet par Key West. Ils avaient devant eux plusieurs heures d'attente.

Par la porte d'entrée ouverte il aperçut Geoff McKensie. Le réalisateur chargeait les bagages dans la malle arrière de sa petite automobile jaune. Quelques badauds étaient attroupés sur le trottoir d'en face.

Fletch sortit sous la véranda. Il descendit les marches et s'approcha du portail. Le coffre était un peu juste pour contenir toutes les valises. McKensie essaya plusieurs combinaisons.

– Je regrette que tout ait si mal tourné pour vous, dit Fletch. Je le regrette sincèrement.

McKensie referma le coffre avec violence.

– Chaque fois que les Australiens mettent le pied hors de chez eux, c'est pour servir de chair à canon.

Il s'installa au volant.

– Ne généralisez pas. L'Amérique n'est pas peuplée que de Steve Peterman.

– Il n'y a pas que le meurtre de ma femme. Que l'on me parle encore de l'industrie cinématographique américaine! Tous des gangsters. Un désert

artistique. Une seule expérience m'aura suffi, merci.
Il démarra en trombe.

– C'est navrant, Fletcher. Navrant. (Edith Howell lui étreignit la main.) Geoff nous a tout raconté. La police, les menottes. Pauvre Moxie! Remarquez, ce n'est pas moi qui lui jetterai la pierre. Peterman était un homme affreux. N'est-ce pas, John? N'est-ce pas ce que j'ai toujours pensé? (Meade était allé porter les bagages dans la voiture. Il revenait dans le hall pour les adieux. Stella et Gerry Littleford descendirent l'escalier avec leurs valises. Sy Koller en fit autant. Meade s'offrit aussitôt à prendre la valise de Stella. Elle refusa d'un sourire.) Nous espérions tant que Moxie pourrait profiter un peu de la vie avant d'être incarcérée, reprit Edith Howell. Elle travaillait avec un tel acharnement. Une vraie professionnelle.

Fletch n'hésita même pas. A quoi bon leur révéler les faits? Qu'ils s'en aillent. Leur attention balbutiante n'était pas prête à recevoir la vérité.

– Où est Freddy? s'exclama soudain Edith Howell. En train de noyer son chagrin, sans doute?

– Qui n'en ferait autant à sa place?

– Je le connais. Je plains la pauvre fille qui voudra lui mettre le grappin dessus et qui réussira. Il a la cervelle aussi glissante que le blanc des yeux.

– Tu as loupé une belle occasion, ricana Koller. Les directeurs de théâtre se seraient arrachés Mme Frederick Mooney. Je n'en dirais pas autant d'Edith Howell.

– Il n'a jamais été aussi fortiche que l'a prétendu son service de presse, répliqua sèchement l'actrice. *Il est minuit, docteur Livingstone* m'a laissé le souvenir d'une course contre la montre. C'est bien simple, il ne cessait de me couper la parole. Le vieux chenapan n'avait qu'une hâte : se retrouver dans sa loge pour s'en jeter un dans le gosier. Le « miracle » Mooney. Seigneur!

Fletch observa la cérémonie du départ. Ils quittaient la Maison Rose comme ils auraient quitté l'hôtel. Seul John Meade montra un peu de chaleur et songea à le remercier. Au dernier moment, Gerry Littleford l'interpella.

– Pour un peu, j'oubliais. Un type a téléphoné pour vous. Plutôt schnock, avec l'accent canadien. Un nom bizarre. Il parlait comme une mitrailleuse. Il m'a prié de transmettre. *Scarlet... Pumpernickle* a remporté je ne sais quoi. Vous avez gagné vingt-cinq mille dollars.

– Sans blague?

– J'ignorais que vous étiez dans les courses de chevaux.

– Honnêtement, j'ignorais que *Scarlet Pimple-Nickle* le fût aussi.

S'il avait porté l'uniforme de portier, ils auraient pu lui donner un pourboire. Planté sur le trottoir, il les regarda s'éloigner avec une indifférence amère. Ils repartaient, identiques ou peu s'en fallait à ce qu'ils étaient trois jours auparavant, vaguement déprimés peut-être, vaguement inquiets, persuadés, au fond, que la chance leur sourirait à nouveau et qu'ils pourraient bientôt se livrer en toute violence à l'intime volupté de s'admirer eux-mêmes sous les applaudissements de la foule. L'espoir pèse plus lourd que les cœurs brisés.

39

Cette fois, Fletch attendit après avoir frappé. Il attendit si longtemps qu'il finit par ouvrir sans y avoir été invité.

Mooney était allongé sur le lit, les yeux fermés. Fletch lui toucha le bras.

– Monsieur Mooney?

Rien ne bougea; rien ne frémit. Les paupières demeuraient inertes et closes.

– Allons, dit Fletch. Je suis persuadé que vous pouvez retenir votre souffle aussi longtemps qu'il faudra pour faire le mort avec conviction.

Puis il vit le flacon débouché sur la petite table, et le verre où demeurait un fond de cognac. Le flacon avait contenu des somnifères. Il était vide. Fletch prit le poignet de l'homme immobile. Le pouls ne battait plus. Il posa la main sur sa poitrine. Le cœur ne battait plus. Il s'assit sur le lit et pleura.

Deux enveloppes cachetées ainsi qu'un billet étaient posés sur le bureau. Une des enveloppes était adressée à *Moxie Mooney.* L'autre aux *Autorités.* Fletch déplia le billet.

Puis-je vous demander de nous rendre un dernier service? Remettez ces deux lettres aux personnes concernées.

Celle qui est destinée à la police contient la descrip-

tion minutieuse du meurtre. J'y expose en outre les mobiles qui m'ont poussé à tuer Steve Peterman. Mon médecin traitant confirmera qu'en patient exemplaire, j'ai cessé de boire il y a trois ans, lorsqu'il s'est avéré que je souffrais d'une maladie de cœur.

L'autre lettre ne saurait tout expliquer. Je compte sur vous pour aider Moxie à comprendre l'inexprimable et à pardonner. Je lui révèle simplement combien ces quelques semaines pendant lesquelles il me fut permis de l'observer, de l'applaudir et de l'aimer en coulisse m'ont été précieuses. Je lui laisse suffisamment d'argent pour éponger ses dettes et s'offrir les vacances dont vous rêviez ensemble.

Au moment de tirer ma révérence, je me souviens de tous ces soirs où, rompu de fatigue et toujours seul, je quittais un théâtre quelconque et regagnais ma chambre d'hôtel pour y attendre un sommeil capricieux. A quoi bon? me demandais-je. A quoi bon tant d'efforts, de talent et d'habileté pour tisser la toile d'une illusion fugitive? Submerger, l'espace d'un instant sublime, la conscience de quelques spectateurs, est-ce là toute notre récompense?

Suspendez la réalité. Son visage hideux vous rattrapera toujours.

Merci de votre amitié.

Frederick Mooney

40

Fletch descendit l'escalier et retourna dans la bibliothèque. Une fois de plus, il composa le numéro du commissariat de Fort Myers. Il laissa un message. Que le lieutenant Roz Nachman veuille bien l'appeler dès son arrivée. Sans faute. Il raccrocha. Tandis qu'il ruminait des pensées noires, la main sur le combiné, il se souvint d'une certaine voiture de location abandonnée dans le parking d'un certain aéroport. Ses bagages étaient toujours dans le coffre.

Il lui restait une dernière chose à faire. Vérifier comment *Global Cable News* accueillerait l'histoire du premier va-nu-pieds un peu culotté.

– Bonjour, dit la standardiste. *Global News*. Vous désirez?

– 'Jour, dit Fletch. Mon nom est Reilly Nichachien...

Romans policiers

Dos bleu nuit

ARMSTRONG Charlotte

Troublez-moi ce soir (1767★★★)
Est-elle une douce baby-sitter ou une folle psychopathe ?

BOILEAU-NARCEJAC

Les victimes (1429★★)
Une inconnue avait pris la place de sa maîtresse.

Usurpation d'identité (1513★★★★)
Des pastiches étincelants de tous les grands auteurs policiers.

Maldonne (1598★★)
Il est toujours dangereux de jouer un personnage dans la vie.

CASPARY Véra

Laura (1561★★★)
Peut-on s'éprendre d'une morte sans danger ?

DEMOUZON

Mouche (882★★★)
Un détective de province projeté dans les milieux parisiens du cinéma.

Un coup pourri (919★★★)
Une trop jolie blonde pour un « privé ».

Le premier né d'Egypte (1017★★★)
A chaque nouveau meurtre, il raye un nom.

Le retour de Luis (1081★★★)
Un non-lieu c'est bien, mais si c'est pour se faire descendre après...

Adieu, La Jolla (1207★★★)
Elle était belle et aussi dangereuse qu'un serpent à sonnettes.

Monsieur Abel (1325★★)
Un vieil homme solitaire peut-il jouer au redresseur de torts ?

Section Rouge de l'Espoir (1472★★)
L'explosion révèle l'existence d'un nouveau groupe terroriste.

Quidam (1587★★★)
Rimbault contemple le carnage : un véritable cauchemar.

La pêche au vif (1779★★★)
Rien de tel qu'un cadavre pour vous gâter un dimanche.

FALK Franz-Rudolf

On a tué pendant l'escale (1647★★★)
L'atmosphère étouffante d'un port du Moyen Orient.

FARREL Henry

Qu'est-il arrivé à Baby Jane ? (1663★★★)
Le face-à-face tragique de deux anciennes stars.

GARDNER Erle Stanley

La jeune fille boudeuse (1459★★★)
On l'a vue tuer, mais elle est innocente.

Sur la corde raide (1502★★★)
Perry Mason sera-t-il rayé du barreau ?

La nièce du somnambule (1546★★★)
Tuer en état de somnambulisme, est-ce un crime ?

L'œil de verre (1574★★)
Pourquoi voler un œil de verre ?

Le canari boiteux (1632★★★)
Le canari aurait-il été témoin du meurtre ?

La danseuse à l'éventail (1668★★★)
Un cheval peut-il être témoin à charge ?

La vierge vagabonde (1780★★★)
Comment cette innocente jeune fille a-t-elle pu être arrêtée pour vagabondage sur la voie publique ?

GRUBB Davis

La nuit du chasseur (1431★★★)
Il poursuit ses victimes en chantant des psaumes à la gloire du Seigneur.

LEBRUN Michel

L'Auvergnat (1460★★★)
Dans son bistrot, tous les paumés de la nuit.
Pleins feux sur Sylvie (1599★★)
Il est parfois dangereux d'être une star.

MAC CLOY Helen

Le miroir obscur (1430★★★)
A-t-elle le pouvoir de se dédoubler ?

McDONALD Gregory

Fletch (1705★★★)
Un homme cherche à se faire assassiner.
Fletch, à table ! (1737★★★)
Une location avec cadavre de femme nue en prime.
Le culot de Fletch (1812★★★)
Au début il y eut un meurtre devant une caméra, puis bientôt des émeutes sanglantes.

MACDONALD Ross

Un regard d'adieu (1545★★★)
La peur se tapit derrière les façades des riches villas californiennes.
Le frisson (1573★★★)
Elle s'enfuit le jour de son mariage.
L'affaire Wycherly (1631★★★)
Ou la disparition d'une jeune fille.
Le corbillard zébré (1662★★★)
Burke Damis un coureur de dot ou assassin ?
La face obscure du dollar (1687★★★★)
Le kidnappé serait-il le kidnappeur ?
Un mortel air de famille (1752★★★)
Ce garçon est-il un imposteur malgré sa ressemblance avec son père supposé ?
La côte barbare (1823★★★)
La disparition d'une championne de plongeon fait ressurgir des meurtres anciens. *(juin 85)*

MacGERR Pat

Un faubourg d'Elseneur (1446★★★)
Une pièce de théâtre dénonce un meurtre ?

MASTERSON Whit

La soif du mal (1528★★★)
Que peut un homme seul contre la conspiration du mensonge ?

MEYER Nicholas

La solution à sept pour cent (1473★★★)
Stupéfiante aventure de Sherlock Holmes.

QUEEN Ellery

La ville maudite (1445★★★)
Est-il coupable ou cherche-t-il à racheter un crime ancien ?
Il était une vieille femme (1489★★★)
Une comptine rythme des meurtres insensés.
Le mystère égyptien (1514★★★)
... ou la crucifixion d'un maître d'école.
Et le huitième jour (1560★★★)
Ellery pris pour Dieu par des fanatiques.
La maison à mi-route (1586★★★)
Un seul corps pour deux morts différents.
Le renard et la digitale (1613★★★)
Tout l'accuse ... Ellery le croit innocent.

La décade prodigieuse (1646★★★)
Un meurtre peut-il obéir aux Dix Commandements ?

Griffes de velours (1675★★★)
Quelle sera la prochaine victime du Chat ?

Coup double (1704★★★)
Une jeune sauvageonne débarque dans la vie d'Ellery.

Le mystère du grenier (1736★★★)
Seul un oiseau a été témoin du crime.

Le roi est mort (1766★★★)
Ellery doit élucider un meurtre impossible dans l'île d'un roi fou.

Le mot de la fin (1797★★★)
La mort rôdait autour de l'arbre de Noël : Ellery mit plus de vingt ans à comprendre.

Un bel endroit privé (1811★★★)
Le meurtre fut commis à 9 h 9, le 9e jour du 9e mois, et Ellery reçu 9 indices, tous faux.

QUENTIN Patrick

La veuve noire (1719★★★)
Il se sentait prisonnier d'une machination mortelle.

SADOUL Jacques

L'héritage Greenwood (1529★★★)
Amanda était riche, jeune, belle et dénuée de tous scrupules.

La chute de la maison Spencer (1614★★★)
La vie d'une enfant de dix ans est menacée.

L'inconnue de Las Vegas (1753★★★)
Pour retrouver une gamine, Carol Evans doit suivre un chemin parsemé de cadavres.

SAYERS Dorothy

Poison violent (1718★★★)
Lord Peter décide d'épouser une femme accusée de meurtre.

SPILLANE Mickey

En quatrième vitesse (1798★★★)
Il allait au devant d'ennuis en prenant, la nuit, une auto-stoppeuse nue.

SYMONS Julian

La splendeur des Wainwright (1432★★★)
Est-ce son fils ou un imposteur ?

Les dessous de l'affaire (1488★★★)
On n'empoisonne vraiment bien que dans la bonne société anglaise.

VILAR Jean-François

Passage des singes (1824★★★)
Un homme mort peut-il être l'instigateur d'une gigantesque escroquerie ?
(juin 85)

Achevé d'imprimer sur les presses de l'imprimerie Brodard et Taupin
58, rue Jean Bleuzen, Vanves. Usine de La Flèche,
le 10 avril 1985
1853-5 Dépôt légal avril 1985. ISBN : 2 - 277 - 21812 - X
Imprimé en France

1812
★★★

Editions J'ai Lu
27, rue Cassette, 75006 Paris
diffusion France et étranger : Flammarion